에비터젠의 유령

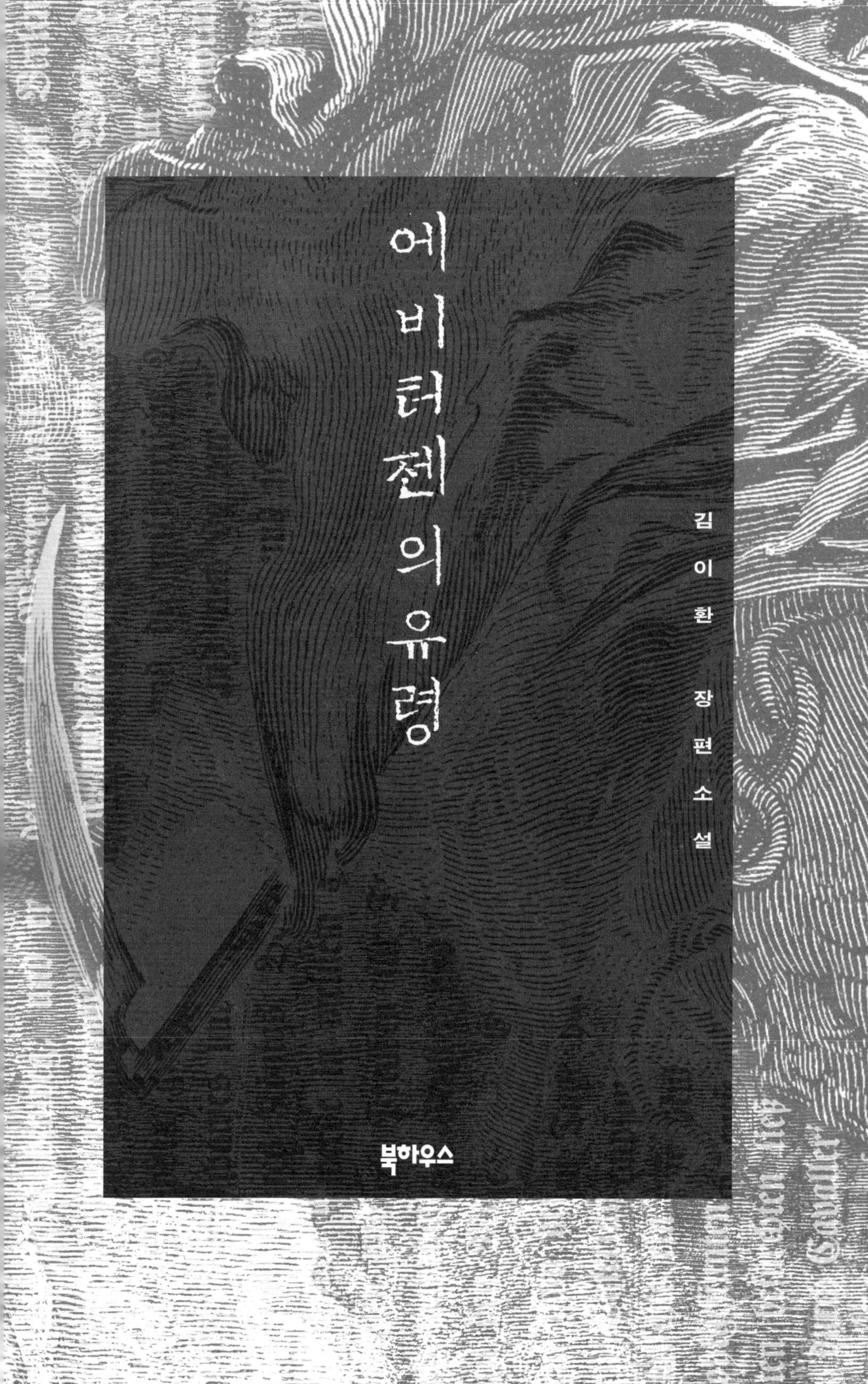

어비터젼의 유령
김이환 장편소설
북하우스

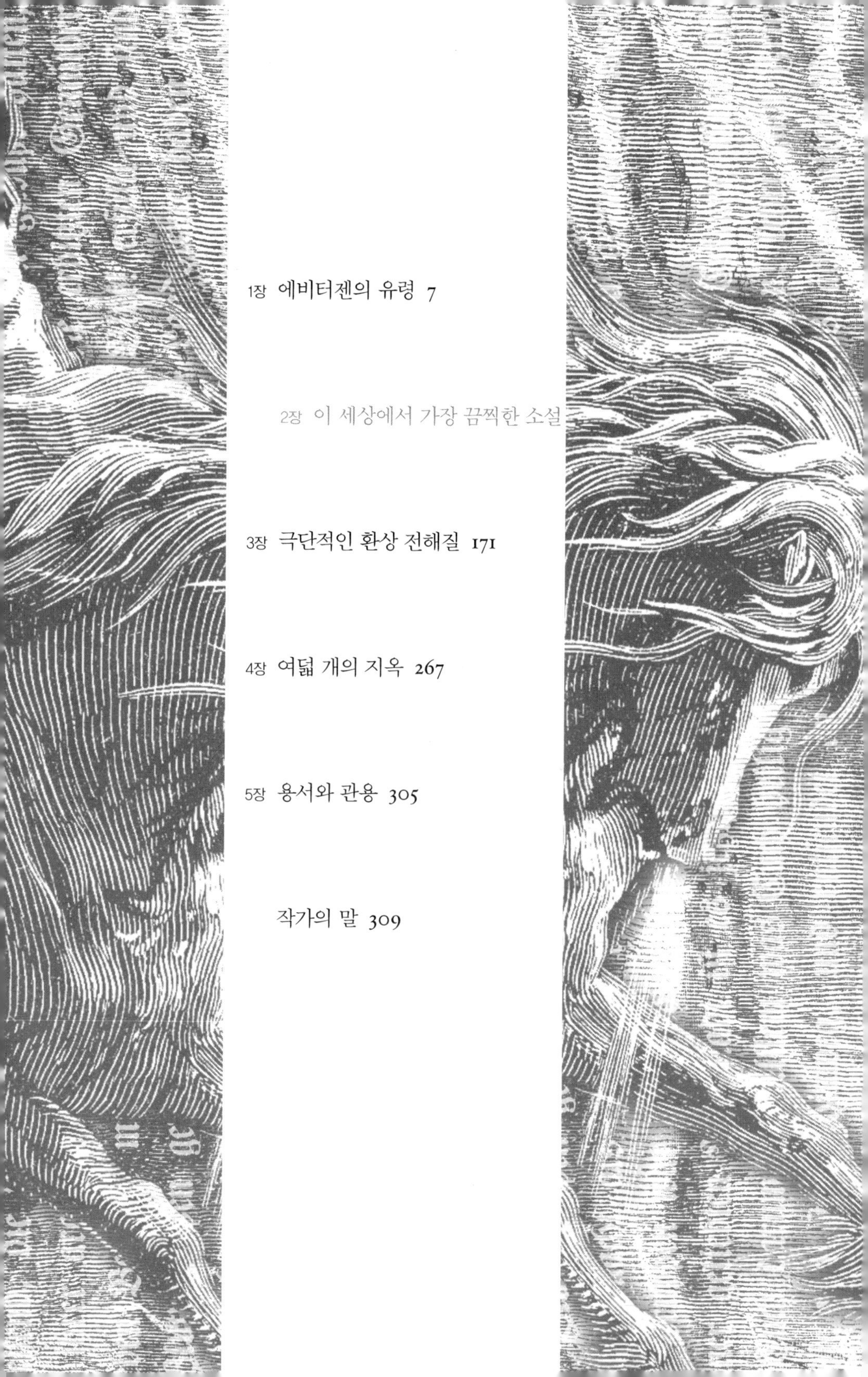

1

(이런 이야기가 있다. 어떤 소설을 읽으면 죽는다는 이야기 말이다. 그러니까, 읽으면 곧 죽는다는 소설이 어딘가에 있고, 지금도 그 소설을 읽은 사람이 죽어나가고 있다는 이야기 말이다. 언뜻 듣기에는 섬뜩할지 몰라도 곰곰이 생각해보면 황당한 이야기다. 읽으면 죽는다니, 그게 말이 되나? 그러면 읽으면 살이 빠지는 소설도 있나? 읽으면 길거리에서 돈을 줍게 되는 소설도 있나? '읽으면=죽는다'는 소설이 있으면 그런 소설도 있어야 하지 않을까? 그게 합당한 일 아닌가. '죽는다'는 가장 극단적인 일까지 일어나게 만드는 소설이 있을 수 있다면 더 사소한 일이 일어나게 하는 소설도 있을 수 있는 것 아닌가.)

소년은 길을 걷다가 게임 CD를 하나 주웠다.

(하지만 다르게 생각해볼 수도 있다. 죽는 것이 그렇게 극단적인 일일까? 신체의 각 장기가 제 기능을 하지 못해 결국 정지하고 마는 사건

이 그렇게 극단적인 일일까? 냉소적으로 생각해본다면 사람은 그저 숨 쉬는 단백질 덩어리일 뿐이다. 기껏해야 칠팔십 킬로의 단백질 덩어리가 죽고 사는 문제에 온 우주가 신경 써야 할 의무라도 있단 말인가.)

소년은 호기심이 일었다. 소년은 게임을 좋아했고 수많은 게임을 섭렵했으니 이는 당연한 일일 것이다. 무슨 게임일까? 소년은 생각했다.

(그래도 누구나 살고 싶어한다. 생존본능은 누구에게나 있다. 죽고 싶어하는 사람은 없다. 사실 자살도, 절망과 분노를 표현하는 한 가지 방법일 뿐이지 생존본능에 완전히 역행하는 행위는 아니다. 그러므로, 읽은 사람을 죽게 만드는 소설이 있다면, 참 끔찍한 일일 것이다. 그 소설이야말로 이 세상에서 가장 끔찍한 소설일 것이다.)

소년은 학원 시간에 이미 늦었다는 사실도 잊고, 게임 CD를 살펴보았다. 케이스에는 '에비터젠의 유령'이라고 씌어 있었다.

(이제 나는 이야기 하나를 들려주려고 한다. 별로 긴 이야기는 아니다. 뭐 나름대로 길 수도 있지만, 적어도 지루하지는 않을 것이다. 당신은 어떤 이야기를 원하나? 아름다운 여인이 나오는 이야기를 원하나? 내가 하려는 이야기가 바로 그런 이야기다. 아니면 끝없는 사랑 이야기를 원하나? 아니면 화끈한 액션? 혹은 격렬한 섹스를 원하나? 로봇과 고질라가 건물을 부숴대는 이야기를 원하나? 그렇다면 귀를 기울여라. 이 이야기가 바로 그런 이야기다.)

"에비터젠의 유령…… 처음 듣는 게임인데."

(하지만 당신이 이 이야기를 듣기 위해선 한 가지 규칙을 따라야 한다. 대단한 건 아니고, 그냥 내가 하라는 대로 하면 된다. 그 대신 내가 하라는 대로 하지 않으면 안 된다. 그렇게 하지 않으면 당신은 후회할 것이다. 이건 정말 재미있는 이야기니까 말이다. 말하지 않았는가, 당신이 원하는 모든 것이 이 이야기 안에 있다고. 그러니까 내 말을 꼭 따라주기 바란다. 많은 것을 바라지는 않는다. 그저 당신이 지금 게임 시디를 주운 저 소년이 되어주길 바라는 것이다. 평범한 중학생 소년이 되어주길 바라는 것이다. 우연히 주운 게임 CD에 정신이 팔려 학원 시간에 늦은 것도 잊어버리고 길거리에 멍하니 서 있는 평범한 남자아이가 되어주길 바라는 것이다.)

소년은 가방에 게임 CD를 집어넣고 다시 걸음을 재촉했다.

(자, 이제 준비됐는가? 당신은 저 소년이 되어 이 글을 읽어나가는 것이다. 당신은 평범한 중학생이다. 외모도 평범하고 체격도 평범하고 학교 성적도 평범하고 집안 형편도 평범하다. 게임을 좋아한다는 것 정도가 그나마 특이하다고 할까, 나머지 모든 것은 다 평범하다. 당신이 소년이 되어 이 소설을 읽으면서, 소년에 관해 꼭 알아야 할 정보도 다 평범한 것들이고, 별로 알 필요 없는 정보 역시 다 평범한 것들이다. 소년은 이름도 없다. 그냥 '평범한 소년'이 소년의 이름이다. 어떤가? 어려울 것 없지 않은가.)

　이제 당신은 평범한 중학생 소년이 되었다. 당신은 길을 걷다가 게임 CD를 주웠고, 집에 가서 한번 해봐야겠다고 생각한다. 플레이를 해보기로 한 건 대단치 않은 이유에서다. 훼손이 심하지 않은 CD라 CD롬에 넣어도 괜찮을 것 같고 케이스가 예쁘게 꾸며졌기 때문이다. 케이스에는 인형처럼 예쁜 소녀가 조용히 정면을 응시하고 있었는데 묘하게 차가우면서도 서늘한 미소가 소년의 마음에 들었다. 게임 캐릭터일까, 하고 소년은 생각한다. 그렇다면 좋을 텐데, 라고도 생각한다. 그래서 소년은 게임 CD를 조심조심 가방에 집어넣고 가던 길을 재촉한다……

　이것이 이 소설의 시작이다. 이제 당신은 이 소년을 따라가면 된다. 평범한 소년의 일상이, 낡은 게임 CD 한 장으로 인해 어떻게 바뀌는지를 살펴보면 되는 것이다.

　(그것이 내가 당신에게 들려줄 재미있는 소설이다…… 그런데 혹시 이 소설이 이 세상에서 가장 끔찍한 소설이 되는 건 아닐까?)

에비터젠의 유령
1

이럴 수가.

"스캇, 기다려. 우리가 구하러 갈 테니 기다려."

책의 마지막 페이지에 씌어 있었다. 스캇, 기다려. 우리가 구하러 갈
테니 기다려…….

이게 어떻게 된 일이지? 판타지 코너에, '베스트셀러' 타이틀을 단
채 턱하니 놓인 책의 제목은 '에비터젠의 유령'이었다. 지은이는 바로
나. 내가 유럽에서 쓰던 이름, 스캇 리치.

책에는 내가 빅터와 그녀를 만난 일을 시작으로 지금까지의 이야기
가 죽 씌어 있다. '소설'이라는 형식으로 말이다. 물론 나는 이런 식의
자서전을 쓴 적이 없다. 게다가 날 구하러 온다니, 누가 날 구하러 온
단 말인가? 책을 제자리에 돌려놓으며 생각했다. 날 구하러 온다, 잭

이? 에이프릴이? 하지만 그들은 빅터에게 붙잡혀 있다.

이건 빅터의 장난일까…… 세상을 지배하는 자의 짓궂은 장난.

비관론에 빠져 슬퍼할 때가 아니다. 조금이라도 빨리 도망쳐서 혹시라도 모를 기회를 잡아야 한다. 잡히는 게 시간 문제라면, 최대한 시간을 벌어놓는 것이…….

시간, 시간, 그렇다!

몸 밖으로 터져나올 듯 빠르게 뛰는 심장을 억눌렀다. 목덜미를 더듬던 두려움이 뇌로 스며들면서 하나 둘 두려운 결론을 끄집어냈다.

왜 빅터는 나를 잡지 못했을까? 생각해보라. 세상을 바꿔놓는 것과 나를 잡는 것 중 어느 쪽이 더 손쉽고 시간이 덜 걸리는 일이겠는가?

붙잡지 못했다기보다는, 그가 나를 내버려뒀다는 쪽이 설득력 있을 것이다.

어째서…… 아마 감시의 목적이었겠지. 혹시나 내가 그녀를 찾아낸다면 같이 소환하려는 계산에서.

지금도 감시하고 있을까.

손바닥에 배어나오는 땀을 코트 자락에 문지르며 고개를 돌렸다. 채 반도 돌리기 전, 비웃는 표정의 빅터와 눈이 마주쳤다. 긴 코트를 멋지게 차려입은 그는 오른손을 안주머니에 넣고 있었다. 품에서 나온 손에 들려 있는 건 스미스 앤 웨슨이었다…… 나는 몸을 숙였다.

탕.

총알은 윗머리를 스치고 지나가 『에비터젠의 유령』들을 갈기갈기 찢어 종이 쪼가리로 만들었다. 나는 몸을 날려 바닥에 엎드린 다음 재빨리 기었고, 총은 내 도주로를 따라 차례대로 서가를 박살냈다.

사람들의 비명소리가 벽이 날아가고 유리가 깨지는 소리보다 더 커질 때쯤, 카운터 뒤에 숨어 있던 나는 주위가 연기로 자욱함을 알았다. 『에비터젠의 유령』들이 산소와 화합하며 재로 변하고 있는 탓이었다. 그리고 총이 서점을 부수는 소리가 들리지 않는 것은 연기로 인해 빅터의 시야가 흐려졌기 때문이란 것도 깨달았다. 그가 미친 듯이 날려 댄 총알 중 하나가 컴퓨터에라도 맞아 불씨를 당긴 모양이었다. 그렇다면 약간이나마 여유가 생긴 것이다. 나는 주위를 휙 훑었고, 천장에 달린 샹들리에를 보았다. 나는 바닥, 카운터, 서가, 벽, 천장을 차례대로 밟은 후 샹들리에 뒤의 천장에 붙어 몸을 숨겼다.

연기 사이로 빅터의 옷자락이 흘끗 보였다. 그는 주위를 둘러보며 나를 찾고 있었다. 그를 공격할 기회만을 노리고 있던 나는 그의 머리 위에 내가 매달린 샹들리에와 똑같은 것이 있는 것을 보고 꾀를 하나 냈다. 주머니를 뒤지자, 맨 처음 손에 잡힌 것은 동전이었다.

동전을 들고 목표물을 노려보았다. 연기가 흩어지면서 시야가 밝아진 틈을 타, 나는 기회를 놓칠세라 얼른 동전을 손가락으로 퉁겼다. 조준은 정확했다. 동전은 샹들리에와 천장을 연결하고 있던 쇠줄에 맞았고, 팅, 멋진 소리를 내며 끊어졌다. 빅터는 고개를 들어보지도 못한 채, 요란한 소리를 내며 무너지는 샹들리에에 깔리고 말았다.

몇 분의 여유가 더 생긴 것이다.

샹들리에에서 내려 출구를 향해 뛰었다. 하지만 너무도 많은 사람들이 아수라장을 이루고 있어서 점잖게 차례를 기다릴 형편이 못 되었다. 어쩔 수 없이 몸을 날린 다음 유리문을 부수며 밖으로 나왔다. 박수갈채를 기대한 건 아니었지만 여인들의 찢어질 듯한 비명은 기분 나빴다.

문 앞은 갈림길이었다. 지상으로 가는 계단, 지하철역으로 이어지는 통로. 나는 지하철역으로 결정했다. 지상은 도망칠 곳이 없다. 나는 이 '유령의 도시'에서 공중에 잠깐 떠 있을 수는 있어도 하늘을 나는 능력은 없었다. 빅터는 이 '유령의 도시'의 주인인 만큼 훨씬 뛰어난 능력이 있을 것이다. 적어도 달리기는 나보다 빠르겠지. 결국 그에게 모습을 보였다간 그 자리에서 잡히고 말 터였다. 모습을 숨길 수 있는 지하가 더 가능성이 있었다. 나는 계단을 달려내려갔고, 코너를 돌아서, 개찰구로 통하는 복도에 들어섰다.

그런데,

"서라."

차가운 경고의 말이 귓가를 때렸다. 빅터였다. 방금 전만 해도 없었는데, 어느새 등 뒤에서 총을 겨누고 있다. 어찌 된 걸까?

이어 총알이 공기를 가르는 소리와 파열음의 시작…… 총알이 천장에 맞자 머리 위의 콘크리트와 시멘트가 일제히 쏟아져내렸다. 나는 팔로 머리를 감쌌다. 팔과 머리와 목과 등을 두들기던 바윗덩이들은, 내가 고통으로 정신이 혼미해질 정도가 되어서야 멈췄다. 스미스 앤 웨슨? 바주카포보다도 더 강력한 스미스 앤 웨슨이라…… 빅터의 능력은 물리법칙을 뒤흔들었나.

머리에 묻은 먼지를 털며 눈을 떴다. 역은 아직 가라앉지 않은 먼지로 자욱했다. 먼지구름을 뚫고 천천히 다가오는 빅터의 코트가 보였다. 그가 왼팔을 들자마자 총구에서 터져나온 총알은 내 왼쪽 팔꿈치를 스치고 지나 벤 에플렉 포스터에 맞았다.

포스터를 포함해서 벽이 원래의 형체를 찾아볼 수 없게 되었음은 물론이다.

"스캇, 기억을 내놔."

웃기는군. 말을 들으라고? 차라리 죽으라고 할 것이지.

"엿먹어."

아무리 궁지에 몰려 있더라도 자신만만한 모습을 보이자는 것이 평소 신조다.

"기억을 내놓으라니까."

"닥쳐! 빌어먹을."

피가 배어나오는 팔꿈치를 감싸안으며, 도망칠 방법을 생각했다. 여긴 직선 통로다. 등을 보이고 도망쳤다간 벤 에플렉 꼴이 된다. 그럼 녀석에게 달려들어서 넘어뜨린 다음 밟고 갈까? 그랬다간 '기억'을 모조리 뺏길 수 있다. 그러면 끝이다.

그럼 어쩐다?

다시 총알이 날아온다. 이번엔 오른쪽 어깨다. 팔꿈치보다 더 깊이 스쳤으므로 무척 아팠다. 이 자식, 나를 괴롭히다 죽일 셈인가.

그는 총구를 겨눈 채 다가왔다.

"스캇."

"닥쳐."

"스캇, 기억을……."

"닥쳐!"

녀석은 열 걸음만 더 옮기면 몸에 손을 댈 수 있을 만큼 가까이 있다.

막다른 골목의 생쥐 꼴이군.

"스캇, 잭과 에이프릴이 기다리고 있다."

나는 빅터의 얼굴을 보았다. 은빛 머리카락, 잿빛 눈동자, 평균보다 약간 큰 키, 점잖고 온화한 신사의 얼굴…… 이상하게도 에이프릴과 비슷한 구석이 있다. 하나도 닮지 않았는데 말이다. 왜일까, 잭처럼 검은머리도 아닌데. 그녀는 검은색을 싫어한다. 그래서 머리카락도 갈색이나 금발로 염색하곤 했지…….

빅터는 걸음을 멈췄다. 총구는 코앞에 있다.

"에이프릴? 죽지 않았으면 다행이지."

이 정도로 이죽거렸으면 분노든 신경질이든 터져나올 법도 하련만, 눈 사이를 겨냥하고 있는 총구는 전혀 흔들림이 없었다.

"난 아무도 죽이지 않았어. 네가 내 말을 듣지 않는다면 정말 죽을지도 모르지만."

"죽이지 않았다, 그래. 차라리 죽는 것이 나았을 상태이긴 하지만 죽진 않았지."

"내가 욕심으로 자네에게 이러는 것 같나? 이건 우리 모두를 위한 일이야. 계속 이러다간 정말 우리 모두 죽어."

"어떻게 죽든 똑같군. 빅터의 총에 죽든, 빅터의 거짓말에 죽든."

이번의 빈정거림이 효과적이었는지, 그는 평정을 잃었다. 그의 눈에 분노가 떠올랐다.

"난 죽는 게 두렵지 않아. 자네가 죽는 게 두려울 뿐이지. 너무 두렵다 못해 내 손으로 직접 해버리기 전에 내 말을 듣게, 스캇."

"어디 죽일 테면 죽여보시죠, 빅터 타워스 씨."

나는 정중히 허리와 무릎을 굽히면서 그에게 인사했다.

"그래봤자 너는 사기꾼일 뿐이야."

그리고 있는 힘을 다해 뛰어올랐다. 몸은 가뿐히 빅터를 뛰어넘어 머리 위, 총알이 만들어놓은 천장의 구멍으로 들어갔고, 나는 이를 악물고 구멍의 막다른 지점을 주먹으로 쳤다. 콘크리트와 철근이 부서지며 우수수 떨어져내렸다. 나는 벽을 짚고 다시 천장을 쳤다. 밑으로 나를 겨냥하는 빅터가 흘끗 보였지만, 그는 떨어지기 시작한 콘크리트 덩어리 때문에 총을 쏘지 못했다.

나는 공중에 뜬 채, 떨어지는 콘크리트 덩어리를 다시 견뎠고 좀 전에 느꼈던 혼미한 기분을 또 느꼈다.

눈을 떴을 땐 머리 위로 맑은 하늘이 보였다. 천장에 구멍을 낸 것이다. 지상으로 올라갈 수 있는 스캇 리치 전용 통로를 만든 것이다. 구멍 밑에서 무슨 일이 일어났는지 보기 위해 고개를 숙였다가 콘크리트와 흙이 틀어막고 있는 것을 보고 히죽 웃었다.

다시 몇 분 벌었군.

벽을 짚으며 구멍을 빠져나왔다. 지상의 공기는 따뜻하고 활기찼다. 갑자기 생겨난 구멍을 피하려다 접촉사고를 낸 차 몇 대와, 무슨 일인지 궁금해하는 행인들이 둘러싸고 있었다. 짐작했던 대로 그곳은 광화문대로 한가운데였다. 그들은 내가 구멍에서 나오자 혼비백산해서 도망쳤다. 나는 그들을 무시하고 구멍을 들여다보았다. 마치 칼로 도려낸 듯 동그란 구멍이 20피트 지름으로, 깊이는 그것보다 더 깊게 뚫려 있었다. 웃긴 것이, 손은 약간 욱신거리기만 할 뿐 멀쩡하다는 것이었다. 부서져나갈 각오를 하고 휘두른 주먹인데 멀쩡하다니, 그런데 천장은 박살나다니. 의학, 물리학, 공학적으로 절대 불가능한 일이었다. 빅터 덕이다. 그가 세상을 비틀어놓았고, 나 역시 그 장점을 활용하고 있는 것이다.

그때, 구멍의 바닥을 이루고 있던 흙이 꿈틀거리는 것을 보았다. 무엇이 흙 밑에서 꿈틀거리고 있는지는 한 번 이상 생각할 필요가 없었다. 무시무시한 총구가 내 이마를 향하기 전에 조치를 취해야 한다.

"몇 분은 번 줄 알았는데, 젠장."

중얼거리던 나와 눈이 마주친 것은 커다란 외제차의 운전석에서 멍하니 나를 보던 나이 많은 남자였다.

구멍을 본 다음 차를 보았고, 다시 한번 구멍을 보았다…… 크기가 거의 비슷했다.

차로 다가가 앞문을 열며—정확히 말하자면 잡아뜯었다. 내가 다가오는 것을 보고 운전수가 문을 잠갔기 때문이다—남자의 안전벨트를 풀어준 후, 차를 빌리겠으니 내려달라고 정중히 요청했다.

그는 기어내리듯 차에서 나와 도망가버렸다. 아직까지 상황을 즐기듯 지켜보던 몇몇 무모하리만큼 호기심 많은 사람들도 그제야 사태의 심각성을 알고 도망쳤다. 나는 힘을 과시하기 위해 차를 번쩍 들어올린 다음, 한번 던졌다가 받아 그대로 구멍에 쑤셔넣었다. 차는 종이컵처럼 허무하게 구겨져 구멍에 박혔다. 하지만 불행히도 구멍을 완전히 메우지 못했다. 자동차의 길이는 구멍의 지름과 비슷했지만 높이는 많이 모자랐다. 나는 옆에 서 있는 버스를 눈여겨봤지만, 너무 큰 데다가 내리지 못한 손님을 다 끌어내리면 시간이 없을 것 같았다.

옆에 서 있던 이순신 장군 동상이 어째서 눈에 들어왔는지 모르겠다. 하지만 보자마자 구멍에 잘 맞을 것 같은 생각이 들었고…… 생각대로였다.

나는 몸을 날려 광화문대로의 중앙선을 대신하고 있는 가로등 위로 올라가 주위를 보았다. 앞으로는 경복궁이, 뒤로는 도로가 곧게 이어져 있다. 아무래도 경복궁 쪽이 숨을 곳이 많을 것 같았다. 경복궁을 지나 주택가로 들어갈 수만 있다면…… 아니면 더 멀리 뛰어서 산으로 숨을 수 있다면, 그래서 바위틈에 몸을 숨기고 이 무시무시한 추격에서 벗어날 수 있다면…… 나는 가로등을 하나하나 밟으며 앞으로 나아갔다.

다섯 번 정도 점프해서, 세종문화회관을 지나 광화문대로의 중간쯤 왔을 때였다.

휙—

왼쪽 귀가 불에 덴 것처럼 따가웠다. 손으로 잡아보니 귓바퀴의 일부가 없었다. 동시에, 오른쪽 문화관광부 건물의 맨 위층이 하루 동안 익숙해진 소리와 함께 날아갔다.

콰콰콰콰콰쾅.

뜨거운 피가 뺨과 목덜미로 떨어졌다. 하지만 상처는 심리적 충격에 비하면 아무것도 아니었다. 한 방으로 건물을 날려버릴 수 있는 총을 갖고 있는 사람이 누구일지는 두 번 생각할 것도 없다. 두려웠다. 도대체 언제 구명을 뚫고 나왔단 말인가…… 차, 이순신 장군의 동상, 모두 구명을 막고 있다. 다른 길로 돌아서 빠져나온 건가. 그렇다기엔 너무 빠르잖아.

그토록 두려워했건만, 그것조차 빅터에겐 과소평가였던가.

생각을 끝낼 사이도 없이 두번째 총알이 옷자락을 스치고 지나 문화관광부 건물에 맞았다.

한 층이 날아간 충격에도 간신히 버티고 있던 문화관광부 건물은 두번째 충격을 이기지 못하고 무너져버렸다. 나는 세종문화회관 지붕에서 나를 겨냥하고 있는 빅터를 보았다.

그의 모습은…… 먼지를 뒤집어쓴 악마였다.

나는 다음 가로등으로 뛰었다가 총알이 무릎을 스치는 바람에 발을 헛디뎌 도로로 떨어졌다. 떨어졌을 때의 충격, 건물이 무너지면서 내는 소리 둘 다 대단했지만, 나는 벌떡 일어나 뛰었다. 죽기는 싫었으니까. 총알은 계속 스쳐갔다. 덕분에 나는 꽤 많은 피를 흘렸고 건물은 지도에서 없애도 좋을 만큼 박살나버렸다. 처음 두 번의 겨냥이 빗나갔을 때는 그저 대단한 행운이라고 생각했고, 세번째 네번째부터는 나를 죽이지 않고 괴롭히기만 할 속셈이라고 생각했지만, 다섯번째와 여섯번째에 이르자 뭔가 이상하다는 생각이 들었다. 경복궁으로 들어가기 직전, 마지막으로 빅터를 봤을 때 그는 오른손으로 총을 겨누고 있었다. 내가 알기로 그는 왼손잡이였다.

왼손은 힘없이 늘어져서 가끔 경련을 일으키고 있었다. 부러졌거나 그 정도로 다친 것 같았다.

승용차와 이순신 장군 동상을 던져넣은 게 헛수고가 아니라는 생각이 들어 기분이 좋았다.

경복궁으로 들어가 건물이 부서지는 소리를 뒤로한 채 지하도로 뛰어들어갔다. 끝없이 이어지는 계단을 구르듯이 달려내려가는데, 한 팔을 못쓰게 된 빅터 정도면 이길 수 있지 않을까 하는 생각이 들었다. 그건 잠시 걸음이 멈춰질 정도로 그럴듯한 아이디어였다. 하지만 복도를 따라 붙어 있는 거울에서 내 모습을 본 순간 나는 고개를 저었다. 당장 죽지 않는 것이 이상할 정도로 불쌍한 상태였다. 옷은 군데군데 찢어지고 피가 배어나오며 먼지를 뒤집어쓴 꼴에 귀에서 떨어지는 피는 뺨을 타고 목과 턱으로 흘러내리고……

게다가, 몸이 춥고 졸음이 쏟아지는 것을 느꼈을 때에야 내가 피를 많이 흘렸다는 사실을 깨달았다. 계속 피를 흘리다간 쇼크로 죽을지도 몰랐다. 더 빨리 도망쳐야 했다…… 정말 도망칠 곳이 있을까? 어쨌든 지금은 도망치는 것이 최선의 선택이었다. 하지만 무슨 최선이 이 모양 이꼴인가. 나는 내 발로 함정에 들어온 거야.

어느새 두뇌는 정상적인 판단을 거부했다.

춥다.

피곤하다.

에이프릴은 어떻게 됐을까.

모든 것이 너무 복잡했다.

모든 것이 너무 피곤했다.

나는 터벅터벅 걸었다. 뛰어가도 모자랄 판이었지만 발걸음을 따라 떨어져 있는 핏자국을 보니 뛸 마음이 나지 않았다. 소환당하지 않기 위해 도망쳐봤자 죽으면 무슨 소용인가!

욱신거리는 팔과 어깨를 붙잡고 걸었다. 개찰구를 지나 저지하는 경찰을 주먹 한방으로 잠재운 다음 아래로 아래로 내려갔다.

마지막 층인 승강장. 운이 좋으면 지하철이라도 얻어탈 수 있겠군. 승객들이 어떤 반응을 보일까.

경복궁역은 '기억'에서 늘 그랬던 것처럼 한산했다.

"스캇, 더이상 갈 곳이 없어."

나는 뒤를 돌아보았다. 흐릿한 시야 사이로 빅터가 총을 겨누고 있었다.

그는 오늘 하루 종일 분통이 터질 만큼 고집스럽게 중얼거린 그 말을 다시 반복했다.

"날 믿게, 자넬 죽이려는 게 아냐."

나는 히스테릭하게 웃었다. 모든 게 우스웠다. 어깨의 통증, 피, 먼지를 뒤집어쓴 악마, 죽음, 두려움, 추격, 기타 등등.

"에이프릴도 자네를 믿고 따라가던가?"

권총을 쥔 주먹이 얼굴로 날아왔다. 나는 두 바퀴를 굴러서 선로로 나가떨어졌다.

정말 더럽게 아팠다.

"에이프릴이 그렇게 된 건 내 잘못이 아냐."

빅터는 말했다.

"마지막으로 말한다. 강제로 하고 싶지 않아. 그러니 조용히 기억을 내놔."

바람이 세게 불기 시작했다. 바람은 머리카락을 흩뜨려놓고, 뺨에 흐르는 피를 굳히면서 점점 거칠어졌다.

―지금 수서, 수서행 열차가 도착하고 있습니다. 승객 여러분께서는 안전선 밖으로 물러나주시기 바랍니다―

……지하철이 온다.

"함부로 폭력을 휘두르다니. 실망했어, 빅터."

나는 천천히 몸을 일으켰다. 마치 캘리포니아에 있었을 때 본 태풍처럼, 티벳의 고원을 지나 인도로 가던 중 만났던 눈보라처럼, 거센 바람이 터널에서 쏟아져나왔다. 강렬한 헤드라이트 불빛이 나에게 달려들었다.

"실망했어, 빅터……."

빅터는 총을 집어넣었다. 그리고 풀쩍 뛰어 선로로 내려왔다. 잿빛 눈동자가 성큼 눈앞에 다가왔다.

잠깐 동안 그의 눈동자가 그녀의 눈동자로 변했다. 단순히 피가 많이 빠져나간 탓에 헛것을 보고 있는 것이 아니었다…… 두 사람의 눈동자는 착각이라고 생각하기엔 너무 많이 닮아 있었다.

에이프릴…….

그는 손바닥을 펼쳤다.

"기억을 가져가겠어. 미안하다."

핏빛 그림자가 일렁이며 시야가 흐려졌다. 현실이 희미하다. 검은색 안개가 덧칠해진 것처럼 뿌옇고 흐린 시야, 거센 힘이 목덜미를 당긴다.

허무하다.

허무해…….

"어림없어, 타워스."

누군가 그의 손을 주먹으로 쳐냈다. 밝은 헤드라이트를 앞세운 채 굉음을 울리며 열차가 승강장으로 들어오는 순간이었다. 누군가 왼손으로 빅터를 밀치고 나를 끌어안더니, 우리를 깔아뭉갤 기세로 코앞까지 다가온 열차를 오른손으로 막았다.

열차를 막았다! 달려오는 열차를 한 손으로 막은 것이다.

강아지가 달려오는 5톤 트럭을 꼬리로 쳐서 날려보내는 모습을 본다면 그게 믿어지겠는가? 눈앞에서 일어난 일이라고 한들 믿어지지 않을 것이다. 한 손으로 달려오는 열차를 막아버린 일도 역시 그랬다. 분명 보고 있었지만 믿어지진 않았다.

어쨌거나 열차는 승강장으로 들어오지도 못했다. 운전석에 앉아 있던 차장은 유리창에 머리를 들이받고는 기절해버렸다. 관성의 법칙이 그에게 베푼 은혜라고 할까. 차장뿐 아니라 열차 안에 있던 다른 승객들도 비슷한 일을 당했을 것이다. 차량은 이리저리 뒤틀렸고, 바퀴와 레일 사이에서는 불꽃이 솟아올랐다. 결국 운전석 바로 다음 차량과 그 다음 차량은 레일 위로 튀어올라 뒹굴었다.

하지만 열차는 누군가의 손바닥을 단 일 인치도 움직이지 못했다.

손바닥의 주인은 에이프릴이었다.

선로에 넘어진 빅터는 아무 말도 하지 못했다.

"오랜만이야. 모습이 엉망이네."

에이프릴은 고개를 돌려 빅터를 흘끗 노려보고는 말했다.

"나중에 봐."

그녀는 나를 데리고 떠났다. 우리는 유령의 도시와 도시 사이를 여행했고…… 나는 그녀의 흰 옷자락과 긴 머리카락을 보며 이것이 어찌된 일인지를 나 자신에게 되물었다.

하지만 이 모든 것이 어떻게 된 일인지 알려면 일단 에이프릴에 대해 알아야 한다.

나 스캇과 에이프릴이 겪은 일들을.

〈이 세상에서 가장 끔찍한 소설〉

2

(읽으면 죽는 소설이 가능할까. 그럼 소설을 쓴 작가는? 자기도 쓰면서 읽었으니 죽었겠지? 아니, 죽을 걸 알고 소설을 썼다면 그것도 일종의 자살인가? 죽을 걸 각오하고 쓴다면 정말 그런 소설을 쓸 수 있을지도 모른다. 얼마나 독한 마음을 먹었기에 그런 소설을 쓸 생각을 했을까. 원한도 보통 대단한 원한을 품은 게 아니라면 그런 식의 극단적인 사고는 불가능하겠지.)

소년은 조심스럽게 케이스에서 CD를 꺼내 CD롬 안에 넣었다. 40배속 CD롬은 덜커덕 소리를 몇 번 내고서야 CD를 읽었다. 더 좋은 CD롬을 사야 할 텐데, 소년은 한숨이 나왔다. 돈을 많이 모으긴 했지만 아직 모자랐다. 플레이스테이션 II를 사는 게 더 급할까, CD 라이터를 사는 게 더 급할까, 한참 궁리했지만 결론을 내릴 수 없었다.

소년은 피곤했다. 학원 수업도 피곤했고 공부 좀 하라고 잔소리하는 부모님도 피곤했다. 안 그래도 저녁 식탁에서 버럭 신경질을 냈던 터였다. 아버지는 밤을 새워 게임을 하니 피곤한 거지 공부를 해서 피곤한 거냐며 컴퓨터를 빼앗아버리겠다고 화를 냈다. 그냥 으름장이 아니라 정말 그렇게 할 듯한 기세였다. 하지만 그러지는 못할 것이다. 곧 개학이다. 학교 숙제 때문에 컴퓨터를 써야 한다고 말하면 부모님도 어쩌지 못할 것이다. 개학해서 학교에 가려면 끔찍하긴 하지만, 어차피 학교는 항상 끔찍했으니까.

아, 씨발 뭐 재밌는 일 좀 없을까.

소년은 중얼거렸다. 밤 열한시였다. 또 늦게 자면 내일 엄마에게 혼나겠지. 새벽같이 일어나서 도서관 간다고 하고는 어디 놀러가버릴까. 학원 근처 피시방은 어떨까. 아니면 근처 가게를 돌아다니면서 공CD 가격이나 알아봐야겠다.

덜커덕 소리가 커졌다. 화면이 검어지면서 인스톨 메뉴가 떠오르고…….

아니다. 바로 게임 시작이다.

뭐야, 벌써 인스톨해버린 건가? 이런 씨팔, 자기 마음대로 인스톨하는 게임인가? 소년은 화가 나서 욕지거리를 내뱉는다. 좆됐구나. 언인스톨도 못 하는 거 아냐? 포맷한 지 일 주일도 안 됐는데 벌써 레지스트리 더러워지면…… 씨발…… 소년은 마우스를 클릭하고 키보드를 만지작거리지만 게임은 사정없이 돌아간다. 어째서인지 창 바꾸기 단축키도 먹히지 않는다.

로딩 화면이 끝나고 바로 인트로가 시작된다.

인트로는 단순하다. 껌껌한 화면이 꽤 긴 시간을 두고 밝아진다…… 어딘지 모르겠지만 감옥이나…… 창문 없는 낡은 방 같은데…… CD 케이스의 소녀가 서 있다. 그녀는 눈을 감은 채 가만히 있는데……

아름답다. 낡은 CD 케이스의 사진으로도 아름다운 소녀였지만, 생생한 동영상으로 보니 정말 아름다웠다. 애니메이션 미소녀라기보다는 돌피 인형과 비슷한 분위기다. 그것도 중세 분위기가 감도는 어두운 표정의 소녀였다. 시체처럼 창백한 피부에 갈색과 붉은색이 섞인 퇴폐적인 금발, 가는 손가락, 검은색과 초록색이 섞인 드레스. 애니메이션 티를 내지 않기 위해 실사를 일부러 어설프게 흉내내 그린 것 같았는데, 그 투박함 때문에 오히려 굉장히 사실적으로 보였다.

소년이 넋을 놓고 있는 사이 신비스러운 소녀가 눈을 떴다.

눈동자가 기분 나쁠 정도로 파랗다.

"내 이름은…… 에이프릴……."

에이프릴.

이 아가씨 이름이 에이프릴이란 말이지. 눈동자 정말 예쁘다. 이렇게 아름다운 눈은 처음이다. 아, 예뻐. 화면캡처 해서 출력한 다음 갖고 다닐까? 그건 좀 미친 짓인데.

그나저나 이건 도대체 무슨 게임이지? 소년은 저녁을 먹고 나서 꽤 오랜 시간 동안 웹서핑을 했지만 '에비터젠의 유령'이라는 게임에 대해서는 찾아내지 못했다. CD 케이스에 씌어 있는 거라고는 게임의 이름과 알 수 없는 문자들뿐이었다. 아, 다른 글자도 있다. 케이스 뒷면 오른쪽 아래의 붉은 글자, '비매품'. 공짜로 돌아다니던 CD가 주인의 부주의로 길거리에 버려진 모양이었다. 아니면 하도 재미가 없어서 버렸거나. 하지만 그래픽 수준으로 봐서는 재미가 없어서는 아닌 것 같은데…….

에이프릴이 눈을 감자 드디어 게임이 시작되었다.

어두운 방이었다.

가로세로 4미터나 될까 싶은 작은 방이다. 다락방과 비슷하다. 창문도 하나 없이 어둡고…… 먼지와 낡은 물건으로 가득하다. 중세 유럽풍의 분위기가 나는 것이 조금 게임 같다는 점을 빼면, 으스스한 다락방과 흡사했다. 거미줄과 먼지가 가득한 가운데 생쥐들이 돌아다니고…… 그래픽 수준이 대단했다. 디테일이 섬세했다. 인트로의 소녀도 그렇고 지금의 방도 그렇고 거의 실사와 다를 바 없었다. 파이널 판타지가 부럽지 않을 그래픽이었다. CD 한 장에 이런 그래픽이 다 들어간단 말인가? 도대체 누가 만든 게임일까? 그래픽 수준으로 봐서는 우리나라에서 만든 것 같지는 않다. 하지만 일본 게임 같지도 않다.

별다른 메뉴창은 없었다. 화면 왼쪽 밑에 있는

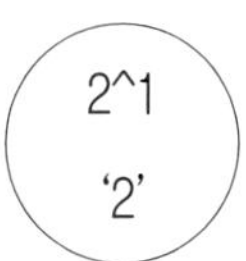

라고 쓰인 동그란 원이 메뉴의 전부였다. 마우스를 클릭하고 키보드를 눌러봐도 다른 메뉴는 나오지 않았다…… 여기부터 시작하는 어드벤처 게임인가 보지. 어둠침침한 분위기로 봐서는 호러 같고. 소년은 배경음악을 확인하기 위해 스피커의 볼륨을 높였다. 별다른 음악은 나오지 않았고, 나무 바닥이 삐걱거리는 소리만 들렸다. 소리가 꽤 실감났다. 소년은 5.1 채널 스피커를 쓰고 있었는데 정말 방바닥이 삐걱거리는 것 같았다.

만족스러웠다. 그래픽도 음향도 훌륭했다. 어떻게 하는 게임인지 아직 모른다는 것을 빼면 말이다.

소년은 방을 둘러보다 계단 하나를 찾아냈다. 내려가는 계단인 걸 보면 지금 있는 곳이 다락방이 맞긴 맞는 모양이다. 소년은 계단을 내려갔다. 하지만 채 반도 내려가기 전, 웬 여인이 나타나 앞을 막았다. 쿵쿵 소리를 내며 다가왔기 때문에 소년은 깜짝 놀라 스피커 볼륨을 낮췄다. 공포 게임인가 보다, 소년은 생각했다. 유령을 피해 죽어라 도망다니는 게임은 싫은데. 소년은 침을 삼켰다. 처음에 나온 미소녀는 나오지도 않고, 소름 끼치게 생긴 아줌마부터 등장인가. 깨기 싫은 게임이었다. 백방으로 수소문을 해서라도 공략집을 찾아서 미소녀를 봐야겠군. 소년이 여인을 클릭하자 메뉴창이 떴다.

1. *$&%#*#&%
2. &%$@*%&$#
3. $&%#

어찌된 일인지 글자가 깨져 있었다. 폰트가 깨졌나? 일어 폰트라면 제대로 깔려 있을 텐데. 프로그램 버그인가? 소년은 일단 1번을 선택했다. 그러자 플레이어는 여인을 뒤로하고 계단을 거슬러올라 다락방으로 돌아와버렸다. 1번은 '돌아간다'나 뭐 그런 뜻인가 보군. 소년은 다시 계단을 내려갔고, 이번에도 역시 여인이 앞을 가로막았다.

소년은 2번을 선택했다. 그러자 여인이 빗자루로 내리치기 시작했다!

소년은 깜짝 놀라 계속 Esc 버튼을 눌렀지만 소용이 없었다. 이렇게 놔뒀다가는 죽겠다 싶어 얼른 마우스를 움직여 다락방으로 도망가자, 화면 왼쪽 아래의 표시는

2^0

1

로 변해 있었다. 게다가 계단을 내려갈 수도 없었다. 아무리 계단으로
가도, 회색으로 변한 계단의 모습만 보일 뿐 그 아래로 내려갈 수가 없
었다.

"아, 씨발 이게 도대체 무슨 게임이야!"

(그렇다면 이 세상에서 가장 끔찍한 소설의 작가는…… 자살했을
까?)

에비터젠의 유령
2

영국 런던, 1999년, 겨울비가 주룩주룩 내리던 오후, 불쾌한 추위와 암울할 정도로 낮은 일조량에 진절머리를 내며 길을 걷고 있었다.

번화가로 기억한다. 상점, 옷가게, 모퉁이를 돌면 막스 앤 스팬서가 있고, 간간이 멋진 차가 지나다니는. 궂은 날씨라 사람은 많지 않았다.

이유는 기억나지 않는데, 나는 차를 놓아둔 채 두 블록째 걷고 있었다. 아마 분통 터지는 이유였으리라. 그때의 짜증이 단순히 비 때문만은 아니었던 걸로 기억한다. 어쨌든 신경질을 친구 삼아 걷고 있을 때였다. 스무 걸음 정도 앞에 여섯 살쯤 된, 동화책에서 걸어나왔다고 해도 믿었을 만큼 천사처럼 귀여운 여자아이가 비를 맞고 서 있었다.

나는 어린아이를 싫어하는 편이었고 그땐 신경질까지 나 있었지만, 금발머리에 초록색 눈을 한, 악마라도 눈물을 흘리고 달아날 만큼 순진해 보이는 어린아이를 보고서까지 투덜댈 만큼 속 좁은 불평쟁이는 아니었다. 그 소녀는 나뿐 아니라 다른 행인의 발걸음까지 늦추어놓고 있었다. 저렇게 예쁜 아이가…… 우산도 없이…… 어째서 비를 맞고

32

있을까…… 행인들의 마음속 걱정이 또렷하게 들렸다(나에겐 사람의 마음을 듣는 건 어려운 일이 아니었고 지금도 그렇다). 때문에, 비슷한 궁금증이 든 나는 소녀를 향해 걸었다. 비에 젖은 머리카락과 바비인형이 무색할 만큼 가느다란 팔과 다리, 백설공주의 하얀 치아. 외모만으로는 더이상 귀여울 수가 없는 소녀였다.

나는 걸음을 멈췄다.

순수함의 결정체 같은 아름다움 뒤에 거대한 무언가가 숨어 있었다. 순진함과 귀여움의 정반대인, 무시무시하게 꿈틀거리는 무언가가…… 강력한 무언가가…… 그 소녀의 몸에 숨어 있었다.

공포를 채 실감하기도 전 소녀는 멍한 눈으로 나를 올려다보았다.

"내 이름은 에이프릴."

그리고 폭발.

먼저 빛이 터지고, 소음이 그 뒤를 따랐다. 천둥과 비슷하다고 할 수 있을 것이다. 더 비슷한 예를 원한다면 1945년 뉴멕시코에서 봤던 핵폭탄 실험을 말해줄 생각도 있다. 빛과 바람이 소용돌이치면서 하늘로 날아오르는 모습을. 폭발이 오감을 사로잡아 흔들던 순간을.

폭발과 함께 한 블록의 쇼윈도가 산산이 부서졌다. 유리 파편이 길바닥을 뒹구는 동안, 달리던 차들은 붕 떠올라 건물 벽이나 인도로 내동댕이쳐졌다. 수많은 행인들이 비슷한 일을 당했다.

십여 분간의 소동에도, 죽지 않는 능력을 갖고 태어난 나는 전혀 다치지 않았다. 단지 뒤로 넘어지면서 엉덩방아를 찧었을 뿐.

소녀 역시 그랬다.

폭발이 끝나고 주변은 갑작스럽게 고요해졌다. 근처의 행인들은 전부 놀라 기절했거나 유리 파편에 맞아 피가 흐르거나 공중에 30피트씩 떠올랐다가 다시 떨어지는 바람에 신음을 내뱉었고, 달리던 차들은 대부분 엉뚱한 장소에 주차해 있었다. 바로 옆을 달리던 혼다는 이제 꽃가게 입구를 틀어막고 있었다.

그리고 소녀는, 나에게 시선을 고정한 채 움직이지 않던 그녀는, 기절했다.

기절한 소녀.

귀가 멍멍한 것을 빼곤 멀쩡한 나.

죽음처럼 고요한 길거리.

그래서 내가 어떻게 했냐고? 글로브너 도로를 달리고 있었다. 난 런던 외곽을 돌면서 숨을 돌린 다음 집이 있는 햄스테드 쪽으로 방향을 틀었고…… 그 동안에도 에이프릴은 깨어나지 않았다.

3

(자기 목숨을 버리면서까지, 읽는 사람이 죽는 글을 썼다니 작가는
왜 원한을 품었을까? 뭐가 불만이었을까? 자살은 억눌린 분노를 제대
로 처리하지 못했을 때 나타나는 반응이다. 타인에 대한 분노를 억누
르다 결국 자기 자신에게 돌리는 것이다. 그래서 스스로에 대한 분노
로 목숨을 끊는다는 행위를 선택하는 것이다. 그렇다면 작가는 왜 분
노했을까? 무엇이 작가를 분노하게 했을까?)

소년은 학원 근처의 컴퓨터용품 전문점으로 들어갔다. 오픈한 지 얼
마 안 된 가게로, 학원 근처에는 처음 생겼기 때문에 며칠 전부터 한번
가봐야겠다고 생각했었다. 오늘은 어머니의 잔소리를 피해 아침 일찍
집을 나와, 학원 시간이 되기를 기다리면서 주변을 어슬렁거리던 중이
었다. 기왕에 시간도 남는 거 한번 들어가보고 싶었다. 어떤 게임을 파
는지, 컴퓨터 부품은 얼마나 싸게 파는지도 궁금했다.

새로 연 가게라 그런지 에어콘 시설이 좋았다. 더위 때문에 짜증났

던 소년은 몸을 확 훑고 지나가는 시원한 바람에 기분이 상쾌해졌다. 가게는 깨끗했다. 상품은 모두 새것이었고 디스플레이도 화려했다. 소년은 가게를 둘러보면서 평소에 사고 싶었던 물건이 얼마나 하는지 살펴보았다. 생각지도 않게 가격이 쌌다. 운송료 붙는 인터넷 판매 사이트보다도 쌌고, 용산에서 다리품 팔며 돌아다녀야 얻을 수 있을 가격보다도 쌌다. 이렇게 싸게 팔아서 남는 게 있을까 싶은 것도 있을 정도였다. 이야, 집 가까이에 이런 곳이 생기다니.

"○○중학교 다니냐?"

주인 아저씨가 물었다. 의자에 앉아서 테이블에 다리를 걸친 채 신문을 읽고 있는 걸 보면 주인이 틀림없다. 설마 아르바이트하는 사람이 저런 자세로 가게를 보진 않겠지. 소년은 슬쩍 그의 얼굴을 훔쳐보았다. 가게 주인을 하기에는 아직 젊어 보이는데…… 기껏해야 스물서넛이나 됐을까. 키도 크고 체격도 좋고 꽤 미남이었다. 어이가 없을 정도로 건방진 자세로 앉아 있지만 않았다면 멋있다고 생각했을 것이다.

그는 무슨 이유에서인지 몰라도 위아래 모두 검은색 옷을 입고 있었다. 한여름에 덥지도 않나, 소년은 생각했다.

"새로 여셨나 봐요. 그런데 물건 값이 싸네요."

주인은 신문에서 눈을 떼지 않은 채 대답했다.

"직접 받아오거든."

알 듯 말 듯한 대답이었다.

"피시용 게임도 다 싸네요."

"할인해서 팔거든."

역시 알 듯 말 듯한 대답이다.

"이래갖고 남는 것도 없겠어요."

"요즘 경기에 남는 거 없으면 컴퓨터 장사를 어떻게 하냐."

심드렁한 대답이었다.

친절하진 않았지만, 아이쇼핑 좀 하다 나간다고 해서 화낼 사람은 아닌 것 같았다. 그래서 소년은 에어컨의 시원한 바람과 깨끗한 디스플레이, 보기만 해도 가슴 뛰는 가격을 즐기면서 천천히 가게를 둘러보았다.

그러다가, 왜 그런 말을 했는지 스스로도 알 수 없었는데, 어쨌든, 문득 가게 주인에게 이렇게 물었다.

"에비터젠의 유령이라는 게임 아세요?"

"하면 죽는다는 게임?"

주인은 태평스럽게 말했다. 그래서 소년도 아, 그렇구나 하고 흘러넘겼다가 다시 곱씹어보고는 깜짝 놀랐다.

"예? 하면 죽어요?"

(하면…… 죽는다는…… 게임 말이야…… 읽으면…… 죽는다는…… 소설처럼……)

"하면 죽는다는 게임 말이야. 읽으면 죽는다는 소설처럼."

주인은 신문을 내려놓고 소년을 보았다. 이제 얼굴이 더 확실히 보였다. 찬찬히 훑어보니 꽤 미남이었다. 하지만 나이는 처음에 얼핏 보았을 때보다 많아 보였다. 눈빛이나 분위기가 깊어 보이는 게 분명 나이가 많은 사람이었다.

"그거 만든 사람이 자살했다면서. '에비터젠'이라는 새로 생긴 게임

회사에서 돈을 꽤 많이 들여서 만든 호러 게임이라던데."

에비터젠······ CD 케이스에도, 로딩이나 인트로 동영상에도 그런 회사 이름은 없었다. 회사 이름이 게임 이름이라니, 회사의 명예를 걸고 만든 게임인가 보지.

한국 게임이 맞는데 폰트는 왜 깨졌을까? 역시 프로그램 문제?

"한국 호러 게임의 새로운 지평을 열어보겠다고 만든 게임인데 만든 사람이 자살했잖아. 그래서 시판되지 못하고 묻혔단 말이야. 게임 안에 자살한 사람의 귀신이 들어가 있다느니 어쩌느니 흉흉한 소문만 한참 떠돌았지. 하지만 시중에 나오진 않았으니 할 수는 없었고. 그러던 와중에 비매품 CD가 몇 장 풀려나왔어."

"그래서요?"

"그걸 어떻게 운 좋게 구한 사람들이 플레이하다가 죽었대."

"죽어요?"

"죽었다는데, 사실 죽었는지 내가 확인해본 건 아니지. 하지만 꽤 유명한 소문인걸. 플레이한 사람은 다 죽었대. 사고로 죽고, 갑자기 심장 마비로 죽고······ 해보진 않았는데 그 게임 규칙이 그렇다던데. 한번 시작하면 끝까지 해야 한다. 그렇지 않으면 죽는다. 그 대신······."

"그 대신 뭐요?"

"그 대신 게임을 끝까지 플레이하면 자기가 원하는 사람을 죽일 수 있다."

(게임을 끝까지 하면······ 네가 원하는 사람을······ 죽일 수······ 있어······)

"그거 진짜예요? 아저씨가 만들어낸 말 아니고?"

"에비터젠의 유령이라는 게임 아냐고 물어본 건 너야."

소년은 황당했다. 하면 죽는다는 괴상망측한 소문의 게임이라니. 그런 게임이 어쩌다가 내 손에 들어왔을까? 소문으로나 떠돌아다니는 게임 CD가 어째서 내가 지나가는 길목에 떨어져 있었을까? 게다가 끝까지 하지 않으면 죽는다고?

아저씨가 놀리려고 하는 소리 아닐까? 손님 없는 시간에 찾아온 중학생과 농담 따먹기 하는 게 재미있을 수도 있으니까. 그렇다고 해도 기분 나쁜 게임임에는 틀림없다. 게임을 끝까지 플레이하면 원하는 사람을 죽일 수 있다지만, 별로 죽이고 싶은 사람도 없다. 소년은 게임이고 뭐고 다 집어치워야겠다고 결심했다. 어차피 하는 법도 모르고 망한 회사 게임이라면 공략집도 없을 테니 말이다. 주인은 여전히 신문에서 눈을 떼지 않았다. 소년은 미적미적 인사를 한 다음 가게를 나섰다.

이때 그대로 학원으로 가버렸다면 소년의 인생은 많이 달라졌을 것이다. 좋은 쪽으로…… 많이 좋아졌을 것이다.

하지만 막 가게를 나서던 소년은 눈이 번쩍 뜨이는 것을 보았다. 가게 입구 바로 옆, 무언가를 덮은 신문지 위에, 사인펜으로 대충 휘갈겨 쓴 글씨로, 이렇게 씌어 있었다.

●●●●● CD-RW 3만원

소년은 천천히 신문을 들춰보았고, 정말 박스도 뜯지 않은 ●●●● CD-RW 정품이 놓여 있는 것을 보았다. 그건 물건을 가장 싸게 판다고 자랑하는 인터넷 사이트에서도 6만 원이 넘어가는 RW였다. 그런데 3만 원?

"아저씨, 이거 진짜 삼만 원이에요?"

"응, 그거 하나 남았다."

"정품이에요?"

"응. 그거 가게가 망해서 싸게 넘어온 거 싸게 파는 거야. 다 나가고 그거 하나 남았어."

소년은 RW를 사기 위해 돈을 모아왔다. 기왕에 사는 거 좋은 것으로 사려고 돈을 모으는 중이었는데, 이렇게 좋은 RW가 반값으로 눈앞에 있다니. 3만 원이라면 지금 당장 살 수 있잖아! 그런데 아까는 왜 이걸 못 봤을까? 이렇게 아까운 걸 그냥 놓칠 뻔했다.

"아저씨, 저 돈 뽑아올 테니까 다른 사람한테 파시면 안 돼요."

"응."

"진짜 파시면 안 돼요!"

"응……."

주인의 대답이 어지간히 심드렁했기 때문에 소년은 당장 돈을 구해서 달려오지 않았다간 놓치고 말 것 같은 생각이 들었다. 그는 가장 가까운 현금 지급기를 향해 뛰었다.

(지금 이 순간에도 어디에선가는 어린아이가 굶어 죽어간다. 지구 어디에선가는 전쟁중이고 많은 사람이 고통 속에 살아간다. 우리의 고민은 사실 하찮은 것이다. 하지만 우리는 늘 사소한 것에 분노한다. 자살이라…… 자살할 가치가 있을 만큼 분노할 일을 살면서 몇 번이나 겪는단 말인가? 우리의 삶이 그렇게 거창하던가? 우리는 결국 사소한

것에 분노하고 곧 잊어버리지 않던가?)

그런데 소년은 돈 3만 원을 인출해서 돌아오는 길에 같은 학교 아이를 만났다. 바로 옆반의 깡패 녀석이었는데 학교를 일 년 꼬라박아서 같은 반 아이들도 그에게는 다 형이라고 부르며 꼼짝 못한다. 돈 빌려가서 안 갚는 것이 주특기였고, 툭하면 CD나 학용품을 뜯어가는 것으로도 유명했다. 근처 고등학생들도 피해다닐 정도였다.

그는 소년을 보자마자 가까이 와보라고 손짓했다. 소년은 당연히 그를 피하고 싶었지만, 그랬다가는 학교에서 무슨 일을 당할지 모르므로 울며 겨자 먹기로 가까이 갔다.

"야 너 나 알지?" -_-

"아녀 몰 라여" --;;

"이 18너마 나 알자나" -─+

"네…… 아는 데여 왜그 러시나여" =_=;;;

"너 돈 있냐? 나 돈 점 빌리자. 청바지 사려는 데 이마넌이 모 자르 거덩, 돈 잇쓰 면 내나바" -─+

"저 돈 없어여 ㅠㅠ 그 리고 잘 모르는 사람한테던을 왜 빌려쪄여~-○-"

"씨바 너 주 머니 뒤져서 나오 면 십원에 한 대씩이다" -─^

"저 돈 업서여 왜그 러세여 ㅠㅠ"

"이 색히가 맞아야 정신을 차리나"

퍽퍽〜〜

"흑 ㅠ_ㅠ 니마 정말 넘하네여 저 잘못 한 것또 엄는 데 왜그 래여 흑

ㅠㅠ"

"씨발 넘, 지갑에 돈 절라 많이 갔꼬 다니네 - _+ 야 다 빌리자는 것
또 아니고 삼만원만 빌리자는 뒈,……"

"이마넌이라더니 왜또 삼마넌으로 늘 어여 ㅠㅠ"

"씨발넘아 닥쳐~"

퍽퍽퍽~~~

소년은 힘들게 모은 돈 3만 원을 그렇게 빼앗겼다. 당연히 CD-RW
도 사지 못했다. 가게에 가서 외상으로라도 달라고 할까 생각해봤지
만, 그런 부탁을 할 기분도 아니었다. 나쁜 새끼, 내가 어떻게 모은 돈
인데 그걸 뺏어. 소년은 울분이 치밀어올랐다. 내가 힘만 조금 더 셌어
도 이렇진 않았을 텐데. 나쁜 새끼.

나중에 갚는다고? 갚긴 뭘 갚아. 삥 뜯은 거면서.

개새끼, 씨발놈, 고등학교 꼴은 게 자랑이라고, 미친놈.

내가 힘만 있으면 죽여버리는 건데. 쌍놈의 새끼.

죽어버려, 지랄 맞은 놈.

소년은 간신히 화를 억누르며 집으로 돌아왔다.

(우리는 왜 사소한 일에 분노하나. 행복하다 못해 아무 걱정 없이 살
아가는 우리는 왜 사소한 일에 분개하는가? 우리는 왜?)

가정부 마서는 에이프릴을 보고 놀라 호들갑을 떨었다. 원래 성격이 요란한 여자였으니 기절해서 축 늘어진 아이를 보고 안 놀랐다면 그게 더 이상한 일이다. 혹시 죽어가는 거 아니냐, 당장 앰뷸런스를 불러야 한다고 법석을 떠는 걸 그냥 기절한 것뿐이니 괜찮다고 진정시키느라 애먹었다. 나는 의학 지식이 있었다. 80년 전에 옥스퍼드에서, 16년 전에 시카고에서 의과대학을 졸업한 경력이 있다. 차에서 운전하는 동안, 뼈가 부러진 곳이 없는지 내출혈 증세는 없는지 미리 살핀 후였다. 나는 에이프릴을 침대에 내려놓은 다음 마서에게 비에 젖은 옷을 갈아입히고 담요를 잘 덮어주라고 말했다. 마서는 그제야 에이프릴이 누구인지 물었고, 나는 먼 조카라고 둘러댔다. 물론 마서는 믿지 않았다. 그래서 사람의 생각을 마음대로 조종하는 능력—사람의 생각을 읽어낼 수 있는 능력과 통한다—을 발휘해서 마서가 믿게 만들었다.

에이프릴에게 내 와이셔츠를 입히고 두꺼운 담요를 꺼내 둘러주게 한 다음, 마서를 시켜 아이가 깨어나면 입힐 만한 옷가지와 음식을 사오라고 했다. 마서가 황급히 우산을 챙겨 시내로 나간 사이, 나는 뜨거운 물주머니를 에이프릴의 품에 안기고 팔다리를 주물렀다. 에이프릴은 체온 저하 증세를 보이고 있었다. 아니, 인간이라면 벌써 죽었다고 해야 할 체온을 30분째 유지하고 있었다. 그 당시에는 '기억'이라든지 '유령'이라든지 하는 것을 몰랐으므로, 그녀도 나처럼 웬만해선 죽지 않는다는 사실을 몰랐으므로, 걱정스러웠다. 그때부터 다음날 아침까지 계속 맥박과 체온을 재면서 옆을 지켰다. 그녀는 내가 처음으로 만난, '나와 비슷한 존재'였기 때문에 그만큼 조심스러웠다.

'나와 비슷한 존재.'

같은 문장을 읽고도, 당신과 나의 느낌은 확실히 다르다. 설명을 쉽게 하기 위해 초점을 에이프릴이 아니라 내 이야기에 맞춰보자.

나는 인간의 모습을 하고 있다. 분명 인간과 같은 소화기관과 두뇌, 심장이 몸 속에 있다. 피부, 지방, 뼈, 생식기 등 모든 것이 인간의 것과 모양이 같고 메커니즘이 같다. 그런 의미에서는 나도 인간이다. 하지만 그 밖의 의미에서는, 나는 인간이 아니다. 모양은 같고 메커니즘도 같으나 훨씬 강하고 재생이 빠르다. 나는 한 번도 질병에 걸린 적이 없다. 감기 같은 사소한 것부터 시작해서 콜레라나 장티푸스 같은 큰 것까지 한 번도 걸린 적이 없다. 뼈가 부러진 적은 있다. 2차 세계대전 때였는데, 영국 정도면 안전할 거라고 생각했던 것이 오산이었다. 히틀러가 런던에 폭탄을 쏟아붓는 바람에 길을 가다가 폭탄을 맞은 것이다. 하지만 팔에 화상을 입은 것과 다리가 부러진 걸 빼고는 별다른 부상은 없었다.

팔과 다리가 낫는 데 열흘이 걸렸던 것으로 기억한다. 나는 그만큼 강하다.

미스터리는 그치지 않는다. 나는 생일을 기억하지 못한다. 최초의 기억은 티벳의 어느 호숫가에서 잠이 깼던 일이다. 그게 천오백 년 전의 일이다. 그때 이미 스무 살의 육체를 갖추고 있었고, 천오백 년 동안 서른 살 수준의 육체로 성장한 것 이외에 변화가 없었다. 원한다면 다시 스무 살의 육체로 돌아갈 수 있으리라. 하지만 지금이 편하다. 스스로는 정신이 서른 살로 성장했기 때문에 육체가 그것에 맞추려 하는 것이 아닌가 생각하고 있다.

하지만 마음만 먹는다면 다른 사람으로도 바꿀 수 있다. 나이, 인종, 성별을 초월해서. 모습을 바꾸는 것은, 천 년 전에 그것이 가능하다는 것을 깨달은 이후 결코 어렵지 않은 능력이었다. 이 능력은 타인의 생각을 읽고 조종하는 능력만큼이나 요긴하게 쓰인다. 이 재주 덕에 18세기부터 20세기까지, 산업혁명과 세계대전으로 한순간도 조용할 틈이 없던 유럽과 미국을 오가는 동안 갈색머리에 갈색 눈동자를 한 영국 신사로 위장해서 지낼 수 있었고, 누구도 나를 티벳 사람으로 보지 않았다.

스캇 리치, 이게 지난 40년간 내 이름이었다.

하지만 많은 것이 가능하다고 해서 항상 행복했던 건 아니다. 벌써 당신만 해도 커다란 의문들이 머릿속을 뛰어다니고 있을 것이다. 뭔지 내가 맞춰볼까? 아마, 스캇 리치는 어떤 존재인가, 특이한 인간인가, 아니면 전혀 다른 존재인가, 천오백 년 이전의 기억은 어떻게 된 것일까, 어떻게 태어났고 어떻게 성장했는가…… 이런 것이겠지. 그런데 불행하게도 나는 어느 것에도 답할 자신이 없다.

일생 동안 수도 없이 자문했지만 괴롭기만 했던 질문이다.

나는 누구인가?

의과대학을 두 군데나 다니고 부전공으로 역사를 공부하고, 동양과 서양의 고대 유적을 찾아 헤맨 이유가 그 때문이었다. 해답을 찾으려는 몸부림. 하지만 모든 노력이 허사였다. 어디에서도 나와 비슷한 존재를 만나지 못했으며 존재했다는 기록도 찾을 수 없었다. 20세기 들어서는 더이상 노력을 기울이지 않게 되었다. 좋은 쪽으로 생각하기로 했다고 할까. 꼭 친구가 있어야 하는 것도 아니고, 친구라고 생각하고 만났다가 적이 될 수도 있으니까. 포악한 육식동물이 그렇듯, 영역을 침범당하면 죽기 살기로 덤벼드는 게 내가 모르는 우리 종족의 규칙일 수도 있지 않은가.

그런데 구질구질하게 비 오는 영국의 번화가에서 우연히 같은 존재와 마주친 것이다. 블록 하나를 날려버리는 멋진 마술쇼와 함께.

에이프릴의 창백한 얼굴을 보며 모든 질문을 다시 떠올렸다. 나는 어떤 존재인가, 다른 존재들은 어떻게 살아가고 있는가. 이에 추가해서 에이프릴은 어떻게 태어났는가, 에이프릴은 얼마나 알고 있을까, 그녀가 깨면 나는 무엇을 알게 될 것인가.

흥분과 막연한 불안감.

저녁이 되자 에이프릴의 체온이 오르기 시작했다.

(이 세상에서 가장 끔찍한 소설)

4

(읽으면 죽는 글 속의 인물이 바라본 세상은 어떨까. 그 인물에게 감정이 있다면, 사고의 자유가 있다면, 그들이 바라본 세상은 어떨까. 그들에게 감정이입을 한 독자들이 차례대로 죽어나가는 모습은, 그들에게 어떤 기분일까. 죽었다가, 다음 독자가 읽는 순간 다시 살아나, 새로운 독자를 죽음의 길로 몰아넣는 것은 어떤 기분일까…… 그건 즐거움이 아닐까.)

불행한 일은 연이어 일어나기 마련이다. 3만 원을 잃고 돌아오던 날, 소년은 부모님에게 큰 꾸중을 들었다. 기분이 나빠진 그가 신경질을 내자 부모님이 버릇없다며 야단을 친 것이다. 어머니는 빗자루를 들고 그를 때리기까지 했다. 그와 같은 초등학교를 졸업한 동네의 다른 친구들은 학교 성적이 수위를 다투고 있는데, 소년은 게임에 빠져서 성적도 계속 떨어지고 밤새 게임하느라 아침마다 늦게 일어난다며 화를 냈다. 한 번만 더 아침에 늦게 일어나면 다리가 시퍼렇게 될 줄 알라고도 했다. 컴퓨터도 조만간 뺏어버릴 테니 역시 그렇게 알고 있으라고 했다.

불행한 일은 연이어 일어나기 마련이다. 소년은 너무나 화가 나 문을 쾅 닫고 방에 틀어박혔다. 그러자 부모님이 화가 나서 문을 두드렸다. 혼 좀 냈다고 꽝 소리를 내며 문을 닫느냐고, 방에 틀어박히느냐고, 그런 버르장머리 없는 짓이 어디 있냐고 역정을 낸 것이다. 부모님은 방으로 들어와서 다시 소년을 혼냈다. 아버지는 가정교육을 어떻게 했기에 아이가 이 모양이냐고 화를 냈고, 어머니는 너 때문에 내가 못 산다, 네가 요즘 너무 말썽을 부리고 학교 성적도 떨어져서 불면증에 편두통까지 생겼다고 히스테리를 부렸다. 급기야 두 사람은 소년을 사이에 두고 부부싸움까지 했다. 저렇게 못난 자식을 왜 낳았는지 모르겠다, 공부도 못하는 자식 집을 나가버리기나 했으면 좋겠다느니 온갖 가시 돋친 말이 오갔다.

불행한 일은 연이어 일어나기 마련이다…… 소년은 두 시간 동안 벌어진 싸움과 꾸중에 녹초가 되어 잠이 들었다.

눈을 떴을 때는 이미 새벽이었다. 낮에 입었던 옷도 벗지 않고 세수도 하지 않고 침대에 누웠다가 일어나니 기분이 더 비참했다. CD-RW를 사기 위해 모은 돈은 날아가버리고, 부모님에게는 꾸중을 듣고, 컴퓨터도 빼앗길지 모르고, 그에겐 최악의 날이었다.

억울해서 눈물이 다 나왔다.

소년은 컴퓨터를 켰다. 컴퓨터는 요란한 소음을 냈다. 그의 컴퓨터는 팬이 낡아 소음이 심했다. 모니터도 낡아서 색감이 좋지 않았고, CD롬도 CD를 잘 인식하지 못했다. 무척이나 짜증스러웠다. 마음 같아서는 그냥 박살내고 싶었다. 정말 짜증나는 날이었다.

소년은 울컥 화가 났다. 내가 깡패짓을 하고 다니는 것도 아니고, 진짜 깡패 녀석들은 내 돈 뜯어가서 잘 먹고 잘 사는 동안 나는 이렇게 바보 취급 당해야 하다니. 왜 이렇게 불공평할까.

부팅이 되면서 CD롬이 '에비터젠의 유령'을 읽었다. 저놈의 CD를 읽느라 부팅이 더 느려지겠지. 게다가 소음도 더 크고 말이다. 처음 실행했을 때처럼, '에비터젠의 유령'은 저절로 게임을 시작했다.

"내 이름은…… 에이프릴……."

에이프릴은 눈을 감았다.

하면 죽는다는 게임이구나…… 이 게임 때문에 재수 없는 일이 자꾸 일어나는 걸까. 재수 없는 일이 계속 겹치다가 결국 죽는 걸까. 소년은 생각했다.

소년은 에이프릴을 보았다.

아름다웠다.

소년의 집과 학교는 그녀에 비하면 추하고 더러웠다.

다 없애버릴 수만 있다면, 소년은 생각했다.

다 없애버릴 수만 있다면. 짜증나는 인간들 다 죽여버릴 수만 있다면.

하지만 하는 방법을 모르는걸. 여전히 그는 다락방을 벗어날 수가 없었다. 처음 시작할 때는 도대체 어떻게 아래층으로 내려갈 수 있었던 걸까.

게임을 다시 시작할 수도 없는 것 같다. 종료했다가 다시 시작해도 이전의 상태로 돌아오는 걸 보면 말이다. 시작할 때 옵션을 지정할 수도 없이 마음대로 로딩이 되어버리고, 게다가 시작을 소년 마음대로 할 수 있는 것도 아니니까.

정말 이상한 게임이야.

소년은 차근차근 방을 둘러보았다. 온갖 낡은 물건이 가득 쌓인 방이다. 어둡고 뭐가 뭔지 잘 보이지 않는…… 소년은 마우스로 하나하나 물건을 클릭해나갔다. 어떤 물건은 클릭할 수 없었고, 어떤 물건은 클릭할 수 있었지만 클릭해도 아무 소용이 없었다. 어떤 물건은 너무 어두운 곳에 있어서 뭘 클릭한 건지조차 알 수 없었다.

그러다가 소년의 눈에 띈 것들 중 하나가 인형이었다. 낡고 허름한 인형이었는데, 클릭하면 메뉴가 하나 떴다.

1. (#&$)(&%

하지만 달랑 메뉴 하나인데다, 선택해도 뒤로 물러서기만 할 뿐 아무 변화가 없었다. 또 눈에 띈 것은 그림이었다. 초라한 옷을 입은 바보같이 생긴 소녀가 그려진 그림이었는데, 그것 역시 클릭하면 메뉴가 하나 떴다.

1. ^$&$)(&%

2. &@%#$@&%

하지만 1번을 선택해도 아무 변화가 없었고, 1번을 선택한 다음 다시 그림을 클릭해서 2번을 선택하려고 하면 메뉴가 사라져 보이지 않았다. 그것도 딱 한 번 2번 메뉴가 떴을 뿐이다. 그 다음부터는 계속 1번 메뉴만 있었다. 2번 메뉴가 뜨게 하는 방법이 있을 텐데 도무지 알 수 없었다.

소년은 곰곰이 생각했다. 무슨 일을 하고 그림을 클릭하면 2번 메뉴가 뜬다, 과연 어떤 일일까? 내가 한 일이라고는 다른 물건을 클릭해 본 것밖에 없는데.

그렇다면 하나하나 클릭하는 수밖에 없지.

소년은 차례대로 물건을 클릭하고, 그림을 클릭해 2번 메뉴가 뜨는지 확인했다. 10분쯤 반복해 나간 후 2번 메뉴를 뜨게 하는 것은 인형이라는 것을 알 수 있었다. 인형을 클릭한 다음 그림을 클릭해야 2번 메뉴까지 같이 나타나는 것이었다. 방법을 알아낸 소년은 그림을 선택한 후 2번 메뉴가 뜨자 지체없이 2번을 선택했다…… 그리고 그림은 쨍그랑 소리를 내며 멋지게 깨졌다. 유리 파편은 날카로운 소음을 남기며 온 방으로 흩어졌다. 조각난 거울은 사람을 아귀가 맞지 않는 불완전한 모습으로 반사했다.

그건 그림이 아니었다. 거울이었다. 그 안의 낡은 옷을 입은 추한 소녀는 캐릭터가 거울에 비친 모습이었던 것이다. 소년이 그가 플레이하는 캐릭터의 모습을 몰랐기 때문에 그림으로 착각한 것이었다.

그리고 이제, 깨지고 금이 간 거울에는 에이프릴이 서 있다.

아름다운 에이프릴이.

"아, 하나 깼다."

소년은 저도 모르게 중얼거렸다. 으아 씨발, 이렇게 하나 깨지는구나. 클릭할 수 있는 물건은 전부 클릭해봐야겠다, 새로운 조합이 새로운 메뉴를 나타나게 할지도 모르니까. 소년은 신이 나서 다시 게임을 해나갔다.

소년은 다른 물건을 클릭하자마자 깜짝 놀랐다. 인형을 클릭했는데 메뉴가 뜬 것이다.

1. 그대로 둔다
2. 죽인다

　폰트가 깨졌거나 프로그램이 잘못되어 글자가 깨진 줄 알았는데, 아닌가 보지. 글자가 깨졌던 것도 게임의 일부분이었다. 이제 글자가 보이는 레벨에 다다른 것이다. 아래층으로 내려갔을 때 폰트가 깨졌던 것도 그 때문이겠지. 미션을 클리어하지 못하고 다락방으로 다시 쫓겨 온 것도 그 때문이고. 한 단계를 넘지 못했으니 그 단계를 넘을 때까지 다른 단계로는 갈 수 없었던 것이다. 소년은 무심코 화면 아래를 보았고, 숫자가

$$2\char`^1$$
[2]

로 변해 있는 것을 보았다. 이전에는 $2\char`^0$에 숫자도 1이었는데 하나씩 올라갔다. ^ 표시 옆의 숫자와 꺽쇠 안의 숫자가 레벨이 올라갔다는 걸 말해주나 보지…… 그런데 ^ 는 무슨 표시일까?

　소년은 인형의 메뉴를 조용히 보았다. 이전에는 '1번 그대로 둔다' 메뉴밖에 뜨지 않았고 그걸 선택해도 아무 변화가 없었다. 이제 '2번 죽인다'는 새로운 메뉴가 떴으니 그걸 해봐야 할 텐데, 인형을 죽인다는 것이 도대체 무슨 뜻이란 말인가. 인형을 죽여도 되는 걸까? 게다가 죽인다니, 아무리 게임이지만 기분 나쁜데…….

　소년은 망설인 끝에 2번을 선택했다.

인형은 산산조각 나 흩어졌다.

그리고 방이 환해졌다. 다시 다음 단계에 다다른 것이다. 낡은 다락방의 모습이 구석구석 환하게 드러났다. 그의 생각보다 훨씬 더 좁은 곳이었다. 기껏해야 가로세로 4미터나 됐을까. 한쪽에 창문이라도 없었다면 폐쇄공포증에 걸렸을지도 모를 만큼 좁은 곳이었다. 소년은 낡고 먼지가 잔뜩 묻어 있는 더러운 물건들을 죽 둘러보았다. 창문의 더러운 유리로 밖의 풍경이 살짝 엿보였다. 소년은 창문을 클릭했고, 창문은 실감나는 삐거덕 소리와 함께 열렸다.

그곳에는 새로운 세상이 있었다.

"이게…… 게임 그래픽이라니……"

도저히 믿을 수 없는 수준의 그래픽이었다. 애니메이션도 아니고 3D도 아니고, 그렇다고 실사도 아닌, 세 가지를 합쳐서 낸 효과인 듯했는데, 우와, 그건 너무나 아름다운 광경이었다. 하늘은 푸른색 흰색 물감이 깨끗하게 흘러가는 팔레트였다. 땅의 검은색과 갈색은 뚜렷한 질감과 깊이가 있었다. 산의 초록색은 바람이 불 때마다 섬세하게 움직였다. 그건 소년이 본 어떤 게임의 그래픽보다도 아름다웠다.

이건 게임이 아니었다. 새로운 세상이었다.

빨리 저 밖으로 나가서 경치를 구경하자.

소년은 마우스를 돌려 계단을 클릭했다. 이전에는 계단이 회색이었고 클릭할 수도 없었지만 이제는 회색도 사라지고 클릭할 수도 있었다. 이제 첫번째 문이 열린 것이다. 소년은 거울과 인형을 깨고 죽였던 것을 잘 기억했다. 앞으로의 게임도 그렇겠지. 소년은 계단으로 내려갔고, 다시 빗자루를 든 여인을 보았다. 그가 여인을 클릭하자 3개의 메뉴가 나타났다.

1. 돌아간다

2. 반항한다

3. 죽인다

소년은 고민했다…… 죽인다니…… 이건 죽이는 게임인가. 또 사람을 죽여야 하나? 하지만 악당이나 괴물도 아닌데, 게다가 이건 하면 죽는다는 흉한 소문이 붙은 게임인데, 정말 기분 나쁘다.

한참 고민하던 소년은 화면 밑의 숫자를 보았다. 어라? 숫자가 어느새,

$$2^2$$
$$[\,4\,]$$

로 늘어나 있었다. 아, 그렇지, 인형을 죽였으니까. 미션을 깨면 저 숫자가 더 커지는구나. 1에서 2로, 2에서 4로, 그러면 그 다음 숫자는 8인가? 숫자는 뭘 뜻하는 걸까, 그냥 커지면 좋은 걸까? 무슨 뜻이 있을 텐데…….

이 여자를 죽이면 저 숫자가 커질까?

(내가 만약 읽으면 죽는 글을 쓴다면…… 등장하는 모든 캐릭터를 죽이고 말 테야.)

소년은 3번을 선택했다.

(읽으면 죽는다는 소설 말이야…… 하면 죽는다는 게임처럼.)

에비터젠의 유령
4

그날 저녁부터 다음날 아침까지 텔레비전과 신문을 모조리 확인했으나 테이트 브리튼 근처에서 의문의 폭발사건이 있었다는 뉴스는 볼 수 없었다. 차 열 대가 날아가고 한 블록에 있는 상점 쇼윈도들이 다 부서졌는데도 뉴스에 나오지 않다니. 다친 사람도 여럿이다. 놀라우면서도 한편으로는 충분히 예상 가능한 일이었다. 나만 해도 천오백 년 동안 사람들이 이해 못 할 기묘한 짓을 많이 저질렀지만 한 번도 '소문'이 아닌 공식적인 매체를 통해 논평을 접한 적은 없었다. 그 이유야 내가 굳이 설명하지 않아도 인간 스스로 잘 알고 있을 것이다. '인간들은 믿고 싶은 것만을 믿는다.'

에이프릴은 아침까지 정신을 차리지 못했다.

마서에게 전화를 걸어 이번 주에는 집에 올 필요가 없다고 말했다. 그녀는, 에이프릴은 병원에 입원시켰으며 난 보호자 자격으로 곁에 있어야 하기 때문에 집에 있을 수가 없다는 내 거짓말의 진위 여부보다도, 자신이 사온 옷이 내 마음에 들었는지 확인하는 것에 더 집착했다.

나는 옷이 아주 마음에 든다는, 어제 저녁에 했던 거짓말을 한 번 더 하는 것으로 통화를 끝냈다. 사실 그녀가 사온 옷은 햄스테드 히스에 피크닉을 갈 때나 입힐 수준의 지나치게 귀여운 옷이었지만, 기왕 거짓말을 하려고 전화한 거 한 번 더 못 해줄 이유도 없지 않은가.

나는 아침식사도 거른 채 차를 몰고 가까운 경찰서로 갔다. 그리고 인간이 가지지 못한 능력—마음 조종—을 이용해 민원 창구의 여경에게서 내가 원하는 정보를 얻었다. 그녀는 최근 런던에서 '에이프릴'이라는 이름의 여자아이 미아 신고가 들어왔는지 확인해달라는 내 부탁을 친절하게 받아들였다.

"있습니다. 에이프릴이라는 여자아이를 찾는 신고가 있어요."

그리고 그때 처음 그의 이름을 들었다.

"빅터 타워스라는 분이 에이프릴 타워스 양을 찾고 있네요."

아버지일까, 처음엔 그렇게 생각했다. 성이 같았으니까. 하지만 나이가 쉰 살이었다. 그렇다면 친척에 가깝겠지. 약간 놀라운 것은 미아 신고가 열흘 전에 접수됐다는 점이었다. 그럼 지난 아흐레 동안 에이프릴은 어디에 있었던 걸까? 그녀의 모습은 결코 아흐레 동안 보호자 없이 길거리에서 지낸 아이의 모습이 아니었다. 오히려 방금 쇼핑센터에서 엄마의 손을 놓친 모습에 가까웠다.

그렇다면 빅터 타워스 말고 또다른 보호자가 있는 걸까…….

"네?"

여경이 물었다. 생각이 너무 강해 그녀에게 들린 모양이었다. 나는 그녀의 머릿속을 휘저어 지난 12분간의 일을 기억 못 하게 한 다음 경찰서를 빠져나왔다.

집에 도착하자 날이 흐려졌다.

나는 침실부터 들렀다. 에이프릴은 여전히 잠들어 있었다. 맥박과 체온은 정상이었다. 나는 잠자는 숲속의 공주를 떠나 거실로 나왔다. 그리고 창문, 뒷문, 현관문 등 모든 출입구를 확인했다. 전부 침입의 흔적 없이 아침에 나갔던 그대로였다. 창문 역시 억지로 열렸던 흔적이 없었다. 침실, 거실, 방, 서재, 어느 양탄자에도 수상한 발자국은 없었다.

나는 주머니에 손을 넣어 호신용으로 지니고 있었던 스미스 앤 웨슨의 장전을 풀었다.

나는 거실 소파에 앉아 텔레비전을 켜고 담배 하나를 꺼내 불을 붙였다. 그리고 모든 신경을 귀에 집중했다. 닿지 않는 물건을 향해 팔을 길게 뻗듯 청력의 한계를 계속 넓혔다. 부엌의 뒷문을 시작으로 해서…… 거실의 창문과 문…… 집 외벽을 휘감아…… 차고를 지나고…… 깔끔하게 손질해놓은 정원수를 훑어…… 높은 담장…… 길 앞의 골목까지.

데이지…… 화강암 외벽을 훑는 바람…… 바람은 안테나와 전선을 흔들고…… 들리는 창문…… 집 안팎의 기압차로 부엌문이 삐걱 소리를 내고…… 지붕…… 담쟁이덩굴…… 골목을 지나가던 차의 타이어가 작은 돌을 밟았다…… 바람은 북서쪽에서 북동쪽으로…… 철문이 흔들리고…… 그리고…… 사람은 없다…….

아무도 없다.

눈을 뜨고 청력에 쏟은 신경을 풀었다.

그래, 이제야 고백한다. 장전한 스미스 앤 웨슨을 주머니에 넣고 다녀야 할 만한 일이, 청력으로 집 주변을 감시해야 할 일이 지난밤에 있었다.

간밤에 침입자가 있었다.

나는 침실에서 에이프릴을 지키며 밤을 새웠다. 체온이 오르고 있었지만 변동이 미약했기 때문에 그대로 놔둬도 좋을지 확신할 수 없었다. 그렇게 초조한 마음으로 30분에 한 번씩 맥박과 체온을 확인하며 밤을 보내는데, 새벽녘의 일이었다.

나는 창 밖에서 누가 지켜보고 있음을 깨달았다.

심장 박동부터 시작해서 모든 행동을 태연한 상태로 억누르느라 대단한 인내가 필요했다. 나는 에이프릴의 얼굴에 시선을 고정한 채 가만히 있었다. 상대는 움직임 없이 계속 나를 감시했다. 내가 그의 존재를 알아챈 것을 모르는 듯했다. 나는 길게 하품을 하다가 흘끗 창문으로 시선을 돌렸다. 창문에는 아무도 없었다. 하지만 녀석이 어떻게 숨어 있을지는 대충 짐작이 갔다. 나는 기지개를 켠 다음 눈을 감고 침대 위에 엎드렸다.

다시 시선을 느꼈다.

1층 창문은 창틀의 재질 자체가 매끈하고 창턱 없이 벽과 일직선이었기 때문에 매달릴 만한 턱이나 모서리가 없다. 창이 사람 키보다 훨씬 높은 곳에 있는 것은 당연하다. 키가 7피트가 넘지 않는 이상 발돋움으로 창안을 들여다보는 일은 불가능하다. 생각할 수 있는 가능성은, 2층 바로 밑의 튀어나온 모서리에 발을 걸친 채 거꾸로 매달려 1층 창틀에 얹은 손으로 몸을 지탱하고 있는 자세였다. 그리고 실제로 창밖의 사람은 그 자세인 듯했다…… 인간은 저 자세를 몇 분 이상 유지할 수 없다.

즉, 창 밖에 나와 같은 존재가 있다는 뜻이다.

나는 13분 동안 엎드려 있었다. 하지만 그는 들어오지 않았다. 엎드린 지 13분째에 창에서 풀쩍 뛰어내리더니, 서너 걸음 만에 정원을 벗어나고, 한 번의 점프로 담장을 넘어가버렸다…… 물론 이건 내 추측이다. 나는 창에 검은 레인코트 자락이 스치는 것을 보았고, 세 번 혹은 네 번의 걷는 발소리와 한 번의 뛰어오르는 발소리—발 두 개가 동시에 땅을 박찼다—, 그리고 담장 너머의 정적을 들었다. 하지만 어쨌든 확실했다. 나와 에이프릴은 수상한 사람에게 감시를 당한 것이다.

그는 누구일까?

집을 비우고 경찰서에 가서 에이프릴의 신변을 확인한 건 그 때문이었다. 그리고 소득이 있었다. 빅터…… 그가 빅터? 혹은 제3의 인물? 어쨌든 나와, 에이프릴과, 이 일은 분명 관련이 있다.

담배 연기가 얼굴로 내려앉으며 사라졌다.

초인종 소리가 나지 않았다면 그렇게 앉아서 담배 한 갑을 다 비웠을 것이다. 정원을 가로질러오는 소리를 듣지 못했는데 누가 문을 두드리고 있었다. 잠깐 동안 어찌된 일일까 고민했다가, 내가 다른 생각에 빠져 발소리를 듣지 못한 것으로 결론내렸다. 담배를 끈 후 거실을 지나 문을 열었다.

그것이 내가 그때까지 저지른 실수 중 가장 형편없는 실수였다.

못 들었을 리 없지 않은가. 지나가는 바람 소리까지 전부 듣고 있었으니까 발소리를 듣지 못할 이유가 없었다. 설령 딴 생각에 팔려 있었다 해도 바람 소리면 모를까, 발소리처럼 큰 소리를 놓쳤을 리 없었다.

"누구시죠?"

"미스터 리치와 이야기할 수 있을까요?"

정말 화내지 않고 이 순간을 기억하기란 쉽지 않다. 스스로를 믿지 않고, 교만과 부주의가 만들어낸, 같지도 않은 변명을 믿은 것이다. 교만을 이기지 못한 인간이 바벨탑을 쌓아 파멸을 자초했듯이, 나도 파멸을 자초한 것이다. 아무 의심도 없이 트로이의 목마를 성 안으로 끌고 들어온 것이다.

"누구시죠?"

40대 후반의 은발 신사가 중절모를 손에 든 채 하늘을 올려다보고 있었다. 바람이 적란운을 몰고 오는 중이었다. 다가오는 회색 하늘과 바로 위의 파란 하늘이 그의 은발에서 경계를 이뤘다. 근심스럽게 구름을 쳐다보던 남자의 짙은 회색 눈썹이 꿈틀, 양미간의 거리를 좁혔다. 얇은 입술이 '이런, 우산을 가져오지 않았는데'라고 움직였지만 소리는 나지 않았다.

"누구시죠?"

"안녕하십니까?"

그렇게, 그를 처음 만났다.

"연락 없이 찾아와서 죄송합니다. 빅터 타워스라고 합니다."

(세상에는 억울한 일이 많다. 누구나 억울하다. 누구나 억울함 때문에 분노를 안고 살아간다. 누구든 누구에게나 폭력적이지 않은가. 당신은 누구를 죽이고 싶었던 적이 없나? 당신이 무심코 던진 돌에 개구리가 죽지 않았다고 장담할 수 있나? 하지만 그렇다고 개구리가 불쌍한가? 무심코 던진 돌에 맞아 죽는 것이 개구리의 운명이다. 어차피 그렇다. 우리는 모두 무심코 던진 돌이거나 개구리다. 다들 서로의 구둣발에 밟혀서 죽는 것이다.)

여자는 순식간에 말라붙더니 재로 변해 흩어졌다. 꼭 십자가가 심장에 찍힌 뱀파이어를 보는 것 같았다.

여자는 그렇게 죽었다.

"복수했다."

분명히 들었다. 짧고 낮게 말했지만 분명히 들었다. 누군가 거칠고 쉰 목소리로 말했다. 기분이 나빴다. 꼭 옆에서 말을 하는 것 같아서 말이다.

혹시나 해서 등 뒤를 보았으나 물론 아무도 없었다. 당연히 게임 속에서 나온 말이겠지. 에이프릴의 대사겠지…… 그래도 기분 나쁜 건 여전하다.

기분 나쁜 새벽이다.

소년은 소름이 돋은 팔을 문질렀다.

2^3
[8]

정말 8로 올라갔구나. 2씩 곱해가는 건가 보다. 1, 2, 4, 8…… 그런데 숫자가 뭘 뜻하는지는 아직도 모르겠다.

소년은 여인의 잿더미를 뒤로하고 계단에서 내려왔다. 생각대로 그곳은 1층이었다. 소년이 있던 곳은 다락방에 가까운 창고인 듯했다. 창고 구석에 가둬놓은 소녀라니, 잔인한 게임이군. 그래서 복수했다는 말이 나온 걸까. 그가 죽인 여자가 소녀를 가둬놓았기 때문에 복수했다고 중얼거리는 걸까.

왜 이렇게 기분 나쁜 게임을 만들었나? 이러니 게임을 하면 죽는다는 소문이 떠돌아다니지.

집 전체를 둘러본 느낌은 다락방과 마찬가지로 허름하고 초라하다는 것이었다. 뒤쪽으로 부엌이 있고, 나머지 공간은 거실 겸 침실이었다. 거실이라고 뭐 대단한 것이 아니라 가운데에 정말 원시적인 모양의 난로가 하나 있는 것이 다였다. 침실 역시 한쪽 구석에 풀을 쌓은 후 그 위에 천을 덮은 원시적인 모양의 침대가 있는 걸로 미뤄 침실이라 짐작할 뿐이었다. 누추했다. 옛날 중세 시절에는 이렇게 가난했군. 게임 속에서는 화려한 성과 기사와 마법사만을 보던 소년에겐 상당히 낯설었다. 이렇게 누추한 광경을 뭐하러 컴퓨터 그래픽으로 이렇게 자세히 묘사했나.

그래도 그래픽은 놀랍도록 섬세하고 치밀하다. 소년은 부엌으로 갔다가 부엌에 놓인 수많은 소도구의 디테일한 묘사에 깜짝 놀랐다. 그래픽으로 재현하는 데 들인 공은 둘째치고, 이만큼 기획해내기 위해서 사전 조사를 얼마나 했을까.

밖으로 나가보자. 바깥도 역시 집처럼 세밀할까?

소년은 문을 열었다.

아름답다. 누추한 집과 달리 자연은 아름다웠다. 이국적인 산, 나무, 바위…… 외국의 경치를 담은 엽서를 보는 기분이었다. 풍경은 어디까지가 풍경일까. 어디로 더 갈 수 있을까.

한 걸음.

마당에는 더러운 잡초가 가득하다. 걸을 때마다 다리에 스치며 나는 소리까지도 께름칙하다.

한 걸음.

포장되지 않은 길은 진흙과 돌투성이다. 어서 빨리 지저분한 집을 벗어나자.

한 걸음.

소년의 가슴은 이상하게 두근거렸다. 처음에는 레벨을 업그레이드해서 새로운 필드로 나간다는 기쁨 때문인 줄 알았지만…… 아니다.

이미 늦은 시간이고, 어서 게임을 그만두고 자야 내일 일찍 일어날 수 있다는 초조함 때문일 줄 알았는데…… 여전히 아니다.

그건 두려움이었다.

소리가 작아서 알아채지 못했다. 뒤에서 누가 걸어오고 있었다. 소년은 무심코 뒤를 돌아보았다가, 아차 싶었다. 뒤에서 누가 다가올 리가 없다. 내 방에 다른 사람이 있을 리가 없지 않은가. 왜 자꾸 착각하지? 게임에서 나오는 사운드일 텐데, 사운드가 너무 실감나다 보니 자꾸 현실에서 듣는 소리로 착각한단 말이야.

소년이 모니터를 다시 보는 순간, 어깨를 덥석 잡는 소리에 화들짝 놀랐다. 누군가 소년이 플레이하고 있는 캐릭터의 어깨를 붙잡아 확 돌렸다. 소년은 느닷없는 효과음과 화면을 가득 채운 시커먼 남자의 화난 얼굴 때문에 온몸에 소름이 돋았다.

'에비터젠의 유령'은 대단히 무서운 게임은 아니었다. 피가 튀는 살육이 있는 것도 아니고 귀신이 나오는 것도 아니었다. 소름 끼치는 음악이 나오는 것도 아니었다.

하지만 뭔가 기분 나빴다. 뭔가가 꺼림칙하고 거슬렸다. 지금 어깨를 붙잡은 남자처럼 말이다. 이 남자는 무섭게 생긴 것도 아니고 그냥 더럽고 지저분하고 험상궂을 뿐인데…… 보는 것만으로도 기분 나빴다.

남자는 단단히 화가 난 모양이었다. 그는 씩씩대며 소년의 캐릭터를 흔들어대더니, 커다란 주먹을 들어 내리치기 시작했다. 퍽퍽 소리가 나고 화면은 심하게 흔들렸다. 주먹질 소리가 더 커지자 스피커에서는 에이프릴의 비명 소리도 같이 흘러나왔다.

당황한 소년이 어쩔 줄 모르는 사이 모니터에 메뉴가 떠올랐다.

1. 아버지에게 순종한다
2. 아버지에게 반항한다
3. 아버지로부터 도망친다
4. 죽인다

소년이 망설이는 동안에도 여전히 에이프릴은 시커먼 남자에게 얻어맞고 있었다. 이러다가는 맞아 죽거나, 여자에게 빗자루로 맞았을 때와 마찬가지로 다락방으로 쫓겨가겠지. 소년은 급한 대로 1번을 선택했다.

그러나 실패였다. 남자는 여전히 에이프릴을 두들겨팰 뿐이었다. 이런 남자가 아버지란 말이야? 이렇게 딸을 두들겨패는 아버지가 세상 어디에 있나? 그렇다면 아까의 여인도 어머니였을까? 남자가 매질을 계속하는 동안, 소년은 다시 나타난 메뉴창을 보았다. 어머니를 죽였을 때는 2번을 선택했다가 빗자루에 얻어맞고 다락방으로 쫓겨갔다. 순종하겠다는 상황에서조차 얻어맞는 마당에 반항하겠다면 맞아 죽을는지도 모른다. 그러면 어쩌나? 3번을 선택할까? 그랬다가 역시 다락방으로 쫓겨가는 건 아닐까?

결국 죽여야 하나…… 하지만 아버지를 죽이란 말이야?

「캐릭터가 곧 죽습니다.」

게임은 경고창까지 띄우면서 소년에게 선택을 재촉했다. 소년은 당황했다. 캐릭터가 죽는다니, 안 된다, 어떻게 여기까지 나왔는데. 이 게임은 세이브도 안 된단 말이야! 소년은 떨리는 손을 움직여 마우스로 4번을 클릭했다.

"복수했다."

에이프릴이 숨을 몰아쉬며 말하는 것과 동시에 아버지는 온몸이 말라붙더니 재로 변해 흩어졌다. 어머니가 그랬던 것처럼 말이다. 소년은 어째 무서운 기분이 들어, 소름이 돋은 팔을 연신 문질러댔다. 이상하게 무섭다, 이 게임은. 특별히 무서운 일이 일어나는 것도 아닌데, 이상하게 무섭다.

어쨌든 아버지까지 죽였으니 이런 기괴한 집에 있기 싫었다. 마우스를 움직여 집 밖으로 빠져나가려던 소년은 문득 모니터 아래쪽을 보았다. 어느새 숫자가 변해 있었다.

2^4

[16]

(억울하면…… 복수해야지…… 안 그래?)

그때의 타워스는 그후 알게 된 모습과 사뭇 달랐다. 처음 대면했을 때는 그저 평범한 신사로밖에 보이지 않았다. 집에 들어와서 처음 건넨 말만 해도 평범한 것이었다.

"집이 좋군요. 정원은 현대적이면서도 집은 스타일이군요. 멋집니다."

나는 그를 현관에서 돌려보내려 했었다. 에이프릴이라는 여자아이는 본 적도 없으며, 최근 며칠 동안 집 밖을 나간 적도 없다고. 당신이 누구인지도 모르고 당신 조카가 없어졌든 말든 나와는 아무 상관없는 일이니 돌아가달라고 말이다. 하지만 보다시피, 거실 소파에 앉아 나를 괴롭히고 있다. 스캇 리치라는 사람이 에이프릴을 목격했다는 연락을 받고 경찰서에 가 보니, 이 집 주소를 가르쳐줬으며, 그래서 물어보러 왔다며 막무가내였다. 내가 뭐라고 반박하려 하자 집에서 품질 좋은 얼 그레이(홍차의 종류)를 끓이는 냄새가 나는데 한 잔 대접할 의향이 없냐면서 다짜고짜 집 안으로 들어왔다. 그렇게 뻔뻔한 사람은 주먹 이외에 어떤 해결 방법이 있는지 잘 몰랐기 때문에 얼떨결에 집으로 들이고 말았고, 말썽이 시작됐다.

그는 소파에 앉자마자 내게 물었다.

"미스터 리치께선 무슨 일을 하십니까?"

이보다 뻔한 질문이 가능할까. 그래, 뻔한 질문엔 뻔한 대답이 어울리는 법.

"작가입니다."

질문 자체가 호기심이 담겨 있는 것이 아니라 그저 대화를 이끌기 위한, 마치 체스의 시작에서 폰을 한 칸 혹은 두 칸 내미는 것처럼, 관습적이기 때문에 아무 의문도 필요 없는 질문…… 어떤 글을 쓰시나요? 벌이는 괜찮나요?…… 나 역시 관습적으로 폰을 내밀고…… 칼럼을 쓰고 있습니다…… 상대방이 나이트를 내밀기를 기다리는 식의.

하지만 타워스는 틀렸다. 그는 나이트를 옮기지 않았다. 거기서부터 일이 잘못되기 시작한다.

"작가 같지 않아 보입니다만."

"무슨 뜻이신지?"

"아."

그는 황급히 찻잔을 내려놓으며 손을 흔들었다.

"실례되는 말이었다면 죄송합니다. 그런 뜻으로 하려던 말이 아니었어요. 저는 그저, 집 어디에도 글을 쓴 듯한 흔적이 없길래 말이죠……."

그는 말끝을 흐리고는 홍차를 들이켜면서 무슨 상표의 홍차길래 이렇게 맛있느냐는 말을 늘어놓았다.

이상했다…….

타워스는 린다(내가 머릿속을 휘저어 놓은 여경)의 전화를 아침에 받고 얼마나 기뻤는지, 열흘째 행방불명인 조카를 봤다는 사람을 만나서 얼마나 흥분되는지를 주저리주저리 늘어놓았다. 어떻게 여경이 기억을 되찾았는지가 궁금해진—궁금한 정도가 아니었다. 충격 그 자체였으니까—내가 캐물으려 하자, 그는 홍차를 한 잔 더 마실 수 있겠느냐, 추운 바람을 맞고 왔더니 머리가 아프다 식의 전혀 상관없는 이야기를 또 시작했다.

멍청한 금발머리 여경은 어떻게 나를 기억해냈을까? 전엔 이런 일이 한 번도 없었다. 뭔가 실수가 있었던 걸까? 하지만 도대체 실수를 저지른 적이 있어야 뭘 실수했는지 알 게 아닌가. 계속된 의문은 그의 잔에 홍차를 한 잔 더 따르는 순간 절정에 달했다.

오늘 얼 그레이를 끓인 건 지금이 처음이다. 집에서 좋은 얼 그레이 냄새가 나서 들어왔다는 건 무슨 소리였을까?

"글 작업은 서재에서 컴퓨터로만 합니다. 종이나 펜이 있을 필요가 없죠."

인정한다, 지능적인 대답은 아니었다. 하지만 꼬투리를 잡힐 정도로 허술한 대답도 아니라는 것 또한 확실하다. 그런데, '미스터 타워스'가 어떻게 반격했는지 들어보라.

"그런가요?"

그는 짧은 은발머리를 긁적이며 대꾸했다.

"서재 책상은 깨끗하던데요. 아, 죄송합니다. 화장실에 갔다 오면서 흘끗 봤습니다. 그 참나무 책상이 멋지더군요. 채광창 위치도 훌륭하구요."

신경질이 분노로 변해 치밀었다. 서재와 화장실은 정반대편이다. 보고 싶어도 볼 수가 없다.

이자는 나를 갖고 놀고 있었다.

"그래요?"

나는 마음의 손을 뻗어 서재 문을 닫았다. 있는 힘을 다해서 세게.

쾅!

"오, 이런!"

그는 서재 문이 닫히는 소리에 기겁을 했다. 집을 채우고 있던 적막은 커다란 소리가 한 번 쓸고 지나가니 공포가 섞인 무시무시함으로 변했다. 이쯤 되면 한마디 안 할 수 없겠지. 그는 잔을 내려놓고는 손수건을 꺼내 이마의 식은땀을 훔쳤다.

"이 집은 좋긴 한데 외풍이 많이 들어오는군요. 문이 저절로 닫혔다 열렸다, 꼭 유령이 나온다는 런던의 극장처럼…… 담배를 피워도 될까요?"

나는 티테이블 위의 말보로를 집어 그에게 권하는 것으로 대답을 대신했다. 그는 라이터를 꺼내 불을 붙이고는 길게 연기를 내뿜었다.

"저는 담배를 무척 즐깁니다. 시가를 특히 좋아하죠. 한때는 라이터를 수집했고 요즘은 파이프를 수집중입니다. 어제만 해도 이걸 구했죠."

그는 안주머니에서 희뿌연 파이프 하나를 꺼냈다.

"물개 뼈로 만든 파이프입니다. 뭐 비싼 물건인지는 모르겠고, 특이해 보이길래 구입했습니다."

나는 가볍고 부드러운 재질의 파이프를 받아들고 물끄러미 쳐다보았다. 머릿속엔 파이프와는 전혀 상관없는 생각이 맴돌고 있었다. 이자를 죽일 것인가, 말 것인가…… 그걸 고민중이었다. 이 수상한 녀석을, 아무것도 모르는 척하지만 모든 것을 다 알고 있는 것 같은 미친 녀석을 죽일 것인가, 말 것인가.

"에이프릴과는 어떻게 되시나요?"

"조카죠."

그는 내게서 파이프를 건네받으며 짤막하게 대답했다.

"에이프릴의 부모님은 어떻게 되셨죠?"

"죽었습니다."

나는 "안됐군요"라고 하지 않았다. 그의 대답이 거짓이란 걸 직감했기 때문이다. 하지만 그는 거짓말을 눈치챈 걸 모르는 모양이었다. 천연덕스러운 표정으로 거짓말의 뒷부분을 잇는 것을 보면.

"벌써 십 년이 넘은 일인데도 가슴이 아픕니다. 부모가 죽었을 때 에이프릴은 갓난아기였어요. 그때부터 돌봤죠. 저에게는 딸과 다름없습니다."

갓난아기 때부터? 에이프릴은 기껏해야 일곱 살 정도로 보인다. 그럼 '벌써 십 년'이라는 말은 도대체 뭔가?

"에이프릴은 어떻게 없어졌나요?"

"아이가 자주 집을 나갑니다. 일종의 성격 장애라고 의사가 그러더군요. 벌써 몇 번째 집을 나간 건지 모르겠어요. 보통 나가고 나서 몇 시간이나, 길어야 하루 정도면 다시 찾는데 이번은 벌써 일 주일이 다 되어갑니다. 걱정이 돼서 일 주일 동안 잠을 제대로 못 잤습니다."

경찰서에서는 열흘 전에 신고가 들어왔다고 했다. 그런데 일 주일?

"슬프시겠군요. 그 마음 이해합니다."

나는 죽이지 않기로 결론내렸다. 그냥 기억을 지우는 것으로 만족하기로 말이다. 몇 가지 이유가 있었지만, 가장 큰 이유는 내가 함부로 사람을 죽이는 것을 싫어하기 때문이었다. 그러니까 기억을 지우는 정도로 충분할 일에 피까지 볼 필요는 없다는 말이다. 여경의 경우는 실패했지만 이번엔 더 신중히 할 생각이었다. 정 안 되면 머리를 완전히 백지 상태로 만들어버리든가. 어차피 정신이 오락가락하는 남자인 것 같으니 별로 달라질 것도 없을 것이다.

지금 생각해보면 모든 것이 계략이 아니었나 싶다. 발소리도 내지 않고 정원을 가로질러와 집 대문을 두들길 때부터, 그는 내 생각을 휘어잡고 있었던 것이다. 힘든 일이지만, 그의 강력한 힘을 생각해보면 불가능한 일은 아니다. 그도 나도 '유령'인 이상 정신을 완전히 장악하는 것은 어려우니까, 감각이나 지각 능력 등 현실과 강하게 연결된 것은 꽉 붙잡고, 판단력이나 사고처럼 통제가 힘든 부분은 자유롭게 굴러가도록 허락해두는 것이다. 내가 이성을 잃지 않았다고 착각하도록 풀어주면서 실제로는 나를 조종한 것이다. 만약 내가 맨정신에 이런 일을 당했다면 녀석을 죽이든지 아니면 죽도록 패대기친 다음에 정체가 무엇인지 실토하도록 했지, 그냥 가만히 앉아서 당하지는 않았을 것이다. 결국 나는 녀석의 손에 놀아난 것이다.

복잡한 트릭이다. 나도 당해보기 전까진 그런 식의 정신 조종이 가능하리라고는 생각 못 했고, 멋지게 속아넘어갔다.

"도대체 아이가 어디서 지내고 있는지…… 매일 꿈마다 나타나요. 빨리 찾아야 할 텐데……."

아, 듣기 귀찮다. 나는 에이프릴을 키우느라 얼마나 힘들었는지 주절거리는 그의 머리에다 대고 힘을 집어던졌다. 알기 쉽게 설명하자면 보이지 않는 칼로 머리를 찌르는 것과 비슷하다. 그러면 피해자는 칼에 찔린 듯 꼼짝 못하다가 내가 선택한 기억만을 잃어버린 채 멍한 상

태가 된다. 그리고 나는 인형을 조종해서 연극을 끝내면 되는 것이다. 그런데,

"작가라고 하셨죠? 제가 시가 전문상을 하고 있다는 말을 했던가요?"

그는 기억을 잃지 않았다.

"수입이 꽤 좋죠. 저는 첼시에 살고 있습니다. 햄스테드에도 산 적이 있죠. 두 달 동안이었으니까 사실 말할 거리도 없지만…… 그런데 미스터 리치, 괜찮으신가요?"

의심. 이자도 나와 같은 존재인가? 칼에 찔리고도 괜찮다면 그렇다고밖에 볼 수 없다. 하지만 그는 내가 칼로 찔렀다는 사실조차 모르는 것 같았다. 모르는 척하는 것일 수도 있지만, 그렇게 태연할 수 있는 사람 같진 않다…… 실패한 건가? 여경의 경우처럼?

"아닙니다…… 근데 뭐라고 하셨죠?"

그는 침실 문을 가리키며 물었다.

"저기가 화장실인가요? 손을 씻고 싶군요."

그는 내 허락도 듣지 않고 일어서서 침실로 향했다. 침실인 걸 알고 있으면서, 문이 닫히고 잠기는 것을 봤으면서 태연하게 화장실이냐고 묻다니.

분노가 끓어올랐다. 뭔가 이상한 녀석이다. 인간이 아닌 이상한 존재, 귀찮은 존재, 난생 처음 만난 내 뜻대로 안 되는 존재, 빌어먹을 자식, 죽든 살든 내 알 바 아니다. 나는 이성을 잃었다. 판단보다 분노가 앞선 것이다. 나는 힘을 있는 대로 끌어모아 그에게 던졌다. 단순히 칼로 찌르는 힘이 아닌, 직접 주먹으로 후려치는 것의 강도였다. 던지고 나자, 이걸 맞고 죽을 수도 있겠다는 생각이 퍼뜩 들었지만…… 이미

74

오델로는 데스데모나의 목을 조르고 있었다.

힘은 충격파로 변해 집을 흔들었다. 잔이 바닥으로 떨어지고, 거실 창문은 바람을 맞은 것처럼 덜컹 소리를 내며 흔들렸다. 액자 몇 개가 벽에서 떨어졌다. 전등은 좌우로 몸을 흔들면서 먼지를 쏟았다. 가지런히 쌓아둔 접시가 덜그럭 소리를 냈다.

이번엔 그도 반응이 있었다.

"아…… 갑자기…… 아…… 어지럽군요."

그는 침실 문 앞에 그대로 멈춰 움직이지 않았다. 마치 유령이라도 본 사람처럼, 내가 부축할 때까지 그는 넋을 잃은 채 벌벌 떨었다.

"영국의 극장엔 유령이 많죠…… 영국의 극장엔 유령이 많아요……."

그는 중얼거렸다. 멍한 눈동자, 제대로 벌려지지 않는 입. 떨리는 몸. 마지막으로 했던 생각을 되풀이해서 말하는 건가 보지. 강한 힘으로 머리를 얻어맞은 사람이 흔히 보이는 증세였다…… 성공한 것이다…… 이제 인형을 조종할 차례다. 나는 그의 눈을 들여다보며 말했다. 가라, 가라, 가라.

가라.

"영국의 극장엔 유령이……."

가라.

"이만 가봐야겠군요…… 영국의 극장엔 유령이……이만 가봐야겠어요……."

방금까지 나를 괴롭히던 세 치 혀가 제대로 풀리지도 못하는 모습을 보고 있으니 통쾌했다. 너도 별수 없군. 불쌍한 인간들. 이래서 인간을 죽이는 게 망설여지는 거다. 이렇게 약한데 함부로 죽일 수 없지 않은가.

"비가…… 오기 전에…… 집으로 가야……."

쓰러질 듯 비틀거리는 그를 부축하며 현관으로 향했다. 약한 인간. 나는 고개를 흔들며 중얼거렸다. 며칠 동안 저렇게 멍한 채로 지내야 할 것이다. 어쩌면 평생일지도 모르고…… 차라리 죽일 걸 그랬나. 레인코트를 입히고, 문을 열어 그를 내보냈다. 그의 멍한 표정을 보자니 과연 집이나 제대로 찾아갈 수 있을지 걱정스러웠다. 하지만 어차피 내가 상관할 바 아니다. 그는 마지막으로 나와 악수하면서 중얼거렸다.

"유익한 시간이었습니다…… 미스터 리치…… 다음에도 만날 기회가 있었으면……."

중절모를 비뚤게 쓰고 코트의 깃도 구겨진 채로 그는 비틀비틀 정원을 걸어갔다. 나는 그가 대문을 열고 나가는 것을 확인하고 현관문을 닫았다.

그리고 한동안 서 있었다. 기운이 없고 피곤했다. 뭔가 허무하고 어지러운 느낌도 들었다. 편두통 비슷한 것도 느껴졌고, 아무튼 기분이 엉망이었다. 그때의 나야 신경이 곤두선 상태에서 힘을 한꺼번에 쏟아부어 생긴 허탈한 기분 정도로 생각했지만, 지금은 그렇지 않다는 것을 알고 있다. 그것도 타워스의 계획이었을 것이다. 피곤한 상태로, 현관문에 등을 기대고 멍하니 서 있도록 내버려둔 것 말이다.

굳게 닫혀 있어야 할 침실 문이 열려 있다는 사실을 한참 후에야 깨닫게 한 것, 그것 역시 계획이었을 것이다.

나는 힘에 얻어맞은 타워스가 그랬던 것처럼 한동안 움직이지 못했다.

　한참 후에야 정신을 차리고 침실로 다가갔다. 천천히, 한 걸음 한 걸음 조심해서. 설마 하는 생각이 들었다, 만약 내 생각대로라면, 이건 완전히 내가 당한 것이다, 그걸 확인하고 싶지 않았다. 쉽게 속아넘어 갔다는 걸, 완전히 놀림거리가 됐다는 걸 확인하고 싶지 않았다. 하지만 맞았다. 침실은 내가 예상했던 최악의 상황 그대로였다.

　에이프릴이 없었다.

6

(소년은 작은 비명을 지르며 잠에서 깼다. 가위에 눌렸다. 꿈에서 그는 낯선 곳에 있었다. 그는 시체를 보았다. 관자놀이에 대고 총을 한방 갈긴 사람이었다. 양쪽 관자놀이에서 피가 흐르고, 눈은 뒤집혀 흰자만 보였다. 손에 들고 있는 총과 시체가 앉아 있는 소파에는 피가 낭자했다. 소년은 비명을 질렀다. 소년은 가위에 눌렸고, 한참을 버둥대다가 잠에서 깼다.)

소년은 땀에 젖은 베개를 밀치고 침대에서 일어났다. 켜놓고 잠든 컴퓨터는 윙, 팬 돌아가는 소리를 냈다. 그는 시계를 보았다. 벌써 12시, 밤새 게임을 하다가 깜박 잠이 들었다. 안 자려고 했는데. 밤을 새서라도 엔딩을 보려고 했는데 말이야. 소년은 생각했다.

그는 거실로 나왔다. 밤새워 게임을 해서 그래. 그래서 가위에 눌렸겠지. 소년은 생각했다. 사람 심란하게 하는 게임에 며칠 동안 매달렸으니 가위에 눌릴 법도 하지.

잠에서 깨니 기분이 좋았다. 몽롱하면서도 유쾌한 기분.

집에는 아무도 없다. 아버지는 회사에 가셨을 테고, 어머니는?

거실은 조용했다. 베란다의 불투명 유리를 통과하는 동안 굴절된 햇빛은 부옇게 집을 밝혔다. 그는 물 한잔 마시려고 냉장고 문을 열려다가 손잡이에 붙은 메모를 보았다.

메모의 글씨는 붉은색이었다.

(메모의 글씨는 붉은색이었다.)

"엄마도 참, 기분 나쁘게 왜 빨간색으로 썼담."

소년은 메모를 구겨서 휙 던진 후 냉장고 문을 당겼다. 어쩐 일인지 열리지 않기에 더 힘을 주어 잡아당겼다. 하지만 문을 열 수 없었다. 안에서 뭐가 걸리기라도 했는지 열리지 않았다. 소년은 냉장고가 흔들릴 정도로 거칠게 잡아당겼지만 결국 열지 못했다. 냉장고 문이 열리지 않으면 밥도 못 먹고 물도 못 마시잖아. 돈도 없는데. 소년은 한참 화를 내다가 방으로 돌아왔다.

환한 모니터. 게임은 일시 정지 상태다. 하고 싶지만 일단은 쉬자고 소년은 마음먹었다. 배도 고프고 물도 없으니 아파트 앞 슈퍼에 가서 라면이라도 사오자고 생각했다. 소년은 대충 옷을 걸치고 지갑과 열쇠를 챙긴 뒤 집을 나왔다. 나오기 전, 그는 컴퓨터를 끌까 하다가, 그냥 켜놓았다. 게임이 제대로 세이브됐는지 확신이 서지 않아서였다. 그

대신 몇 분 동안 애를 쓴 끝에 게임 창을 비활성화한 후 익스플로러를 여는 데 성공했다. 그는 잠시 웹 서핑을 하다가 갑자기 자주 가던 게임 사이트가 하나 생각났다. 게임에 관해서라면 어떤 질문이라도 올릴 수 있고 곧 대답을 들을 수 있는 곳이었다. 그는 혹시 하는 마음에 게시판에 '에비터젠의 유령'이라는 게임을 아느냐는 글을 올리고 방을 나왔다.

밖으로 나가기 위해 신발을 신으면서 소년은 생각했다. 왜 냉장고 문이 안 열리는 걸까?

(왜 냉장고 문이 안 열리는 걸까?)

더운 여름 날씨일 거라고 생각했는데 의외로 선선했다. 하늘도 파랗고 햇빛도 맑았다. 소년은 이유 없이 들뜨고 개운한 기분이 되어 슈퍼에 들어갔다. 그는 라면 몇 개와 음료수, 아이스크림 등을 골라 카운터로 갔다.

하지만 카운터의 아주머니가 이상한 눈초리로 힐끔힐끔 쳐다보는 통에 기분을 망치고 말았다. 뒤룩뒤룩 살이 찐 아주머니는 며칠 감지도 않은 것 같은 부스스한 머리를 긁으며 그를 빤히 보았다. 처음엔 어이가 없던 소년은, 계속 아주머니가 찡그린 얼굴로 그를 보자 나중엔 기분이 나쁘다못해 무서웠다. 계산이 끝나자 아주머니는 여전히 찌푸린 얼굴로 소년에게 물었다.

"학생, 학교 안 가?"

뭐지, 이 아줌마는 도대체? 신경질이 난 소년은 탁 내뱉었다.

"방학이잖아요."

그는 슈퍼마켓을 나오면서 욕지거리를 내뱉었다. 씨발, 기분 나쁘게 쳐다보고 지랄이야. 안 그래도 가위 눌려서 기분 더러운데. 방학인 것도 모르고 학교 안 가냐고 물어보고. 멍청한 년.

학교 수업 빼먹고 돌아다니는 걸로 생각한 건가? 재수없게 씨발, 소년은 생각했다.

소년은 기분이 좋지 않았다. 슈퍼마켓의 아주머니 때문인 것도 같고 큰 구름이 나타나 햇빛을 잠시 덮어버렸기 때문인 것도 같았다. 사실 짜증이란 게 하나를 당기면 다른 것까지 끌려오기 마련이다. 한번 짜증이 나니 별게 다 신경에 거슬렸다. 냉장고 문이 열리지 않아 아파트 앞 슈퍼마켓까지 갔다와야 한다니, 그것도 생각하니 화가 났다. 나 없는 사이 냉장고에 잠금 장치라도 달았나? 엘리베이터로 10층을 내려갔다 올라갔다 해야 한단 말이야. 엄마는 밥이나 좀 해놓고 나가지 어디 간다는 말도 없이 어디 가셨지? 부모님에게 혼난 뒤 요 며칠은 얼굴 보기도 힘들었다. 소년은 투덜대며 집으로 돌아왔다.

라면을 끓여먹고 텔레비전 채널을 여기저기 돌리다 보니 기분이 누그러졌다. 이제 저녁이었다. 부모님은 여전히 소식이 없었다. 핸드폰으로 전화라도 해볼까 하다가, 그냥 게임이나 하기로 했다. 다 이유가 있어서 늦는 거겠지.

이제 어느 정도 익숙해진 '에비터젠의 유령'은 더이상 어렵지 않았다. 길을 찾는 게 귀찮긴 했지만 화려한 그래픽을 보는 재미가 있었으므로 나쁘지 않았다. 게임이라기보다는 3D로 체험하는 여행 같았다. 여행이 좀 무섭긴 했지만.

에이프릴을 죽일 뻔한 일도 있었다. 무작정 산으로 올라갔다가 도둑 일곱 명을 만난 것이다. 일곱 명의 칼 일곱 개가 한꺼번에 날아다니는 통에 기겁을 했다. 이번에는 뭘 선택하라느니 하는 메뉴 바도 뜨지 않아서 하마터면 죽을 뻔했다. 하지만 운좋게 마우스 오른쪽 버튼을 눌렀다가 메뉴를 뜨게 하는 방법을 알아내서 도둑을 처치할 수 있었다.

소년이 보기에 '에비터젠의 유령'은 사람을 죽일 때마다 캐릭터의 능력치가 올라가는 듯했다. 아버지와 어머니를 죽이기 전에는 마우스로 아무리 클릭해도 메뉴바가 생기지 않았다. 하지만 도둑을 죽일 때는 마우스 오른쪽 버튼을 클릭하면 저절로 메뉴바가 생겼다. 그는 도둑 일곱 명을 전부 잿더미로 만들어버렸고, 화면 밑의 숫자를 보았다.

$$2^4$$
[16]

가 도둑을 한 명씩 죽일 때마다 커져서 마침내

$$2^{11}$$
[2048]

로 변해 있었다. 이제는 그때보다 더 많은 사람을 죽였고, 지금은,

$$2^{20}$$
[2097152]

까지 올라가 있다. 하지만 숫자가 뭘 뜻하는지는 알 수 없었다. 사람을 죽일 때마다 2 옆의 숫자가 커지고 그 밑의 숫자도 덩달아 커지는 걸

로 봐서는 2의 배수로 커지는 것 같은데 2, 4, 8, 16, 32, 64…… 이렇게 커지는 게 뭘까. 능력치는 아니고, 돈은 더욱 아니고, 뭘까…… 소년은 '거리' 같은 것이 아닐까 추측하고 있었다. 그가 지금까지 걸어온 거리라든가, 아니면 앞으로 갈 수 있는 거리라든가. 그러한 추측은 경험에서 나온 것이었다. 분명 갈 수 없는 곳이었는데 사람을 죽이고 나서는 갈 수 있게 된 경우가 종종 있었기 때문이었다. 어머니를 죽이고서 다락방을 나올 수 있게 됐을 때처럼 말이다.

그러면 이 게임의 최종 목표는 목적지에 도착하는 것일까? 사람을 죽이고 또 죽여서 어딘가에 도착하는 것?

하지만 어디로 간단 말인가? ……에비터젠?

정확히는 알 수 없다. 혹시 게임 게시판에서 누가 가르쳐줄지도 모르지.

아, 맞다, 게임 게시판. 질문 올린 것이 어떻게 됐을까? 지금쯤이면 답변이 달리지 않았을까? 소년은 모니터를 보았다. 지금 캐릭터는 산을 넘어 멀리 보이는 마을을 향해 걸어가고 있었다. 이제 마을에 도착하면 새로운 모험이 시작되겠지. 그 전에 알아둘 수 있는 건 다 알아두는 게 좋을 텐데. 무슨 일을 겪을지 모른다. 산에서 일곱 명의 도둑을 만났을 때처럼 운좋게 해결되리라는 보장이 없으니까.

'님드 라~ 질문 여 혹 시 '에비터젠의 유 령' 이란 껨 아시나여 알면 답변다셈!'

소년은 질문을 클릭했다.

[1] 1타닷~

[에비터젠의 유령은] 그 건 소 설 아닌가여, 읽으 면 죽 는 다고 소 문 떠돌 았던 책 아닌가여

[지나가다] 나더 공 포 소 설이라고 들 엇느 내 -_-ㅁ 그 거 작가가쓰고 자살했다고 하던데 나는 2타?

[나도 지나가다] 그 거 읽어봤는 데 열라 찝찝하고 기분 이상했음 =ㅠ=

[큰 일났다] 그 거 읽고 사고 로 죽은 사람도 있고효 자살한 사람도 있대효

[열라허접답변 ^0^] 그 게 겜까지 잇나? 어떤 겜 회산지 미쳐나보 당 재슈 업게 겜으 로 까지 만들 고 ~~~

"게임이 아니라 책이라니?"

(이 세상에서 가장 끔찍한 소설 말이야…… 읽으면 죽는다는 소설…….)

비가 내렸다.

오랜만에 만난 폭우였다. 피부에 따갑게 떨어지는, 눈을 뜨기 힘들 정도의 거친 비었다. 나는 에이프릴을 찾아 골목을 뛰었다. 분노와 허탈감에 제정신이 아니었다. 광대의 바보짓에 속아넘어가 에이프릴을 빼앗기다니—사실 에이프릴이 내 딸이 아닌 이상 빼앗겼다는 말 자체가 모순이지만—, 어처구니없이 당하다니, 화가 나서 제정신이 아니었다. 아무리 찾아도 에이프릴도, 빌어먹을 타워스도 볼 수 없었다. 왜 청력으로 두 사람의 발소리나 황급히 골목을 달려가는 자동차 소리를 찾지 않느냐고 묻지 말아라. 비가 빌어먹도록 시끄럽게 내리고 있으니까!

"젠장!"

시간이 꽤 흘렀다. 내가 에이프릴이 없어진 걸 알게 되기까지의 시간, 골목을 뛰어다닌 시간, 다 합치면 차를 타고 여기서 몇 마일 밖으로 나가기 충분한 시간이다. 나는 골목 어귀에 망연자실하게 서서 분노를 삼켰다. 비에 젖은 생쥐 꼴의, 처량하고 멍청한, 나잇값도 못하는, 가짜 영국인, 스캇. 화는 나지만 화풀이할 곳은 없고, 아무리 생각해도 내가 바보짓을 한 것이고…….

다시 생각하면, 비참하다못해 웃음이 나온다.

맞다. 어떻게 생각하면 웃긴 일이다. 물론 영국식의 독설 섞인 유머지만 우습긴 우스운 일이다. 특히 바로 다음에 일어난 일까지 묶어서 생각하면 더욱 그렇다. 이게 영화라면 관객들은 분명히 웃음을 터뜨릴 텐데, 영화가 아닌 책이다 보니 당신을 포함한 독자들이 웃을지 모르겠다. 하여튼 말하겠다. 간단히 말하자면 이렇다. 눈앞으로 차 한 대가 날아갔다.

'달려'간 게 아니라, '날아'갔단 말이다.

사거리였는데, 왼쪽 골목에서 자동차가 날아오더니 오른쪽 골목 벽에 부딪혀 박살나버렸다. 시끄럽고 요란한 광경이었지만 차가 날아가는 거라면 어제 오후에 지겹게 봤던 터라 그다지 놀랍진 않았다. 오히려 영문도 모르면서 아까워했던 기억이 있다. 정확한 차종은 기억나지 않지만 무척 비싼 차였기 때문이다. 물론, 나중에 타워스의 차라는 걸 알고 나서는 통쾌해했지만.

차가 채 바닥으로 떨어지기도 전, 나는 왼쪽 골목을 향해 달렸다. 쉴 새없이 눈 위로 떨어지는 빗물을 손으로 씻어내면서, 도대체 무슨 광경이 펼쳐져 있을까 궁금해하면서.

세 사람이 있었다. 두 명은 내가 애타게 찾고 있던 타워스와 그의 품에 안긴 에이프릴. 그리고 나머지 한 명은 그때 처음 마주친 사람이었다. 검은 코트를 입은 남자…… 타워스의 차를 가지고 프리스비 놀이를 한 것이 바로 그였다. 물론 당신이 생각하는 대로, 지난밤에 나를 염탐한 것도 그였다.

몇 피트의 거리를 두고 서서 서로를 노려보던 타워스와 검은 옷의 남자는, 내게 시선을 돌렸다.

"만나서 반갑소, 스캇 리치씨."

어디서나 예의바른 척하는 타워스가 인사말을 건넸다. 그때의 가증스러운 표정을 생각하면 지금도 이가 갈린다. 에이프릴을 안고서 뻔뻔스러운 미소를 짓는 은발 신사. 분명 같은 옷차림에 같은 얼굴을 한 '타워스'였지만 전혀 다른 사람이었다…… 분위기 차이라는 거겠지.

"정식으로 소개하지. 나는 누구인지 알 테고, 이 아가씨는 이름 없는 여인이고 저 사람은 이름 없는 남자야."

소개치고는 이상했다. 아니, 농담으로 하는 말이 아니라, 그때 정말 "소개치곤 이상하군"이라고 대답했다. "기왕이면 알기 쉬운 말로 설명하지 그래"라고도 말했다. 그렇다고 정말 타워스가 알기 쉽게 설명해 주리라고 기대한 건 아니다.

"불행하게도 이름 없는 남자께서 이름을 잊어버렸어. 그래놓고는 나한테 찾아달라고 떼를 쓰는군. 젊은 사람이 나 같은 노인에게 행패를 부리면 쓰나."

스핑크스가 울고 달아날 수수께끼다. 나를 찬찬히 훑어보던 검은 옷의 남자는, 혹시 그것으로 차를 던져버린 게 아닌가 싶을 정도로 날카로운 시선을 타워스에게 돌렸다.

"내 이름을 말해."

그의 이름을 궁금해한 게 나 혼자가 아니었다는 생각이 들어, 피식 웃고 말았다. 그러나 타워스의 대답은 심각했다.

"여기서 자네 이름을 말하면 우리 모두 죽어. 기억이 전이될 때의 폭발을 몰라서 하는 소린가?"

'폭발'이라면, 에이프릴을 처음 만났을 때의 폭발 같은 걸 말하는 걸까? 궁금증 하나 해결할 시간 없이, 검은 옷의 남자는 타워스에게 으르렁거렸다.

"이름을 말해. 아니면 죽인다."

"에이프릴이 위험해."

"이름을 말해!"

그렇게 잠깐 동안 타워스와 검은 옷의 남자 사이에 이유를 알 수 없는 말싸움과 신경전이 오갔다. 해결사는 다소 엉뚱한 곳에서 나타났다. 타워스의 품에 안겨 있던 에이프릴이 정신을 차리고 자그맣게 중얼거렸다.

"내 이름은…… 에이프릴."

"안돼, 에이프릴!"

타워스는 내가 깜짝 놀랄 정도로 다급하게 소리쳤다.

"말하면 안돼! 우리 모두 위험해!"

"너는……."

에이프릴의 가는 팔이 검은 옷의 남자에게 향했다. 나, 남자, 타워스 모두 숨을 멈춘 채 에이프릴의 다음 말에 귀를 기울였다.

"너는…… 나의…… 잭."

"잭?"

그때 처음 들었다. 그는 잭이었다. 검은 옷을 입은 남자, 창 밖에서 나와 에이프릴을 쳐다보던 남자, 지난 아흐레 동안 에이프릴을 돌봤을지도 모르는 남자.

잭은 천천히 눈을 감고 중얼거렸다.

“내 이름은…… 잭.”

그 다음에 있었던 일은 무척 혼란스럽다. 나중에야 모든 일의 인과 관계를 깨닫고 수긍하게 됐지만, 그때는 어째서 타워스가 나에게 에이프릴을 안겼는지, 왜 당장 도망치라면서 내 등을 떠밀었는지 어리둥절했다. 어쨌든 그는, 정원을 걷고 있다가 잠깐 눈을 떼는 순간 집으로 들어와 에이프릴을 데리고 나갔던 놀라운 순간이동 능력을 발휘해 내 앞에 갑자기 나타나더니, 에이프릴을 안기고는 멱살을 움켜쥐었다.

“허튼 짓 했다간 용서하지 않는다. 에이프릴을 데리고 당장 여기를 떠나.”

물론 나는 선뜻 발을 떼지 못하고 머뭇거렸다. 왜 나보고 도망치라는 건지, 데려갔던 에이프릴을 왜 다시 돌려주는 건지, 어느 것 하나 이해하기 전엔 움직이고 싶은 마음이 없었다. 타워스 역시 내가 그의 뜻대로 움직일 생각이 없음을 진작에 알았던 모양이다. 내가 막 뭐라고 말하려는데 주위가 깜깜해지더니 다시 밝아졌다.

그리고 나는 차에 앉아 있었다.

집, 차고, BMW 안에, 핸들을 쥔 채로.

옆 좌석엔 에이프릴이 있었다.

왼쪽 창문 너머로 타워스의 모습이 흘끗, 마치 유령처럼 보였다가 사라졌다. 성급히 차고를 뛰어나가는 것처럼 보였는데, 어떻게 나를 데리고 들어와서 차에 앉히고 가는 건지 물어볼 시간도 없었다. 나는 핸들을 쥔 채 멍하니 몇 초 동안 앉아 있었다. 그리고 어제 에이프릴을 만났을 때 겪었던 그 폭음, 그것을 들었다.

쾅…… 쾅…… 쿠쿠쿠쿵…… 쾅…….

에이프릴의 경우보다 훨씬 심한 폭발이었다. ‘다 죽는다’는 타워스의 위협은 농담이 아니었던 것이다.

창고가 흔들리면서 선반이 무너져내렸다. 기름때 묻은 장갑이나 낡은 액자같이 사소한 것부터 시작해서 윤활유통이나 망치, 톱 같은 위험한 물건까지 모조리 차 위로 떨어졌다. 도난 경보기가 울리고, 전등이 껐다 켜지고, 차고 문이 저절로 올라갔다. 충격파가 지나간 후 기계들이 일제히 소동을 부리는 것이었다. 나는 반쯤 올라갔던 차고 문이 더이상 올라가지 않는 것과, 왼쪽의 벽이 조금 기우뚱하는 것을 보고 차고가 곧 무너질 것을 알았다. 황급히 차고를 빠져나와 역시 저절로 열린 대문을 지났다. 그리고 잠깐 차를 세워 집을 돌아보았다. 집은 창문이 모조리 박살난 것 빼고는 괜찮아 보였다. 차고는, 정확히 말하자면 차고의 잔해는 사람의 허리 높이 정도로 자란 들장미에 가려 보이지 않았다. 무너지지 않았다면 들장미 너머 번듯하게 서 있는 모습을 볼 수 있었으련만, 안타까웠다. 나는 다시 차를 몰고 골목을 달려, 타워스와 에이프릴과 잭이 있었던 그곳으로 다가갔다…… 아니 다가가려고 했다. 다가가진 못했으니까…… 두번째 폭발이 있었기 때문이다.

"내…… 이름은…… 잭……."

작게 중얼거리는 소리였는데 어째서 몇십 피트 떨어진 차 속의 나한테까지 또렷하게 들렸는지는 모르겠다. 강한 생각이라 전이된 것일까? 아니면 내가 잔뜩 신경을 곤두세우고 있어서 들린 걸까? 그럴 수도, 아닐 수도, 두 가지 다일 수도. 하여튼 잭의 중얼거림을 들은 다음 두번째 폭발을 목격했다. 당신의 생각이 맞다. 나는 첫번째 폭발보다 훨씬 가까이 있었다. 당연히 충격도 컸다. 빛이 휘몰아치고, 공기가 바람이 되어 밀려갔다 밀려오고, 폭발로 부서진 건물의 잔해가 하염없이

하늘로 솟구쳐올랐다가 빗방울과 함께 떨어지는 모습 등을 그대로 볼
수 있었다.

그렇게 폭발 한가운데 있으면서 어렴풋이 이해했다. 왜 타워스가 나
에게 에이프릴을 맡겼는지. 그는 잭이 폭발해버릴 것을 알았고, 그래
서 에이프릴을 데리고 위험지역을 벗어나주길 바라는 마음에 나를 차
에 태운 것이다.

나는 골목을 빠져나왔다. 세번째, 네번째 폭음을 뒤로한 채 도로를
지나고 노스 엔드 웨이(north end way)를 지나서 런던 외곽으로 달리
고 또 달렸다.

폭우가 뒤덮고 있는 런던을 빠져나오면서 목적지를 맨체스터로 결
정했다.

소년은 당황했다. '에비터젠의 유령'이라는 게임은 없고, 소설이 있다니. 게다가 읽으면 죽는 소설? 소설을 읽은 사람이 사고로 죽고 자살해서 죽었다니, 그럼 보통 심각한 문제가 아니잖아. 소년은 떨리는 손으로 마우스를 움직여 스크롤을 내렸고 답변에 달린 코멘트를 죽 읽어나갔다. 서른 개가 넘게 달린 답변은 하나같이 기분 나쁜 정보만을 담고 있었다. 『에비터젠의 유령』이라는 소설이 있었고 기분 나쁜 소설로 유명했는데…… 읽으면 죽는다는 소문이 돌아서 호기심에 많은 사람이 읽고…… 출판까지 됐다가…… 작가가 글을 쓰고 나서 자살한 사실이 밝혀지고…… 읽으면 죽는다는 소문이 걷잡을 수 없이 커져서…… 출판사에서도 모두 회수하고 폐기처분했다는 이야기였다.

"하지만 내가 하고 있는 건 게임인데."

답변 모두 게임에 관한 언급은 없었다. "그건 게임이 아니라 소설이에요"라는 식의 대답이 전부였다.

그렇다면, 지금 그가 하고 있는 게임은 도대체 뭐란 말인가.

소년은 떨리는 손으로 익스플로러를 닫았다. 어느덧 늦은 시간이었다. 여전히 부모님은 소식이 없었다. 아버지는 회사에서 늦으신다고 해도, 어머니는? 소년은 자리에서 일어나 책상 위에 놓아둔 핸드폰을 집었다. 그리고 전화번호를 누른 후 무심코 고개를 돌렸다가……

"같이 가자……."

그대로 기절할 뻔했다. 하지만 소년은 곧 놀란 가슴을 내리누르고 허탈한 웃음을 터뜨렸다. 깜짝 놀란 이유는 모니터에서 에이프릴이 그를 보고 있어서였다. 고개를 돌렸는데 웬 창백한 여자가 멍하니 보고 있으니 놀랄 수밖에. 저녁이 되었지만 컴퓨터에만 정신이 팔려 아직 집 안의 불도 켜놓지 않았다. 집은 컴컴하고, 불길한 소식만 들어서 두근거리는 마음으로 봤으니 당황할 수밖에 없었다.

소년은 집 안의 불을 모두 켜고 공포를 몰아냈다. 그리고 다시 컴퓨터 앞에 앉았다. 첫번째 스테이지가 끝나고 두번째 스테이지의 시작을 알리고 있었다. 모니터의 에이프릴은 계속해서 나지막이 말했다. 같이 가자…….

모니터에는 선택 메뉴가 떠올라 있었다.

같이 가시겠습니까?
1. 예
2. 아니오

소년은 '예'를 선택했다.

「그러면 당신은 책 『에비터젠의 유령』을 찾으셔야 합니다.」

『에비터젠의 유령』이라는 책이 이 게임에도 언급되는구나. 존재하는 책이 이 게임에 언급되는 걸 보면, 이 게임이 사람들 말처럼 이 세상에 존재하지 않는 것 같진 않았다.

일단 끝까지 해보자. 책에 관해서는 내일 더 알아보고. 소년은 마음먹었다.

"같이 가자……."

에이프릴은 다시 한번 말했고…… 두번째 스테이지가 시작되었다. 그가 마을로 들어서자 모니터에 다음과 같은 메시지가 떠올랐다.

「!(*&@*^%$*&에 오신 것을 환영합니다.」

마을 이름의 폰트가 깨져서 나타나는 걸 보니 뭔가 깨야 하는 미션이 있는 모양이었다. 두번째 스테이지에서부터는 인터페이스가 달랐다. 지난 스테이지에서는 단순히 캐릭터의 시점에서만 게임이 진행된 탓에 유저는 캐릭터를 볼 수가 없었다. 이번에는 흰 옷을 입은 에이프릴이 앞을 걸어가고 유저는 그 뒤를 따라가는 방식이었다. 소년은 두말할 것도 없이 이번 스테이지가 훨씬 좋았다. 에이프릴의 뒷모습은 아름다웠다. 그가 마우스 동작을 한동안 멈추거나, 메뉴를 선택해야 할 때가 되면 고개를 돌려 그를 빤히 보기도 했다. 길고 지루한 게임 끝에 이제 에이프릴을 볼 수 있었다. 흰 옷 입으니까 더 예쁘다. 오프닝에서의 퇴폐적인 모습도 좋았지만 지금도 좋았다. 맨발에 흰 드레스, 화려한 금발이 어울린 에이프릴의 모습은 길을 잃은 천사처럼 보였다. 그래, 점점 익숙해지는 거 엔딩까지 봐야지. 『에비터젠의 유령』

이라는 책을 찾아야 한다고…… 어디 가서 찾나. 이번에도 그냥 돌아다니면서 귀찮게 하는 사람 죽이면 되나?

소년은 마우스를 이리저리 움직이며 마을을 돌아다니다가 깜짝 놀랄 만한 광경을 보았다. 길 한가운데에 수레가 몇 대 지나가는데, 수레 안에 있는 것을 보고 놀란 것이다. 단단해 보이는 나무를 가로세로로 엮어 새장처럼 만든 것 안에는 벌거벗은 소녀들이 갇혀 있었다. 아마도 노예가 아닐까 싶었다. 소년은 마우스를 움직여 수레에 다가갔고, 그 방대하면서 섬세한 그래픽에 감탄하면서 수레를 훑어보았다. 벌거벗은 소녀들은 겁에 질린 표정으로 소년/에이프릴을 보았고…… 모두 아름답고 모두 알몸이었다. 그들은 가슴과 음부를 가릴 생각도 하지 않은 채 겁에 질린 표정으로 그를 보았다.

소년은 수레를 클릭했다. 에이프릴은 그를 돌아보았고, 메뉴는 소년에게 어떻게 할 거냐고 물었다.

1. 수레를 부순다
2. 부수지 않는다
3. 죽인다

죽이고 싶지 않았다. 불쌍한 노예들이잖아. 어린 소녀들이고 아름답기까지 하다.

소년은 1번을 선택했다.

에이프릴은 소년에게서 고개를 돌려 수레를 보았고…… 천천히 손을 들어 가슴 높이까지 올리더니…… 마법을 사용했다.

"마법이다!"

잘은 모르겠지만 소환술의 일종 같았다. 그녀는 입을 벙긋거리며 무언가를 말했고―주문은 들리지 않았다―하늘에서 번개 비슷한 빛덩어리가 떨어져 수레를 부수는 것으로 마법을 마무리했다. 정말 번개가 내리치는 것 같았다. 주위가 환하게 밝아졌다가 빛이 수레를 집어삼키고는 순식간에 재로 만들었다. 그런데도 수레 안의 소녀들은 다치지 않았다. 와, 이번 스테이지는 정말 흥미진진하다. 에이프릴도 있고, 마법도 있다. 몬스터는 없나? 몬스터까지 나오면 정말 멋지겠지.

소년은 소녀들을 보았다. 그들은 여전히 벌거벗은 몸으로 그를 보고 있었다. 소년은 마우스를 놓았고, 그녀들의 몸을 한동안 쳐다보았다. 이게, 그래픽이라고. 이건…… 아마 그래픽이 아닐 것이다. 이렇게 섬세한 사람 피부를 게임에서 재현했다고는 믿어지지 않는다. 지금 이 마을도 아무리 돌아다녀도 끝이 없었다. 지금까지 걸어온 길만 해도 얼마나 많은 데이터가 필요했을 것인가. 그게 게임 CD 한 장 안에 다 들어간다고…….

소녀들의 몸은 정말 아름다웠다. 이 게임은 성인용인가 보다. 가슴부터 음모까지 전부 드러나는 걸 보니. 약간 부푼 젖가슴, 연약한 허리, 날씬한 팔과 다리…….

소년은 성기가 부풀어오르는 기분이 들었다.

소년은 마우스를 놓고 바지 지퍼를 내린 후 자위행위를 시작했다…….

(얼마 전, 바로 얼마 전에…… 읽는 사람마다 죽는다는 소문이 떠돈

소설이 있었다.)

　소년은 잠에서 깼다. 어제보다도 더 늦은 시간이었다.

　소년은 밤새 게임을 계속했지만 아직 엔딩을 보지 못했다. 엔딩 근처에 가기는 했다. 소년은 다른 노예 상인의 수레를 따라갔다가 마을 중심의 노예시장을 발견했다. 노예시장을 없애겠냐는 메뉴가 뜨기에 소년은 '예'를 선택했고, 곧바로 에이프릴이 수레를 모조리 불태워버렸다. 그곳은 마을의 중심이었고, 그래서 게임의 하이라이트이기도 했다. 시장이 불타는 모습은 대단히 화려하고 아름다웠다. 수레가 불탈수록, 노예 상인이 잿더미가 될수록 에이프릴의 마법 역시 화려해졌으므로 소년은 즐거웠다. 소년은 에이프릴의 마법과, 마을 중심부가 불타는 모습을 넋을 놓고 지켜보다가 깜박 잠이 들었다. 때문에 밤을 새워서라도 엔딩을 보리라는 계획을 이루지 못했다.

　자위 탓인지 하루 종일 게임에만 매달린 탓인지 잠은 길고 깊었다. 깨어났을 때는 어지러웠을 정도로.

　이미 오후였다. 학원 갈 시간이 지나 있을 만큼 늦은 시간이었다. 그는 왜 아무도 자신을 깨우지 않았을까 생각하면서 부엌으로 갔다가 냉장고에 붙은 메모를 보았다.

　　　엄마 나갔다 온다. 일찍 좀 일어나. 학원 꼭 가라.

　(메모는 여전히 붉은색이었다.)

　"또?"

소년은 화가 울컥 치밀었다. 기분 나쁜 메모만 남기고 엄마는 언제 들어왔다가 다시 나갔지? 냉장고는 고쳤나? 소년은 냉장고 문을 잡아당겼지만 여전히 꿈쩍도 하지 않았다.

"또 사먹어야 돼?"

소년은 냉장고 문을 발로 걷어차며 한참을 투덜거렸다. 하지만 별 수 있나, 소년은 가게로 갈 준비를 해야 했다.

하지만 어제 갔던 가게는 싫다. 기분 나쁘게 쳐다보는 아줌마가 있으니까. 더 걸어가는 손해를 감수하고서라도 다른 가게로 가고 싶었다. 소년은 터덜터덜 아파트를 나섰다.

날은 어제보다도 더 선선했다. 여름 맞아? 날씨가 이렇게 시원하다니. 소년은 괜히 기분이 좋았다. 사실 그는 기분이 좋아야 정상이었다. 돈 한 푼 안 들이고 멋진 게임을 얻은 데다 그 게임을 신나게 즐기고 있으니까. 지금까지 화려했으니 엔딩은 정말 볼만하겠지. 엄마 아빠가 냉장고 문만 좀 고쳐놨어도 좋을 텐데. 소년은 한숨을 쉬었다.

소년은 게임의 엔딩에 대해 이것저것 상상해보았다. 게임의 목표는 아무래도 『에비터젠의 유령』이란 책을 찾는 거겠지. 혹시 소설로 나왔다는 『에비터젠의 유령』을 읽으면 게임을 클리어하는 것에 도움이 될까?

마침 소년은 동네에서 가장 큰 서점 앞을 지나고 있었다. 소년은 서점에 혹시 『에비터젠의 유령』이 있을지도 모른다는 생각이 떠올랐다. 출판사에서 회수했다지만 혹시 남아 있을지도 모르니 일단 확인해볼 일이었다.

그는 서점으로 들어가 일단 판타지 소설 코너를 찾았다. 『에비터젠의 유령』을 찾아 들어온 것이지만, 자신이 좋아하는 판타지와 무협소설의 다음 권들이 나왔는지도 궁금했던 것이다. 그는 서가를 찬찬히 훑어보며 이것저것 뒤적이기 시작했다. 깨끗한 책들이 비닐에 잘 포장되어 보기 좋게 늘어서 있었다. 화려하고 멋진 장정의 책도 있고 유치하고 조잡하게 꾸며놓은 책도 있다. 아, 이 책이 벌써 나왔구나. 그는 책을 하나하나 살펴보았다.

그러다 뭔가 이상한 낌새를 느끼고 주위를 둘러보았다.

사람들이 수군거리며 그를 흘끗흘끗 쳐다보고 있었다. 처음에는 그 주변의 다른 사람을 보는 줄 알았는데 아무리 둘러봐도 주변에는 소년밖에 없었다. 사람들은 그를 보며 귓속말을 주고받고, 기분 나쁜 눈초리로 보다가 그와 눈이 마주치면 시선을 돌렸다. 마치 어제의 아주머니처럼.

가까이 있는 여자 둘이 작게 주고받는 말을 들은 순간 소년은 몸이 얼어붙는 듯했다.

"……저 애, 이상하다…… 미쳤나 봐."

내가 이상하다니, 내가 미쳤다니? 도대체 왜? 소년이 당황하는 사이 서점 주인 아저씨가 그를 향해 다가왔다.

"너, 뭐 찾는 거 있나?"

아저씨는 그를 지켜보는 다른 사람들과 같은 눈초리를 하고 있었다. 겁을 집어먹은 소년은 더듬더듬 말했다.

"에비터젠의 유령이라는 소설이 혹시 있나 해서요."

"너, 며칠 전에도 그 소설 사 갔잖아."

아니야, 나는 그런 소설 산 적 없어. 뭔가 착각했겠지. 소년은 고개를 저었다. 그런데 사람들은 왜 저런 눈초리로 나를 볼까. 주인 아저씨는 다시 물었다.

"너는 왜 학교에 안 가니?"

소년은 완전히 겁을 집어먹었다.

"방학이잖아요."

소년은 중얼거리듯 대답하고 서점에서 달려나왔다.

(『에비터젠의 유령』은…… 이 세상에서 가장 끔찍한 소설일까.)

그는 곧장 집으로 향했다. 가게로도 가지 않았다. 사람들의 이상한 눈초리 때문에 어디에도 갈 수가 없었다. 그는 정신없이 뛰어서 집으로 돌아왔고, 가지고 있는 돈을 모두 긁어모아 피자를 주문했다. 다행히도 점심과 저녁을 해결할 정도는 됐다. 그는 식어서 말라붙은 피자를 조금씩 뜯어먹으면서 그날 하루를 버텼다. 배는 고팠지만 비참하진 않았다. 그에겐 게임이 있었으니까.

소년은 게임 '에비터젠의 유령'에만 몰두했다. 게임이 거의 끝나간다는 걸 느낄 수 있었다. 그는 노예시장을 불태운 후 마을의 지리를 대충 파악했다. 마을의 중심 건물은 시장과 교회였다. 마을의 중심부 중 하나인 시장에서 노예 상인을 모두 죽이는 것으로 관문을 하나 넘었으니 다음 관문은 교회가 될 것이라고 소년은 추측했다. 교회 관문을 지나면 게임도 끝나겠지. 옛날 중세에는 교회에 책도 많았으니까 혹시 『에비터젠의 유령』을 교회에서 보관하고 있는 설정일지도 모르고. 소년은 교회로 다가갔다.

노예 상인을 죽일 때마다 하나씩 늘어난 숫자는 이제 제대로 가늠이 안 될 정도로 커져 있었다.

교회는 웅장했다. 화려한 에이프릴의 마법마저도 왜소해 보일 만큼 웅장했다. 하늘을 찌를 것 같은 탑, 번쩍이는 유리창. 지금까지 산과 마을의 풍경에 그렇게 감탄했건만, 교회의 모습에 비하면 아무것도 아니었다. 안으로 들어갈 것을 생각하니 가슴이 다 두근거렸다. 소년은 교회의 문을 클릭했다. 문은 천천히 열렸다.

교회에는 수많은 수도승이 오가고 있었다. 귀부인과 부인의 하녀도 보였다. 점잖은 부자 상인과 그들의 아이들도 보였다. 오후의 깊은 햇살이 유리창을 뚫고 들어와 교회 구석구석을 밝혔고, 금과 벨벳으로 장식된 교회 안은 아찔하니 아름다웠다.

소년은 그곳을 불태우기로 결정했다…… 수도승 몇 명이 그를 보자마자 달려왔고, 그들을 클릭하자 메뉴가 그에게 어떻게 할 것이냐고 물은 것이다. 소년은 '복수한다'를 선택했다.

에이프릴은 복수를 시작했다. 화려하고 가차없는 복수를…… 교회는 불탔다. 수도승은 잿더미가 되었다. 사람들은 비명을 지르며 도망쳤다. 신처럼 근엄하고 천국처럼 아름답던 교회는 지옥이 되었다. 소년은 마우스를 클릭하고, 에이프릴은 계속 마법을 쓰고, 모니터 아래의 숫자는 기하급수적으로 커졌다.

소년은 밤이 깊은 것도 잊어버렸다. 부모님이 늦게 들어오시는 것도 잊어버렸다. 허기도, 열리지 않는 냉장고 문도 잊어버렸다. 그를 이상하게 쳐다보던 사람들도 잊어버렸다.

교회는 거의 불타버렸다.

그리고…… 새로운 캐릭터를 만났다.

(얼마 전, 바로 얼마 전에…… 읽는 사람마다 죽는다는 소문이 떠돈 소설이 있었다.

하지만 읽으면 죽는다는 소문 자체가 정당한 것이었을까. 그냥, 소설이 너무 무서운 나머지 읽으면 죽을지도 모르겠다는 느낌을 사실로 굳게 믿어버리게 된 건 아니었을까.)

그는 온갖 잿더미와 불길 안에서도 태연하게 에이프릴을 보고 있었고, 그래서 소년의 눈길을 끌었다. 젊은 청년이었다. 단단한 체구와 강한 눈빛의 갈색 눈동자가 아름다웠다. 세련되면서도 날렵해 보였다.

하지만 소년이 그가 심상치 않은 캐릭터라는 것을 알게 된 결정적인 이유는…… 중세 배경에 어울리지 않게 검은 코트를 입고 있기 때문이었다. 소년은 캐릭터로 다가갔다. 그는 여전히 뚫어져라 에이프릴을 보았다.

누굴까 이 남자는…… 소년은 그를 클릭했다…… 청년은 말했다.

"에이프릴…… 네 이름은 에이프릴이야……."

에이프릴의 주변에서 빛과 바람이 소용돌이쳤다. 교회에 천둥과 번개가 몰아쳤다. 지금까지 에이프릴이 썼던 마법보다도 더 강력한 마법이 에이프릴에게 작용하고 있었다. 소년은 화면 아래의 모니터를 보았다.

대뜸 한눈에 들어오지 않는 숫자만큼이나 그녀가 강력해지고 있었다. 저 청년이 에이프릴을 각성시켰거나, 아무튼 그와 비슷한 일을 한 모양이었다. 이건 눈이 돌아갈 정도로 엄청난 괴력의 마법이다. 에이프릴이 9클래스라도 됐나 보다! 소년은 쾌재를 불렀다. 스피커의 바람 소리가 커지고, 남자의 모습은 점점 희미해졌다. 에이프릴의 옷자락과 머리카락이 더 거세게 흔들릴 무렵, 정체불명의 캐릭터는 말했다.

"……현실에서 보자."

그리고 남자는 사라졌다.

그리고 에이프릴도 사라졌다.

7

폭우 속의 런던을 빠져나와 자동차 전용도로를 열심히 달려 밤늦게 버밍엄에 도착했다. 마음 같아서는 밤새도록 달려서 맨체스터로 가고 싶었지만, 그리고 바로 공항으로 뛰어가 영국을 뜨고 싶었지만, 에이프릴의 건강이 긴 시간의 여행을 견딜 상태가 아니었다. 잭의 이름을 기억해낸 이후 상태가 급속히 악화된 것이다. 시 외곽에서 더이상 여행을 할 수 없다고 판단한 나는 시내로 들어가자마자 가장 가깝고 좋아 보이는 호텔로 들어갔다. 물론 그 전에 약국에 들러 혹시 필요할지 모를 구급약 몇 종류를 사는 것도 잊지 않았다. 카운터의 매니저와 엘리베이터의 벨보이 둘 다 팔에 안긴 에이프릴의 창백한 얼굴을 보고 의사를 부르는 게 어떻겠냐고 물었고, 나는 내가 의사라는 대답으로 얼버무렸다.

룸서비스에 부탁해서 그녀에게 입힐 만한 옷도 준비하고, 음식도 그녀가 삼킬 수 있을 만한 것으로 준비했다. 침대에 눕히고 젖은 옷을 벗기고 담요로 몸을 감싼 다음 자정까지 옆에서 보살폈다—전날 밤의 일이 되풀이된 것이다. 내 마음은, 에이프릴이 전날 밤처럼 천천히 건강을 회복했으면 하는, 전혀 논리에 맞지 않는 기대에 의지해 있었다. 그렇게 되지 않는다면, 기대가 무너지고 만다면 달리 어째야 좋을지 방법이 없었기 때문에 정말 애가 탔다.

기도는 이뤄졌다. 밤이 깊어질수록 그녀의 맥박과 체온은 미약하긴 하지만 분명히 좋아져갔다. 몇 시간에 걸쳐 간호하는 동안 내내 고민했던 문제는 결국 새벽쯤에 마무리지을 수 있었다. 나는 에이프릴을 그대로 내버려둬도 괜찮겠다는 결론을 내리고 침대 곁을 떠났다.

나는 담배를 물고 베란다로 나가 버밍엄의 야경을 감상했다. 간간이 비가 내리는 쓸쓸하고 우울한…… 보기 싫은 경치였다. 내가 햄스테드에 정착한 이유가 런던의 야경이 마음에 들어서였다는 사실이 떠올랐을 정도였다. 잠이 별로 없는 나로서는 낮 풍경만큼이나 야경도 중요하니까. 낮만큼 밤도 소중했으니까. 나는 베란다를 열고 빗물 섞인 밤공기를 들이마셨다.

담배 연기가 바람을 따라 흩어진다.

피곤하다.

그러고 보니 이틀째 잠을 못 잤다. 에이프릴을 만난 후 지금까지 잠은 ‘전혀’, 식사는 ‘대충’이었다. 분명 피곤하고 배도 고팠지만 어느 욕구 하나 해결하고 싶은 생각이 없었다. 정신적 충격, 그것 때문이었다. 생각을 실타래처럼 완전히 뒤엉키게 만든 지난 이틀간의 일들…….

길고 긴 이야기들…… 다 어지러운 고민 이상이 되지 못하는 상념, 상념들…… 나는 거실로 돌아와 소파에 앉아 담배 한 갑을 비우면서 보기 흉한 야경을 바라보았다. 어디서부터 풀어야 좋을지 모르는 고민…… 에이프릴이 깨어나고, 기억을 되찾아 나에게 모든 것을 설명해줄 수 있다면 하는 한 가닥 희망이 있을 뿐……

나는 깜박 잠이 들었다.

푸르스름한 새벽빛과 난데없이 들려오는 물소리에 눈을 떴다. 욕실에서 물 흐르는 소리가 들렸다—누가 욕실에서 샤워를 하는 중이었다. 머릿속에 왔다갔다하기 시작한 '불청객 추측 명단'의 첫번째 이름은 타워스였는데, 그가 호텔로 숨어들어와 마음 편하게 샤워를 하고 있으리라는 가정은 아무리 심각하게 받아들이려 해도 코미디였다. 그러면 잭? 자기 이름도 모르던 배트맨이 샤워를 하고 있다? 그건 더 탐탁지 않은 추론이었다. 하지만 세번째, 네번째 인물을 도저히 생각해낼 수가 없었다. 그렇다면 도대체…… 나는 욕실로 다가갔다.

더 뚜렷해지는 물소리.

천천히 손잡이를 돌렸다. 잠겨 있지 않은 것이 얼마나 이상한지 돌리면서도 믿어지지 않았다. 내가 욕실로 들어가 샤워 커튼의 실루엣을 뚫어져라 쳐다보는 것을 모르는 것을 보니, 자신의 일에 꽤나 열중하고 있었다. 나는 샤워 커튼을 젖혔고, 나체 여인을 보고 아연실색했다. 날카로운 눈매에 얇은 입술, 검은 머리카락의 글래머. 샤워 꼭지의 물이 그녀의 벗은 가슴을 타고 흘러내렸다. 나는 알고 있는 여자를 모조리 떠올렸지만 일치하는 외모는 없었다. 때문에 나는 당황했고, 여인의 반응을 접하고 더 당황했다. 그녀가 전혀 부끄러워하지도 않으면서 아침인사를 건넨 것이다.

"잘 잤어, 스캇?"

그녀는 내 이름까지 알고 있었다.

"당신 누구요?"

그녀는 샤워 커튼을 닫으며 대답했다.

"에이프릴."

소년은 신이 났다. 게임을 거의 클리어했으니까. 이게 며칠 만의 수확인가. 며칠 밤을 새고, 학원까지 빼먹으면서 노력한 결과다. 소년은 기뻤다.

남자가 사라지고 에이프릴도 같이 사라지자 소년은 잠시 당황했다. 하지만 화면이 검게 변하고 로딩 화면이 이어지면서 소년은 만세를 불렀다. 세번째 스테이지에 온 것을 알아차린 것이다. 아마도 마지막 스테이지겠지. 왕궁에서의 게임을 클리어하면 게임도 끝이겠지.

다 하고 나면 아쉽겠다는 생각은 들었다. 하지만 아는 사람도 몇 명 없는 게임을 끝까지 했다니 이 얼마나 자랑스러운 일인가. 소년은 자신이 자랑스러웠다.

문득 그는 컴퓨터용품 전문점 주인이 생각났다. 이 게임을 하면 죽는다고 그랬지…… 소년은 피식 웃었다. 그런 말장난을 내가 믿다니. 죽기는커녕 멀쩡히 살아 있는데 말이야.

소년은 의욕에 넘쳐서 게임을 시작했다. 그는 지금까지 그랬던 것처럼 이번에도 여기저기 돌아다니며 아무거나 클릭해보았다. 궁전은 화려했지만 음침한 구석도 있었다. 요란했던 두번째 스테이지와 달리 기괴한 첫번째 스테이지로 돌아간 느낌이었다. 창문에는 모두 커튼이 내려져 있어 벽에 간간이 걸려 있는 촛불에 의존해야 했다. 복도에는 그림이 많이 걸려 있었는데 하나같이 에이프릴/소년을 노려보는 것 같아 기분이 나빴다. 게다가 구조도 복잡해서 아무리 돌아다녀도 어디가 어디인지 기억을 할 수 없었다. 첫번째, 두번째 스테이지 모두 플레이타임이 길었는데 이번에도 또 정처없이 궁전을 헤매는 것은 아닌지 소년은 조금씩 걱정이 되었다.

소년은 목과 어깨의 근육에 힘을 줬다가 빼며 피로를 달랬다. 새벽이었고 졸음이 쏟아졌다. 아버지는 늦으셨고 어머니는 여전히 소식이 없었다. 도대체 며칠째 얼굴도 못 보고 사는 건지. 차라리 잘됐다, 소년은 생각했다. 집에 있어봤자 어차피 잔소리만 늘어놓았을 테니. 소년은 피식 웃으면서 목운동을 계속하다가 문득 침대 위를 보았다.

그리고 잘못 봤나 싶어서 눈을 비볐다.

어라?『에비터젠의 유령』이 침대 위에 있었다.

『에비터젠의 유령』

저게 왜 저기 있지? 소년은 서점에 갔던 일을 떠올려보았다. 사람들이 쳐다보고 웃길래 도망나오긴 했는데 그때 책까지 들고 나왔었나? 아니다. 나는 책을 찾지 못하고 그냥 나왔는데…….

저 책이 왜 침대 위에?

소년은 온몸에 소름이 돋았다. 책에 발이 달리기라도 했단 말인가.

아니면 누가 집에 몰래 들어와서 놓고 가기라도 했나. 아니면 내가 원래 저 책을 갖고 있었나? 소년은 골똘히 기억을 더듬었다.

"복수한다."

스피커에서 갑작스럽게 터져나온 소리에 깜짝 놀랐다. 에이프릴이 누군가에게 말을 걸고 있었다. 그 누군가는, 세상에, 소년은 놀라 의자에서 떨어질 뻔했다. 어마어마한 크기의 드래곤이었다. 높은 천장에 머리가 닿고 펼친 날개가 홀을 가득 메운 거대한 드래곤이었다. 아, 끔찍하다. 거대한 파충류는 얼마나 징그러운 존재인가. 차갑고 축축한 비늘, 눈과 입을 덮은 알 수 없는 점액질, 노란색 눈동자, 불꽃이 튀어나오는 입, 뿔이 돋아 있는 혀. 최종 보스구나, 소년의 심장은 두근거렸다.

에이프릴은 드래곤에게 말했다.

"복수다."

그리고 에이프릴과 드래곤의 싸움이 이어졌다. 소년은 재빨리 마우스를 클릭해서 마법을 썼고, 에이프릴은 귀청이 떨어질 것 같은 번개를 드래곤에게 쏟아냈다. 스피커의 볼륨을 줄일 시간도 없다. 어차피 부모님도 없는데, 어때. 소년은 미친 듯이 마법을 퍼부었다. 스테이지를 넘어서면서 더 강력해진 에이프릴의 마법은 분명 용에게 타격을 주고 있었다…… 하지만 드래곤은 너무나 강했다. 드래곤은 어마어마한 마법에도 여전히 흔들리지 않았다.

드래곤의 거대한 발이 에이프릴을 향해 날아오자 소년은 마우스를 움직여 도망쳤다. 드래곤은 그를 쫓아왔고, 소년은 더 빨리 마우스를 움직였다. 홀을 나오자마자 소년은 문을 닫아 드래곤의 움직임을 저지했다. 용이 문을 부수는 사이 소년은 재빨리 마법을 썼다. 번개는 문을 부수고 드래곤에게 상처를 입혔다. 소년은 다시 도망쳤고, 기다란 복도를 뛰었다. 드래곤은 커다란 덩치 때문에 복도에서 잘 뛰지 못했다. 그는 복도가 구부러지는 곳에서 다시 한번 마법을 썼다. 몸을 돌리지 못해 좁은 코너를 빠져나오지 못한 용은 다시 번개를 맞았다. 소년은 용의 괴성을 뒤로한 채 도망쳤고, 다음은 다시 넓은 홀이었다. 소년이 뒤로 돌아 용에게 마법을 쓰려는 순간 드래곤은 끔찍한 비명과 함께 불꽃을 뿜었다. 불똥의 일부는 에이프릴의 옷자락까지 튀었다. 하지만 소년은 굴하지 않고 마법을 퍼부었다. 기세를 잡아가고 있었다. 얼마 남지 않았다, 최종 보스를 죽이는 순간이.

드래곤은 이제 에이프릴에게 덤비지 못했다. 마법 때문에 입은 상처로 고통스러워할 뿐이었다. 소년은 마법을 사용하고, 다시 한번 사용했다. 드래곤은 몸을 비틀다가 홀의 벽에 부딪혔다. 소년은 드래곤에게서 떨어져 추이를 지켜보았다. 드래곤은 벽에 기댄 채 헐떡이며 입으로 푸른색 점액질을 토해냈다. 보통 드래곤은 게임에서 막강한 존재로 설정되니까, '에비터젠의 유령' 역시 마찬가지일 것이다. 하지만 이제 드래곤은 마지막 붙은 숨을 쉬려 애를 쓰는 애처로운 존재일 뿐이었다. 그렇게 만든 것은 다 소년의 게임 실력 때문이었다. 소년은 자신이 자랑스러웠다.

마침내 거대한 드래곤은 단말마의 비명을 지르며 무너졌다.

거대한 몸이 무너지면서 궁전의 벽 한쪽도 충격으로 무너져내렸다. 그리고 드래곤의 몸이 조금씩 꿈틀거리더니 서서히 줄어들었다. 원래의 크기에서 절반으로, 다시 절반으로, 그리고 또 절반으로. 크기가 줄어들면서 드래곤의 모습도 조금씩 벗어버렸다. 흉측한 드래곤에서 조용히 잠이 든 신사의 모습으로.

그런데…… 이 신사가 낯이 익다. 당연히 본 적이 없는 사람인데도.

에이프릴은 그에게 다가갔다.

에이프릴은 신사의 시체를 보며 미소지었다.

에이프릴은 고개를 돌려 소년을 보았다.

그녀는 웃었다.

에이프릴의 옷이 변했다. 희고 얇은 옷이 녹색과 검은색의 화려한 드레스로 변했다. 소년이 인트로 동영상에서 봤던 그 옷이었다. 소년은 숨을 죽인 채 모니터에 집중했다. 그녀는 다시 고개를 돌리더니 천천히 걸음을 옮겼다.

소년은 숨죽이고 결말을 기다렸다. 에이프릴은 천천히, 하지만 아무 망설임 없이 홀을 가로질러, 부서진 복도를 지나고, 불탄 계단을 지나, 한없이 내려갔다. 두꺼운 철문과 썩어 부서져가는 나무문을 지났다. 마침내 도착한 장소는 마치 동굴처럼 음침한 곳이었다.

문득, 소년은 모니터 아래의 숫자를 보았다. 지금까지 기하급수적으로 커진 숫자가 이상하게 변해 있었다.

$$2^\infty$$

$$[\,\infty\,]$$

그리고 에이프릴은 사라졌다.

모니터는 검게 변했다.

그리고 잠시 후, 이런 문장이 떠올랐다.

— 이제 게임이 끝나고 현실이 시작됩니다 —

"놀랐어?"

그녀는 샤워를 마치고 나와서 담배를 찾았다. 내가 담배를 건네고 불을 붙여주자 그녀가 말했다.

"놀랐다면 미안해. 본의는 아니었어."

그런 애매모호한 사과 따위를 받자고 담배에 불까지 붙여주는 친절을 베푼 게 아니다. 나는 납득할 만한 설명을 원했다.

"당신이 누군지 말해봐. 되도록 명료하게."

"에이프릴."

예상했던 대답이었는데도 한동안 말이 입안에서 헛돌았다.

"내가 알고 있던 에이프릴은 아무리 봐도 일곱 살 이상의 나이는 아니었어."

"하룻밤 새 자랐어."

아무리 생각해봐도 그렇게 재미없는 농담에 웃은 나 자신에게 화가 난다. 사실 웃음이라기보다 허탈한 마음에 터져나온 비명에 가까웠지만 말이다.

"그건 불가능해."

"인간이라면 불가능하겠지."

다시 말이 헛돌았다. 나는 떠오르는 수십 가지의 질문 가운데 어느 걸 제일 먼저 해야 좋을지 몰라 쩔쩔매다가 결국 마음을 정돈하기로 결정하고 그녀 앞에 앉아 같이 담배를 피웠다.

"당신도 나와 같은 존재의……."

담배를 반 정도 피우다 나는 머뭇거리며 말을 꺼냈다. 그러자 그녀는 담배꽁초와 내 말을 동시에 끊어버렸다.

"유령이지…… 타워스의 말에 따르면."

유령이라…….

유령, 새로운 사실이다. 우리 같은 존재를 타워스가 '유령'이라고 부른다 이거지…… 자, 그녀가 기억을 되찾았으니 나에게 많은 것을 말해줄 수 있게 됐고, 그 첫 시작이 '유령'이다. 그럼 이제 알 수 없는 진실에서 벗어나 사태를 명확하게 해야 할 차례다. 흥분과 생기와 약간의 불안이 몸에 남아 있던 잠과 피로를 모조리 쫓아냈다. 그녀는 날카로운 눈으로 나를 죽 훑고는 타월로 머리카락의 물기를 말리며 물었다.

"당신 돈 많아?"

나는 고개를 끄덕였다.

"그럼 옷 몇 벌 사달라는 말에 징징대지는 않겠네."

물론이지. 나는 '유령'이 무엇인지, 그리고 그 밖의 모든 일에 관한 이야깃값을 치룰 용의가 있었다.

하지만 막상 백화점과 상가를 돌아다니면서 그녀의 씀씀이를 과소 평가했음을 알았다. 그녀는 내 신용카드 두 개의 한도를 다 채우고 나서야 쇼핑을 끝냈다.

"오늘은 이만하고 내일 한 번 더 해."

돌아오는 차 안에서 그녀는 다이아몬드 브로치를 원피스에 달면서 말했다. 원하는 패션으로 단장을 끝낸 그녀는 몰라보게 달라져 있었다. 옷과 장신구 곳곳에서 그녀의 자신감과 허영심이 흘렀다. 아메리칸 익스프레스와 비자에서 빌린 몇만 파운드가, 갓 스물을 넘긴 아일랜드 처녀를 백만장자 아버지를 둔 콧대 높은 사교계 아가씨로 변신시킨 것이다. 나는 그녀의 변신을 지켜보면서 재미있어했고, 그녀는 나를 못마땅해했다.

"왜 웃는 거야? 나도 돈 많아. 나중에 갚을 거니까 그런 식으로 비웃지 마."

"아니, 그것 때문에 웃은 거 아냐. 우리 종족은 다들 부자일 거라고 생각했었어. 당신 씀씀이를 보니 그 생각이 맞는 것 같고, 그래서 웃었어."

나는 대화의 방향을 슬쩍 우리 종족에게로 돌렸다. 그녀의 코멘트를 기대한 계산이었다. 하지만 그녀는 입을 다물고 차가운 표정으로 변했다. 콧대 높은 사교계 아가씨의 얼굴에 그림자가 드리워졌다.

내 판단착오였다. 지금까지 그녀가 겪은 일을 생각하면 결코 아름다운 추억들이 아니었다. 그걸 건드리는 발언은 삼가는 편이 좋은 것이다. 몸이야 나아졌지만 마음의 상처가 돈 몇 푼으로 나아질 리 없었다.

이야깃값으로 꽤 많은 돈을 지불했는데도 아직 이야기를 들을 수 없

다니 섭섭한 일이었다. 하지만 예쁜 아가씨의 비위를 맞춰주는 것이
신사의 도리니까.

"자, 재미없는 이야기는 집어치우고, 마이 페어 레이디, 식사는 어디
서 할까요?"

그녀는 조용히 말했다.

"내 인생을 궁금해하는 거 알아."

"인생 전체보다는 어떻게 하룻밤 사이에 여인으로 자라났는지가 궁
금해."

그녀는 말이 없었다. 창으로 버밍엄의 번화가를 내다보면서 눈물 모
양의 다이아몬드 귀고리를 만지작거리던 그녀는 쇼핑을 하는 동안 내
가 점찍어뒀던 레스토랑 앞에 멈추자, 그제야 입을 열었다.

"스캇 얘기부터 해봐. 그러면 나도 말할 테니."

그래서 나는 이야기를 시작했다. 천 일 동안 왕과 여동생에게 베드
타임 스토리를 읊었던 세헤라자데의 인내심으로…… 최초의 기억부
터 시작해서 티벳에서의 일들, 인도에서의 일들, 중국과 일본을 넘나
들던 일들, 18세기 유럽으로 넘어와서 포르투갈, 독일, 프랑스에 머물
던 일들, 20세기에 미국으로 갔다가 다시 영국으로 돌아오고, 런던 한
복판에서 그녀를 만나게 된 일까지. 차에서 시작한 이야기는 레스토랑
으로, 다시 차로, 그리고 호텔로 돌아올 때까지 이어졌다. 천오백 년은
절대 짧은 시간이 아닌 것이다.

"그 일 기억나?"

이야기가 '그 일'에 다다랐을 때 우리는 호텔 베란다에서 버밍엄의,
흉하지만 조용하기 때문에 나름대로 참을 만한 야경을 바라보고 있었
다. 나는 오늘 하루 종일 그녀에게 묻고 싶었던 이야기를 막 꺼내려는

116

참이었다. 에이프릴을 만난 일 말이다. 나는 숙녀의 감정을 상하게 하지 않으려 되도록 정중하게 물었고, 오케이 사인을 얻어냈다. 에이프릴은 조용히 고개를 끄덕이고 덧붙였다.

"응, 하지만 스캇의 시점에서 듣고 싶어."

그래서 나는 말했다. 그녀를 안고 집으로 돌아와서 그날 밤을 새웠던 이야기, 가정부 마서에게 했던 거짓말, 그녀가 사온 분홍색 원피스, 창 밖에서 지켜보던 잭, 그리고 타워스에게 속은 일까지. 자세하고 정확하게, 그때그때의 감정까지 섞어가면서 말이다. 아무 말 없이 듣기만 하던 그녀는 내가 타워스에게 속았을 때의 감정을 드러내자 위로하듯 말했다.

"그 사람 앞에서는 누구도 어쩔 수 없어."

그녀가 타워스에게 끌려간 다음부터는 그녀가 상황을 잘 알지 못한다는 인상을 받았으므로 더 자세히 설명했다. 비가 내렸고, 자동차가 날았고, 잭이 그녀의 이름을 물은 다음 폭발했고, 갑자기 나타났다 사라진 타워스와 폭발 때문에 날아가버린 차고까지. 나는 때때로 그 일들을 기억하지 못하는지 되물었고, 그녀는 고개를 끄덕이며 기억이 없어서 잘 모르겠다는 말을 덧붙였다.

이야기가 끝나자 그녀는 말했다.

"잭이 죽었을까?"

어려운 질문이었다.

"모르겠어."

물론 큰 폭발이었지만, 이전의 폭발에서도 에이프릴은 다치지 않았다. 잭도 그랬을지 모른다. 게다가 타워스가 도우려 했다면 더욱 그랬을 것이다. 하지만 잭의 생존 여부를 놓고 도박을 하라면 어느 쪽에 베

팅을 해야 할지는 자신이 없었다.

"나도 모르겠어."

그녀의 목소리는 무거웠다.

나는 그녀를 껴안고 위로했다. 우리의 기분이 가라앉자 나는 그녀를 데리고 거실로 들어와 와인을 한 병 청했다.

알콜 때문에, 슬픔 때문에, 동정심 때문에, 그날 밤 우리 둘은 관계를 가졌다. 하지만 한 번 관계가 있었다고 해서 애인이니 사랑이니 하는 단어를 붙이고 싶지는 않다. 그냥 위로 삼아 신체적 접촉을 했다고 할까, 더 재미있는 일로 주의를 돌리고 싶었을 뿐이다. 큰 의미는 두지 않는다. 하지만 그녀와 가까워지는 데는 큰 역할을 했다. 그건 사실이다.

다음날 우리는 호텔에서 나와 맨체스터로 향했다. 그날 오후면 도착할 거리였는데도 계속 게으름을 피운 탓에 밤 늦게나 맨체스터에 도착했다. 드문드문 좋은 경치가 보이면 차를 세우고 지나가는 차를 구경하거나 트렁크와 뒷좌석을 가득 채운 그녀의 물건들과, 어제 놀란 표정으로 우리를 맞던 상점 점원들에 대해 이야기하면서 낄낄 웃었다. 중간에 트랜트(Trent)에 멈춰서, 분위기 좋아 보이는 펍에 들러 패스티와 파이를 먹기도 했다. 가문비나무가 우거진 산을 보며 담배를 피우고, 싸늘한 겨울이 지나가고 봄바람이 불면 길가를 뒤덮을 데이지와 난초에 대해 이야기했다. 타워스라든가 다른 문제들에 대해서는 절대 이야기를 꺼내지 않았다—마치 금기라도 되는 양 말이다. 생명의 위협을 받으며 쫓기고 있는 중이었는데도 마치 피크닉을 나온 연인처럼 행동한 것이다. 돌이켜보면 도피가 아니었나 한다. 다급한 위험을 잊고 싶은 마음에서 부린 객기라고 할까, 그녀가 그렇게 행동하자 내가 보조를 맞춘 것이다. 어리석은 행동이었지만 나름대로 성과도 있었다. 맨체스터에 도착할 때쯤 우리는 친해져 있었다. 나는 그녀의 고집스럽고 제멋대로인 성격에, 그녀는 나의 냉소적이고 거만한 성격에 적응했다는 말이다.

우리는 맨체스터에 도착해서도 여행에서의 쾌활한 분위기를 이어나갔다. 쇼핑을 하고 식사를 하고 클럽에 들르고 번화가를 걷고, 그렇게 새벽이 될 때까지 우리 종족 특유의 정력을 바탕으로 유희를 계속했다. 마치 아무 위험도 없을 것처럼, 죽음의 신도 우리만은 피해갈 것처럼 두려움 없이 웃고 즐겼다. 밤늦게 호텔로 돌아와서는 완전히 나가떨어질 때까지 밤새도록 샴페인을 들이켜며 낄낄댔다. 그녀가 새벽 세 시경에 먼저 뻗어버렸고, 나는 그녀의 옷을 벗기고 침대에 뉘어 시트를 잘 덮어준 다음 남은 샴페인을 해치우고 거실 소파에서 곯아떨어졌다. 왜 더블베드인 방으로 옮기질 않았는지 후회하면서.

우리는 오후 늦게야 일어났다. 그렇게 아침은 건너뛴 채 점심을 룸서비스로 해결했다. 내가 담배를 피우면서 축구 경기 중계를 보는 동안 그녀는 종이에 쇼핑 목록을 적어내려갔다. 지난밤에 저지른 미친 짓들을 이야기하면서 웃음을 터뜨리기도 하고 내 머리카락에 담뱃재를 털고는 심술궂게 웃기도 했다. 축구 경기의 전반전이 끝나고 그녀가 완성된 목록을 내밀자 나는 중간까지 읽고는 두 손을 들었다.

"이거 내 카드로는 감당 못 해. 몇 개 줄여."

그녀는 당장 나를 비웃었다.

"가난뱅이."

"술꾼에 골초에, 허영심 덩어리 아일랜드 아가씨."

"가짜 영국 신사인 척하는 늙은이."

"늙은이? 20대 후반을 늙은이라고 하는 사람도 있나?"

"20대 후반? 농담이 아니라면 거울 좀 자주 봐요, 당신은 30대 중반이야."

그녀의 말엔 진심이 섞여 있었기 때문에 나는 약간 기분이 상했다.

번화가를 돌아다니면서 목록의 물품에 하나하나 X 표시를 하는 동안, 들르는 상점과 백화점마다 점원이 당황할 만큼의 물건을 구입하는 동안, 타워스가 계속 떠올랐다. 그를 생각하다 보면 어딘가 숨어서 우리를 지켜보지 않을까 하는 비관과, 잭과 함께 폭발해버렸을지도 모른다는 낙관 아닌 낙관이 엇갈렸다. 이 추론은 고문이고 고통이고 비참함이었다.

호텔로 돌아오는 길에 목록을 구겨 길바닥에 내던지면서 오늘밤쯤엔 그녀의 마음이 정리됐으면, 그래서 모든 일의 앞뒤를 알 수 있었으면 하고 생각했다. 사실 어제와 오늘 내내 웃고 즐긴 이유가 그 때문이었다. 그녀가 즐거웠으면, 상처를 잊었으면, 현실을 마주할 수 있을 만큼 강해졌으면 하는 마음에 그녀의 데이트 상대가 되어준 것이다. 물론 그녀의 재치와 매력이 마음에 들었기 때문에, 그래서 데이트가 즐거웠기 때문이기도 했다. 애인의 선물을 사는 거냐고 묻는 점원의 말에 정말 그녀가 내 연인이라면 나쁘지 않겠다는 생각도 들긴 했다. 하지만 우리는 사냥꾼에게 쫓기는 신세였고, 그런 감정을 정리하고 어쩌고 할 시간이 없다.

점원은 애인에게 할 선물이냐고 물었다. 나는 고개를 흔들었지만 점원은 별로 믿지 않는 눈치였다. 발렌타인데이가 가까웠고, 그냥 '아는 여자'에게 하는 선물이라기엔 양과 종류가 어마어마했기—향수, 화장품, 악세사리, 구두, 속옷, 핸드백 등등—때문이었을 것이다. 하지만 사실은 사실이다. 애인은 아니니까.

"여자분의 키가 어떻게 되나요?"

"5피트 10인치."

"체격은?"

"날씬한 편."

점원은 더이상 묻지 않았다. 뭔가 비밀스러운 이유가 있겠지, 그렇게 넘겨짚는 듯도 했다. 그녀는 몇 벌의 정장을 권했고 나는 두말없이 신용카드를 내밀었다.

10분 후 호텔에 도착했다. 자동차 키를 도어맨에게 맡기고…… 붉은 카펫이 깔린 호텔 로비를 지나…… 벨보이와 함께 엘리베이터를 타고 14층으로…… 다시 라벤더 향이 은은한, 꽃, 그림, 거울, 갈색 카펫의 복도를 지나 1402호 스위트룸으로…… 노크……

문이 열리고, 나는 놀랐다.

"……?"

"룸서비스로 염색약을 주문했어."

그녀는 타월로 머리카락을 문지르던 손을 멈추고 쇼핑백을 넘겨받아 소파에 올려놓았다. 나는 코트를 벗어 옷걸이에 걸면서도 그녀의 블론드에서 눈을 떼지 못했다. 그녀가 화장실로 들어가고, 헤어드라이어 소리가 들렸다.

"검은색일 때가 보기 좋았어."

퉁명스러운 대답이 돌아온다.

"검은색일 때를 몇 번이나 봤다고 좋았다 말았다야?"

"식사는 했어?"

"아니."

"나도 안 했어. 나가서 할까?"

대답이 없다. 헤어드라이어 소리 때문에 듣지 못했나 보다. 나는 욕실로 다가간다. 화장품이 어지럽게 널려 있는 개수대, 바닥에 아무렇게나 버려진 티슈…… 그녀는 차분한 성격이 아니다. 그녀는 헤어드라이어를 내팽개치듯 선반 위에 내려놓고는 성급히 빗질을 시작한다. 검은색일 때가 좋았어, 단지 외모 때문이 아니라 성격과 행동 모든 것이 다…… 나는 은밀히 생각한다.

"식사는 나가서 할까, 에이프릴?"

에이프릴은 고개를 끄덕인다.

"레스토랑 예약해뒀어. 옷 입고 바로 뛰어나가자고."

에이프릴은 웨이터에게 요리를 주문한다. 전채부터 와인까지 세세하게, 고기와 소스는 어떻게 할 것인지 까다롭고 확실하게. 웨이터에게 아무거나 달라고 대답한 나는 그녀의 비웃음을 산다. 기껏 좋은 레스토랑에 데리고 왔더니 아무거나 먹겠다는 거야? 나는 이 레스토랑을 어떻게 알고 있느냐고 되묻고, 다시 한번 비웃음을 산다. 이 세상에 당신보다 똑똑한 사람이 없다고 생각했다면 대단한 착각이지. 나도 영국엔 꽤 오래 머물렀어. 어설픈 토박이 행세나 해대는 당신보다 훨씬 많이 안다고. 그녀는 담배에 불을 붙인다. 내가 사준 베르사체가 잘 어울린다.

"그런 식으로 쳐다보지 마."

나는 그녀의 시선을 정면으로 받으면서도 고집스럽게 한 번 더 그녀를 훑어본다.

"그렇게 신기한 듯 쳐다보지 말라고."

나는 웃는다.

"큰 변화."

"뭐?"

"큰 변화가 있었어."

그녀는 고집이 센 것이지 성질이 나쁜 건 아니다. 큰 변화라는 말에 담긴 내 감정을 헤아리고 고개를 끄덕인다. 그건 그렇지. 큰 변화가 있었어. 그 점에 대해서는 고마워하고 있어. 그녀의 말 중 맨 마지막 단어에 나는 다소 놀란다.

"고맙다고?"

그녀는 거짓말 같냐는 표정으로 되묻는다. 내가 그렇게 뻔뻔해 보여? 지금까지의 모든 일에 고마워하고 있어. 하다못해 이 베르사체도 눈물나게 고맙다고. 그녀는 빈정거린다.

"아니, 그런 뜻이 아니라, 내 말은 당신이 고마워할 겨를이 없는 줄 알았다는 거야. 더 급한 일을 생각하고 있는 줄 알았어. 솔직히 일일이 고맙다는 말을 할 만큼 여유가 있는 게 아니잖아."

고맙다는 말, 그녀에게는 너무 인간적인 말이다. 며칠 동안 같이 지내면서 그런 말을 듣게 될 줄은 전혀 몰랐다. 오만하고 차가우며, 절대 마음을 드러내지 않는 그녀에게서 고맙다는 말을 듣게 되다니.

"오히려 내가 고맙군."

이건 빈정거리는 말이 아니었다. 마음에서 우러나온 진심이 섞인 솔직한 말이었다. 그러고 보니 나도 우습다. 진심 어린 말을, 그것도 에이프릴에게 하게 되다니, 정말 모를 일이다. 내가 웃자 그녀도 웃는다.

"당신 피곤해 보여."

"에이프릴도 마찬가지."

흡연석은 시끄럽다. 나와 에이프릴만 조용할 뿐 다른 사람들은 할 이야기도, 식사하는 동안 웃어버려야 할 사연도 많다. 테이블의 꽃병엔 수선화가 있다. 향기, 모양, 색깔 모든 면에서 좋아하지 않는 꽃이라 눈에 거슬린다…… 새로 산 구두가 발에 잘 맞지 않아 불편하다. 급하게 사지 말았어야 했지만 에이프릴의 물건을 사느라 너무 바빠 내 물건에 신경 쓸 여유가 없었다. 그리고 그녀와 나의 침묵…… 쌓이고 쌓인 걱정거리를 하나씩 헤는 두 사람…… 담배 연기는 자욱하고…… 나는 그녀와 나의 관계를 다시 한번 가늠한다. 날카로운 눈매와 높은 콧날, 비웃는 듯한 미소가 서린 얇은 입술의 냉정한 에이프릴…… 그에 어울리지 않는 훤칠한 키, 긴 다리, 멋진 몸매의 다혈질 에이프릴. 둘 사이를 왔다갔다하면서 피곤한 며칠을 보낸 나…….

담배 한 개비를 다 피운 그녀가 묻는다.

"이제 공항으로 갈 거야?"

주변을 맴돌던 나와 그녀의 상념이 같은 걱정거리에 부딪힌 모양이다.

"달리 가고 싶은 곳 있어?"

"아니, 없어. 그럼 어느 나라로 갈 거야?"

"글쎄…… 포르투갈이 어떨까? 아니면 네덜란드나 벨기에도 좋고. 혹시 들렀으면 하는 나라라도?"

잠시 재떨이를 거울 삼아 들여다보던 그녀의 대답.

"한국이라고 알아?"

한국? 코리아?

"알지."

"모를 줄 알았는데."

"말하지 않았나? 난 동양 출신이야."

그녀의 눈썹이 이마 쪽으로 당겨졌다가, 새로 입에 문 담배에 불을 붙이는 동안 원래의 자리로 돌아간다. 반 인치 분의 담배가 연기로 변해 공기중에 흩어진다.

"아, 그렇다고 했지. 그럼 잘됐네. 일단 필리핀을 거쳐서 일본으로 간 다음에 한국으로 들어가. 필리핀에 내 계좌가 있거든. 거기서 돈을 찾은 다음에 일본에 있는 한국 비자랑 신분증을 찾아서 한국으로 들어가. 그 신분증이면 당신 신분도 걱정할 거 없어. 입국 문제 없이 간단하게 들어갈 수 있어."

방법이 해결되었다면 왜 가야 하는지 이유도 알고 싶었다.

"그냥 느낌이야. 거기 가게 될 것 같은 느낌이야…… 설명하긴 힘든데, 아마 가는 게 좋을 것 같아. 거기 가면 타워스를 만날 것 같아."

그렇다면 가지 말아야 하는 것 아닌가?

"아니, 여기 계속 머물렀다간 타워스한테 당할 것 같아. 하지만 시간이 지난 다음에 한국에서 만난다면 싸워서 이길 가능성이 있을 것도 같고. 그리고 또 다른 이유가 있긴 있어. 말하자면 긴데…… 그러고 보니,"

그녀는 다 피운 담배를 재떨이에 비벼 끄고 다시 새 담배를 입에 문다.

"지금까지 무슨 일이 있었는지 말 안 했잖아. 타워스와 나와 잭에 대해서 말한 적이 없었네."

물어볼 겨를이 없었다. 그녀는 아팠고, 고통이 사라진 다음엔 정신적 충격이 찾아왔으며, 충격에서 벗어났을 때는 내가 너무 피곤했다. 정말 겨를이 없었다.

"난 말 길게 하는 거 싫어하는데…… 설명하자면 길고, 그렇다고 설명을 안 할 수도 없고…… 어쨌든 말해줄게. 타워스라는 자식이 어떤 놈인지, 나와 잭이 무슨 일을 당했는지 자세히 설명해줄게."

그녀는 천천히, 내가 희미하게 알고 있던 타워스와 잭과 에이프릴에 관한 지식의 미싱 링크를 이어나갔다.

9

(나는 말했다. 당신에게 아주 재미있는 이야기를 들려주겠다고. 모든 재미가 다 들어 있는 가장 재미있는 소설을 말해주겠다고 말이다.

그리고 말했다. 혹시 이 세상에서 가장 끔찍한 소설을 아느냐고. 읽으면 죽는 소설, 그래서 완성하자마자 작가도 자살한 소설, 모든 캐릭터가 죽음을 위해 춤을 추고 결국 스스로도 죽어 나자빠지는, 말 그대로 가장 끔찍한 소설.

하지만 죽는 것은 어디까지나 소설 속의 이야기다. 소설은 허구이고 등장 인물은 활자로만 존재할 수 있는, 상상의 인형이다. 허구가 현실이 될 수는 없다. 모두 죽는 소설을 읽는다고 진짜 죽지는 않는다. 그럴 수는 있을 것 같지만 사실 그럴 수는 없는 것이다.

하지만, 만약 가능하다면, 만약 소설의 허구가 현실로 드러난다면 어떻게 될까? 작가가 소설을 완성하는 동안 작품 속에서 자신의 자살을 예언했다면, 그리고 정말 자살했다면…… 그건 허구일까, 현실일까. 허구인지 현실인지 구별하기 어렵지 않은가.

내 주장은 그것이다.

작품 속의 일이 불완전하게나마 현실로 일어난다면, 그래서 허구와 현실의 경계가 불완전해져서 독자마저도 작가의 저주를 현실로 착각할 만큼 혼란스럽게 된다면, 작가 스스로 허구와 현실의 경계를 무너뜨려버리고…… 등장인물에게 자유를 준다면…….

그래서 허구가 허구를 낳는다면…….

그건 이 세상에서 가장 재미있는 일일까, 아니면 이 세상에서 가장 끔찍한 일일까.)

전화벨이 울렸다.

열 번 울린 후 멈춘 전화벨은 다시 울렸다.

하지만 일어나는 게 짜증스러웠던 소년은 끝까지 전화를 받지 않았다.

오후가 한참 지나서야 소년은 찌푸린 얼굴로 자리를 털고 일어났다. 잠이 깨긴 했지만 일어나기가 귀찮아 빈둥대다가 결국 배가 고파 일어난 것이었다. 만사가 다 귀찮았다. 밤새 오락을 하다 늦잠을 잔 후의 피곤함도 있었다. 그냥 컨디션이 좋지 않아서도 있었다. 하지만 그가 결정적으로 신경질이 난 이유는 게임 때문이었다.

그는 드래곤을 죽인 것을 끝으로 게임이 끝난 줄 알았다. 그런데 아니었다! 모니터가 검게 변하고 '이제부터 현실이 시작됩니다'라는 문구가 나오면서 나타난 것은 또 다른 스테이지였다.

에이프릴이 새로 도착한 스테이지는 현재의 서울이었다. 정확히는 광화문대로의 세종문화회관 근처였다. 에이프릴 뒤로는 이순신 장군 동상이 있고, 양옆으로는 교보빌딩과 세종문화회관이 있었다. 처음에 소년은 엔딩 동영상인 줄로만 알았다. 이것저것 마우스로 클릭해보고, 마법으로 세종문화회관을 날려버리고 나서 소년은 한동안 어리둥절했다. 그것이 엔딩 동영상이 아니라 새로운 스테이지라는 것을 깨달은 건 새벽이었다.

짜증나는 결론이었다. 화가 치민 소년은 마우스를 내던졌다. 씨발, 게임 안 해. 해도 해도 끝이 없고 사람만 끝도 없이 죽이고, 재수없는 게임. 소년은 모니터를 꺼버리고 침대에 누웠다.

소년은 늦잠을 잤다. 그리고 지금에야 일어난 것이다.

소년은 멍하니 침대에 앉아 컴퓨터를 보았다. 팬 돌아가는 소리가 시끄러웠다. 모니터를 켜보았다. 게임 속의 에이프릴은 천천히 서울 거리를 걷고 있었다. 그녀의 주변에는 마법으로 폐허가 된 건물과 부서진 자동차들이 즐비했다…… 소년은 또 화가 치밀어, 모니터를 꺼버렸다. 알게 뭐야 씨발. 재수 없는 게임. 소년은 대신 텔레비전을 켰다. 카툰 네트워크에서 〈파워 퍼프 걸〉이 방영중이었다. 모조-조조가 타운스빌의 건물을 부수고, 파워 퍼프 걸들은 그것을 막기 위해 분주히 하늘을 날아다녔다.

지난 며칠 동안 사람을 몇이나 죽였는데, 건물을 몇 개나 불태웠는데, 그런데도 아직 게임이 안 끝났다니. 소년은 화가 가라앉지 않았다.

신경질을 돋우기라도 하려는 듯 핸드폰이 시끄럽게 울려댔다. 웬 전화가 하루 종일 오지? 오전에도 전화 때문에 잠을 설쳤다. 엄마는 어디 간 거야? 왜 날 안 깨웠지? 도대체 며칠째 얼굴도 못 보고 있는 건지.

소년은 투덜거리면서 핸드폰의 플립을 열었다. 친구였다. 평생 연락도 없던 놈이 웬 전화?

"여보세요?"

"여보세요? 야, 너야? 너 어디 아파? 왜 요즘 학교 안 나와?"

학교? 소년은 피식 웃었다. 이 새끼, 그런 장난에 내가 넘어갈 줄 알아.

"씨발놈, 학교는 무슨 학교야. 여름방학이잖아."

"야, 이 새끼야. 지금 구월 말인데 방학은 무슨 방학이야. 너 왜 학교 안 나와? 담임이 계속 전화했는데 전화도 안 받고. 어디 아파?"

친구의 목소리가 격앙되어 있어 소년은 당황했다. 방학이 끝났다니? 9월 말이라니? 어이가 없다. 방학이 보름도 넘게 남았는데 9월 말이라니, 소년은 반박하려고 했다. 그러다 갑자기 뭔가 잘못됐다는 생각이 들었다. 어제와 그제, 가게에 가려고 밖으로 나갔을 때 바깥 날씨는 가을이라고 봐도 좋을 만큼 서늘했다. 소년은 그냥 여름치고 날씨가 시원한 날일 뿐이라고 생각했다. 하지만 정말 그럴까?

지금이 정말 여름인가?

지금이 정말 방학인가?

난…… 개학날 학교에 갔잖아. 그리고 집에 돌아오는 길에…… '에비터젠의 유령' CD를 줍지 않았던가?

오늘이 며칠이지?

소년은 핸드폰에서 귀를 떼고 액정에 나타난 날짜를 보았다. 9월 27일.

"너 왜 학교에 일 주일이나 빠진 거야? 집에 무슨 일 생긴 거야?"

친구는 다그쳤다. 소년은 그에게 자초지종을 설명하고 싶었다. 그가 잠시 착각을 했다고, 몸도 좋지 않고 게임에 너무 열중하고, 또 부모님도 집에 안 계셔서 잠시 학교에 빠졌다고 설명하고 싶었다. 하지만 말이 제대로 나오지 않았다. 단어가 생각나지 않았고, 간신히 생각난 단어도 제대로 발음할 수 없었다. 꼭 영어나 잘 알지 못하는 외국어로 말을 해야 하는 느낌이었다. 5분 넘게 전혀 의미가 없는 문장만 늘어놓았을 뿐이었다. 그는 횡설수설을 늘어놓는다는 걸 스스로 알면서도 그걸 막을 수가 없었다.

"이…… 이 새끼…… 미쳤구나…… 미친놈."

마침내 친구는 전화를 끊어버렸다. 소년은 몸이 덜덜 떨렸다. 왜 제대로 말할 수가 없지. 왜 학교 가는 것을 잊어버렸지. 오늘이 며칠이지. 정말 9월 27일일까. 분명 8월인데 어째서 9월 말이라는 거야. 핸드폰 날짜가 틀렸을지도 모르잖아. 텔레비전을 보자. 소년은 리모콘을 들어 텔레비전을 켰다.

텔레비전은 정규방송을 모두 중단하고 속보를 내보내고 있었다. 오늘 새벽부터 세종문화회관을 시작으로 연속적인 폭발사고가 일어났다는 뉴스였다. 서울 중심가는 부서진 건물과 화염으로 생지옥이었다. 아나운서는 사상자의 숫자가 집계가 불가능할 정도로 많으며, 수천 명이 넘을 것으로 추산한다고 말했다.

소년은 공포에 질렸다. 세종문화회관을 부순 것은 에이프릴이다. 그가 에이프릴에게 마법을 부리게 해서 부수고 불에 태운 모습 그대로였다. 그가 게임 속에서 부쉈던 건물들이 실제로 불타고 있었다. 하지만 이건 현실이다, 내가 세종문화회관을 부순 건 게임이잖아. 소년은 컴퓨터 모니터를 켰다. 에이프릴은 불타는 현대백화점을 보고 있었다. 텔레비전 뉴스에서 불타고 있는 현대백화점과 그 앞에 서 있는 에이프릴의 모습을 내보내고 있었다.

그건 게임이 아니라 현실이었다.

도대체 어떻게 이런 일이?

소년은 덜덜 떨리는 손으로 CD를 꺼내려고 CD롬의 버튼을 눌렀다. 열리지 않자 주먹으로 CD롬을 내리쳤다. 손으로 당겨보기까지 했는데도 열 수 없었다. 소년은 CD 케이스를 찾아 책상을 뒤졌다. 분명 책상 위에 두었는데 보이지 않았다. 분명 여기 어디쯤 뒀는데, 게임 CD는 보이지 않고 『에비터젠의 유령』이란 책만 있었다.

난 이 책을 산 적이 없다. 게임 CD는 사라지고 이 책만 있는 이유가 뭘까.

소년은 떨리는 손으로 책을 들고 방을 나왔다. 밖으로 나갈 생각이었다. '에비터젠의 유령'이란 게임에 관해 알아볼 생각이었다. 왜 알 수 없는 일이 일어난 건지, 왜 게임 속의 일이 현실에서도 일어나는 건지 알아볼 생각이었다.

그는 방을 나와 부엌 쪽으로 고개를 돌렸다가 무심코 냉장고를 보고는 그대로 비명을 지르며 주저앉았다.

냉장고와 그 주변이 피로 흥건했다. 냉장고에서 붉은 피가 조금씩 떨어졌다. 마룻바닥에 떨어진 붉은 피는 검게 굳은 채 소름끼치는 피 냄새를 풍겼다. 그는 며칠 동안 냉장고 문이 열리지 않는다고 불평했던 사실을 기억해냈다. 냉장고 문에 붉은 글씨의 메모가 붙어 있던 사실도 기억해냈다. 지금 그의 눈에도 그 메모가, 그가 메모라고 생각했던 '그것'이 보였다.

그건 냉장고 문 밖으로 길게 빠져나온, 피로 얼룩진 치맛자락이었다.

＊＊＊

소년은 미친 듯이 뛰었다.

숨이 턱까지 차도 아픈 가슴을 붙잡고 계속 뛰었다. 멈출 수가 없었다. 지난 며칠 동안 그를 본 사람 모두 그에게 왜 학교에 가지 않느냐고 묻고, 미친놈이라고 수군거렸다. 그때는 이유를 알 수 없었지만 이제는 알 수 있었다. 그는 아파트를 달려나오다가 복도에 붙어 있던 전신 거울을 통해 자신의 모습을 보았다.

미친 사람이었다.

새집처럼 헝클어진 머리에 피가 덕지덕지 묻은 교복을 입고, 멍한 눈동자와 시커먼 얼굴을 한 그는 누가 봐도 미친 사람이었다.

그래서 소년은 뛰고 또 뛰었다. 미친놈이라는 손가락질이 두려웠다. 그는 원하는 곳에 도착할 때까지 멈출 생각이 없었다.

소년은 '에비터젠의 유령'에 대해 알고 싶었다. 그가 게임을 처음 시작한 날, 학원 근처의 컴퓨터용품점에서 게임에 관한 이야기를 들은 일이 생각난 것이다. 정체 모를 주인 아저씨는 게임을 하면 죽는다고 했다. 소년이 알고 있는 한, '에비터젠의 유령'에 대한 정보를 아는 사람은 그 아저씨뿐이었다. 혹시 다른 사실도 알고 있지 않을까 하는 생각이었다. 왜 게임의 일이 현실에서 일어나는 건지, 왜 부모님이 사라졌는지, 피가 흥건히 묻은 냉장고는 뭔지 알고 싶었다. 소년은 지푸라기라도 잡고 싶었다. 그가 뭘 잘못했는지, 뭘 어떻게 하면 모든 것을 되돌릴 수 있는지 알고 싶었다.

그 컴퓨터용품점은 소년의 기억에 의하면 그가 방학중에 다녔던 학원의 근처 골목에 있었다.

그래서 소년은 집에서 달려나와 그 골목을 향해 미친 듯이 뛰었다. 소년은 피 묻은 치맛자락이 눈앞에 어른거리는 것을 참을 수가 없어 머리를 흔들고 또 흔들었다.

＊＊＊

그는 골목에서 나와 다른 골목으로 뛰었다. 지나가는 사람들은 그를 보고 귓속말을 주고받았다. 그를 보고 놀라 비명을 지르는 아주머니도 있었다.

조금만 더 빨리 뛰자. 소년은 무릎에 힘을 주었다. 심장은 터질 듯하고 머리는 어지러웠지만, 그래도 더 빨리 뛰자고 소년은 생각했다. 그 아저씨가 뭔가 알고 있을까, 소년은 걱정이 태산 같았다. 뭔가 더 알게 되면 이 무서운 현실에서 벗어날 방법이 있을 텐데, 안 되면 어쩌지…… 그래, 이 다음 골목이다, 이 골목을 나가면 큰길이 있고 그 입구에 가게가 있어. 조금만 더 뛰면 돼. 물어보기만 하고 바로 나가겠다고 하면 아저씨도 싫어하지 않을 거야. 여기 지금 『에비터젠의 유령』 책도 가지고 있으니까 빨리 물어보고 나오면 될 거야. 그래 바로 여기 야, 바로 이 골목…… 바로 여기……

안 돼.

"안 돼……"

소년은 가로막힌 골목 앞에 털썩 주저앉았다.

분명 이 골목을 지난 큰길인데. 왜 그 가게가 없는 거지.

골목은 막혀 있었다. 분명 작은 골목을 지난 큰길에 새로 생긴 컴퓨터용품점이 있어야 하는데, 길이 없었다. 길이 사라진 것이 아니라, 원래 길 따위는 없었던 것 같았다. 그는 골목을 돌아나와 다른 길을 뒤져보았다. 하지만 새로 생긴 컴퓨터용품 가게는 없었다.

컴퓨터용품점이 있는 넓은 길은 존재할 수 없었다.

* * *

소년은 터덜터덜 집으로 돌아오는 길이었다. 이제는 모든 것이 혼란스러웠다. 그가 현실에 있는 건지 게임 속에 있는 건지도 구분할 수 없었다. 뭘 어째야 좋을지 아무것도 판단할 수 없었다.

서울은 점점 공포에 질려가는 듯했다. 사람들은 모두 길거리로 몰려나와 쇼윈도 앞에서 겁에 질린 표정으로 텔레비전을 보았다. 서울을 모조리 불태우고 있는 존재가 겉으로 보기엔 그저 연약한 '소녀'일 뿐이라는 사실이 밝혀졌고, 사람들은 그 사실을 도저히 받아들이지 못하는 듯했다. 짐을 챙겨서 떠나는 사람도 있었다. 정체불명의 소녀, 그러니까 에이프릴이 소년이 사는 동네로 다가온다는 소문이 퍼졌기 때문이었다. 소년도 도망가고 싶었다. 에이프릴이 소년의 동네로 다가오는 이유가 자신 때문인 것 같은, 소름끼치는 예감 때문이었다.

소년은 기운이 하나도 없는 몸을 이끌고 집을 향해 걸었다. 기운이 좀 나면 빨리 걷다가 기운이 떨어지면 천천히 걷고, 사람들이 많이 지나가는 곳에서는 되도록 얼굴을 가리면서 벽에 붙어 걸었다. 하지만 사람들은 텔레비전 뉴스와 서울에서 도망치는 것에 정신이 팔려 그를 보고 손가락질하지도 않았다. 겁에 질려 이리 뛰고 저리 뛰는 사람들을 보며 소년은 생각했다. 나도 에이프릴을 피해 도망가고 싶다, 되도록 멀리…….

하지만 부모님은 어디 계시지…….

그 피 묻은 냉장고는 도대체 뭐지…….

* * *

소년은 아파트 앞에 모인 사람들 때문에 어리둥절했다. 사람들이 그렇게 많이 모여 있는 것을 본 건 처음이었다. 사람들 모두 겁에 질린 얼굴이었다. 개중에는 총을 든 경찰과 무전기를 든 형사도 있었고, 경찰차도 있었다. 앰뷸런스도 있고 흰 가운을 입은 의사와 119 구조대원도 있었다. 누가 사고로 죽기라도 했나? 소년은 사람들에게서 멀리 떨어져 지켜보았다.

아파트 입구에서 시체를 실은 듯한 들것 두 개가 나오자 사람들이 비명과 탄식을 내뱉으면서 뒤로 물러섰다. 들것이 앰뷸런스로 들어가고, 사람들의 웅성거림은 커졌다. 소년은 그들의 웅성거림을 엿들었다. 그리고 완전히 겁에 질리고 말았다.

"글쎄, ○○호 집 아들이 부모를 죽이고 도망쳤대요."

○○호면…… 우리 집이다.

"냉장고에 시체를 넣었다지."

"지 어미를 빗자루로 때려죽였대. 온 집안이 피투성이래."

"부모를 냉장고에 넣어놓고 이 근처를 며칠 동안 왔다갔다했대요."

136

"슈퍼마켓 주인이 봤다며. 완전 미친놈 행색이라 하던데."

"서점에도 한 번 나타났대."

"지금은 어디 있대요? 어디로 도망간 거야?"

"모르지, 요 근처를 돌아다니고 있을지."

소년은 머리가 어지러웠다. 다리에 힘이 풀려 자리에 주저앉고 싶었다. 아니다, 나는 아무도 죽인 적 없다. 게임에서 에이프릴의 부모를 죽인 적은 있지만, 그건 현실이 아닌 게임이야, 게임이란 말이야!

소년은 조금씩 뒤로 물러섰다. 경찰 한 명과 눈이 마주쳤는데, 그가 총을 든 채 빠른 걸음으로 다가와서였다. 소년은 뒤돌아 뛰었다. 서라고 외치는 소리가 들렸다. 사람들은 비명을 질렀다. 소년은 미친 듯이 뛰었다. 눈물이 흘러나왔지만 신경 쓸 시간이 없었다.

* * *

화창한 가을이었다. 푸른 하늘에 흰 구름이 떠가고, 그 밑에 천연색 단풍이 조용히 고개를 드는 아름다운 날씨였다.

서울은 패닉 상태. 사람들은 모두 겁에 질려 서울을 떠났다. 에이프릴이 다가오고 있다는 소문은 이제 소문이 아니라 현실이었다. 소년이 있는 동네에서는 에이프릴이 건물을 부수고 방해물을 불태우는 소리가 들릴 정도였다. 소년은 무서웠지만 도망치고 싶어도 그럴 수 없었다. 그는 형사와 경찰의 눈을 피해 담 밑의 쓰레기통 옆에 숨어 있었다. 근처에 경찰이 오가는 것이 보였다. 섣불리 움직였다가는 그대로 붙잡혀갈 판이었다.

그는 조용히 책을 읽고 있었다. 『에비터젠의 유령』이었다. 그가 사거나 줍지도 않았는데 책상 위에 있던 이상한 책. 읽으면 죽는다는 소문이 떠돈 무서운 책. 그가 했던, 이제는 현실이 된 이상한 게임의 원본……

그건 어느 소년의 이야기였다. 소년은 어느날 게임 CD를 하나 줍게 된다. 하지만 그건 단순한 게임이 아니라 '에비터젠의 유령'의 주인공인 에이프릴을 현실로 데려오기 위한 일종의 관문 같은 것이었다. 소년이 게임 캐릭터인 에이프릴을 통해 사람을 죽일수록 에이프릴은 힘을 얻어감과 동시에 행동 반경이 2의 기하급수적으로 넓어져간다. 소년은 그것도 알지 못한 채 게임 속에서의 학살을 즐기고, 에이프릴의 행동 반경은 2의 무한대에 이르러 결국 허구의 세계를 벗어나게 되는 것이다. 에이프릴이 허구에서 현실로 넘어오고, 소년의 악몽도 시작된다. 소년의 허구 역시 현실에서도 일어나기 시작하는 것이다. 그가 게임이라고 생각했던 일이 현실에서도 일어나기 시작하면서 소년은 점점 미쳐가는 것이 소설의 줄거리였다. 소년은 부모를 죽였다는 죄를 뒤집어쓰고 쫓기고, 미친 사람으로 손가락질받으며 쫓기고, 게임 속의 에이프릴에게 쫓긴다. 소설의 마지막은 소년이 담벼락에 숨어 이 모든 일이 현실이 아닌 꿈이기를 바라는 것이었다. 무슨 이유에서인지 소설에는 끝이 없었다. 아직 인쇄가 덜 된 것처럼 그 다음은 모두 공백이었다.

그 소설에는 '이 세상에서 가장 끔찍한 소설'이라는 부제가 붙어 있었다.

　"나와 잭은 이집트의 사막에서 태어났어. 모래언덕에서 서로 껴안은 채 아침 태양을 본 게 가장 오래된 기억이야. 그러니까 우린 쌍둥이지. 누가 오빠고 누가 동생인지는 모르지만…… 그 이전 기억? 당신하고 똑같아, 없어. 흰 태양과 모래의 열기까지 생생하게 기억나지만 그 이전 기억은 백지야. 그게 1844년이었어. 계속 이집트에서 지내다가 이집트가 영국에서 독립하면서 영국으로 거처를 옮겼어. 아까 한 말도 그래서야. 나도 당신만큼 영국에 오래 있었어. 그 뒤로는 일 년에 한두 달 유럽으로 여행을 가는 것 빼고는 영국에 있었으니까. 당신 영국 악센트가 내 귀엔 얼마나 어설프게 들리는지 알아? 하여튼 변화 없이 지루하면서도 나름대로 재미있는 생활이 계속됐어. 나는 쇼핑으로 시간을 보내고 잭은 자기 하고 싶은 일을 하면서 온 영국을 쏘다니고…… 그러다가 한 달 전에 아시아로 여행을 갔어. 프랑스니 덴마크니 다 지겨우니까 아시아나 남반구 둘 중의 한 곳으로 가보자는 게 잭의 생각이었어. 나는 갑자기 더운 남반구로 가는 게 싫어서 아시아를 택했지…… 잭은 굉장히 들떴어, 꼭 어린아이처럼.

잭은 그래. 항상 신기한 것, 특이한 것을 좋아했어. 마술을 배운 적도 있어. 푹 빠졌지. 나 몰래 영국을 떠나서는 서커스단을 따라다닌 적도 있을 정도니까. 연금술이나 점성술에 관한 책도 도서관을 차려도 될 만큼 많이 갖고 있고…… 옛날 것, 신기한 것, 그런 걸 좋아했어…… 어린아이 같다는 말이 딱 맞아. 나와 쌍둥인데도 이해할 수 없는 면이 많았어. 같이 태어나서 같이 자랐는데도 왜 성격이 그렇게 다른지 궁금해. 우리 종족에 관한 관심만 해도 그래. 난 '유령'에 관심이 없었어. 사실, 만나서 위험하지 않다는 보장이 어딨어. 그런데도 기를 쓰고 우리 종족을 찾아다니는 잭을 이해할 수가 없었어. 그리고 나는 잭과 내가 인간과 많이 다르다고 생각하지 않았어. 그냥 다른 인간보다 더 강한, 그냥 특이한 인간이라고 생각했지, 완전히 다른 종족일거라고는 생각 안 했거든…… 그런 면에서 잭의 말이 맞은 거지…… 위험할지도 모른다는 생각은 내가 맞은 거고…… 우리는 싱가포르, 베트남, 중국을 거쳐서 서울로 들어갔고, 거기서 일이 터졌어."

그녀는 두 개피째의 말보로에 불을 붙이고는 고개를 끄덕였다.

"그래. 타워스를 만난 곳이 서울이야. 서울에 도착한 지 이틀째였는데, 잭이 혼자 외출했다가 잔뜩 흥분해서는 돌아왔어. 우리와 같은 종족을 만났다는 말을 듣고는 나도 놀랐지. 서점에서 우연히 마주쳤는데, 소설책을 건네주면서 다시 만나고 싶다고 하고선 사라졌다고 했어. 잭은 무슨 다이아몬드 광산이라도 발견한 사람처럼 흥분에 들떠 있었는데 나는 이해가 안 갔어. 왜 그게 기쁜 일인지 흥분에 들떠야 하는지 말이야. 난 그 모든 상황이 너무 뜬금없다 못해 지독히 당황스러웠거든. 잭이 내민 소설책을 보고는 더욱 그랬어. 타워스에게 받았다는 책을 읽고는 얼마나 놀랐는지…… 세상에, 나와 잭이 주인공으로 등장하는 소설이었어…… 제목이 『에비터젠의 유령』이었는데, 태어나서 지금까지의 일이 모두 적혀 있는 것만 해도 미칠 노릇인데, 더 웃긴 게 소설의 저자가 나와 잭인 거야. 잭이 하는 말이 서점 판타지 코너에 꽂혀 있었대. 그것도 베스트셀러라는 타이틀을 달고서…… 정말 소름이 돋았어."

그녀는 담배를 끄고는 와인을 들이켰다. 나도 입술이 바짝 타기 시작했으므로 마지막 잔을 비우고 웨이터에게 한 병을 더 부탁했다.

"갑자기 마주친 동족, 난데없는 자서전, 상황을 어떻게 해석해야 좋을지 알 수가 없었어. 나는 뭔가 위험이 닥칠 것 같은 이상한 예감에다 그만두고 영국으로 돌아가자고 그랬지. 하지만 잭은 막무가내였어. 타워스는 우리 종족의 비밀부터 시작해서 뭔가 엄청난 것을 알고 있을 거다, 우리에게 많은 도움을 준다고 했다, 어쩌면 세상을 정복할 수 있게 될지도 모른다 등등, 흥분해서 제정신이 아니었어. 그래서 나중에는 이게 잭의 장난이 아닐까 하는 생각이 들었을 정도야. 하지만 잭의 말이 너무 심각하고 확신에 차 있어서 그런 것 같지도 않았고…… 너무 무서웠어. 그날 밤은 잠을 못 잤어…… 간신히 잠이 들어서 아침에 일어났는데…… 잭이 없었어. 처음에는 나 몰래 어딜 갔나 보다 했지. 영국에 있을 때건 여행을 가서건 늘 그랬거든. 아무 말도 없이 사라졌다가 몇 시간, 어떤 때는 며칠 후에 불쑥 나타나서 이상한 물건을 선물이랍시고 안겨주곤 했어. 그래서 그때도 하루 종일 기다렸는데 저녁때가 다 돼서도 오질 않았어. 초조한 마음으로 기다리는데…… 밤 늦게야 누가 문을 두들겼어. 그래서 문을 열었더니 타워스와 잭이 있었어…… 잭은 이미 기억을 잃은 상태였어."

공포스러웠다.

"완전히 기억을 잃은 꼭두각시가 돼 있었어. 이미 늦은 거였지. 잭의 마네킹 같은 표정을 보고는 무서워서 아무 말도 나오질 않았어…… 지금도 그 생각만 하면 무서워서 가슴이 터질 것 같아…… 무표정한 잭을 옆에 세워둔 채 타워스는 자기를 소개했어. 이름은 빅터 타워스, 남자, 고향은 없다고 했어. 나이는 아주 오래 됐다고만 했고…… 물개 뼈 파이프를 주물럭거리면서 생각만 해도 재수 없는 그 느끼한 말투로 왜 잭이 그렇게 됐는지를 설명했어. 정말 태연하더라. 사람을 그 지경으로 만들어놓고 뻔뻔스럽게 찾아와서는 나에게 똑같은 마네킹이 되라고 하다니, 어이가 없었어."

그 부분이 정말 중요한 부분이었다. 나는 그녀가 이야기를 시작할 때부터 묻고 싶었던 말을 꺼냈다.

"왜 타워스가 잭의 기억을 빼앗아간 거야? 우리의 기억을 빼앗아가는 이유가 뭐야?"

"그 사람의 주장은, 우리는 '유령'이래. 마치 유령이나 거울에 비친 허상처럼, 보이긴 하지만 실제로는 존재하지 않는다는 거야. 그리고 세상은 우리의 상상이 만들어낸 가짜라는 거고. 그래서 그 사람은 세상을 '유령의 도시'라고 불러. 세상엔 수많은 '유령의 도시'가 있지만 어느 것도 진짜 세상은 아니라는 거지."

머리가 복잡해졌다.

"'유령'은 죽지도 늙지도 않고 영원히 살아가지만, 그건 마치 사진이나 그림 속의 사람이 영원해도 그게 진짜 삶이 아닌 것과 같은 이치라고 했어. 살아 있긴 하지만 진실로 영원하지는 않다는 거야. 실존하는 객체로서 살아갈 수 있는 방법이 있는데, 그 방법을 알고 있는 사람은

142

자기밖에 없대. 그리고 그 방법이라는 게, 기억을 갖다바치는 거래. 우리 '유령'이 세상의 중심이고, 우리의 '기억'이 '유령의 도시'를 이루고 있기 때문에 '기억' 자체가 곧 힘이라고 했어. 그 원리를 이용해서, 한 '유령'이 두 개 이상의 '기억'을 가지면 '유령의 도시'를 마음대로 주무를 수도 있고, 넘어설 수 있다고 했어. 그렇게 충분한 '기억'이 모이면 '살아 있는 도시'로 갈 수 있다고도 했어. 그리고 그곳에서 '유령'이 아닌 '사람'으로 살아갈 수 있다고도 했고."

"그래서 잭하고 당신이 기억을 잃은 거군."

"하지만 어느 바보가 그 말을 믿겠어. 설령 믿는다고 쳐도, 어떻게 내 기억을 다른 사람한테 줘? 그래서 내가 얻는 게 뭐냐고…… '기억'을 갖다바치는 건 자기의 아이덴티티를 버리는 것과 아무 다를 바가 없는 일인데 저능아가 아닌 이상 그런 일을 할 리가 없지…… 내 생각엔, 그 사람 말 중에 유령이니 도시니 뭐니 하는 건 다 가짜 같아. 그는 어떻게인지는 몰라도 기억을 힘으로 바꾸는 방법을 알아냈고, 그래서 우리의 기억을 뺏으러 다니는 거야. 그게 틀림없어. 아무리 생각해도 그렇게밖에는 생각할 수 없어. 안 그래?"

나는 고개를 끄덕였다. 그녀의 주장이 훨씬 일리 있었다. 옳고 그름을 제쳐놓더라도, 타워스의 주장보다 에이프릴의 주장이 모든 소동을 잘 설명하고 있었다.

"나는 저항했지만 결국 기억을 뺏겼어. 그리고 잘 기억나지 않아. 어떻게 서울에서 영국으로 돌아왔는지…… 나한테선 기억을 많이 빼앗아갔거든. 모습이 어린아이로 퇴행할 만큼 많이…… 그러니 그 후의 기억은 없어. 날짜 계산을 해보면 타워스는 우리의 기억을 뺏은 후 바로 영국으로 돌아왔는데 왜 그랬는지는 모르겠어…… 하지만 확실한 건 타워스도 기억을 완전히 다루지는 못한다는 거야. 무슨 일이 있었는지는 모르지만, 잭과 나에게 기억이 약간 돌아왔어. 그래서 잭이 나를 데리고 도망쳤고, 나는 이름을 기억해냈어. 그리고 당신이 나를 구했고."

그 다음은 내가 더 잘 알고 있었다. 이제 과거가 밝혀졌고, 중요한 건 우리의 미래다. 우리는 사냥꾼을 어떻게 이길 것인가?

"그럼 우리가 타워스를 이길 방법은? 기억이나 힘에 관해서는 당신이 나보다 더 잘 알고 있잖아, 혹시 괜찮은 아이디어라도?"

그녀는 길게 숨을 내쉬고는 와인잔에 비치는 샹들리에 불빛을 보며 중얼거리듯 말했다.

"일단 잭을 되찾아서 기억을 돌려줘야 돼. 그러면 타워스의 힘도 약해지겠지…… 그리고 셋이 공격한다면 타워스를 이길 수도 있을 거야."

하지만 그건,

"그건 잭이 살아 있을 때의 이야기지…… 스캇도 알다시피…… 잭이 죽었다면…… 어째야 좋을지……."

그녀는 말끝을 흐렸다.

"살아 있을 거야."

나는 초록색 눈동자를 똑바로 바라보았다.

"반드시 살아 있을 거야."

그녀는 아무 말이 없었다. 나는 그녀의 손을 잡았다. 내가 그녀의 손을 천천히 어루만지자, 그녀는 피식 웃으며 손을 내저었다.

"왜 이러는 거야? 동정심 때문에?"

"아니, 그냥 며칠 같이 다니다 보니 좋아졌어."

나는 그녀의 뺨을 향해 고개를 기울이며 말했다.

우리는 레스토랑을 나서면서 입을 맞췄다. 그리고 즐거운 마음으로 시내를 돌아다녔다. 보기 싫은 야경을 흉보면서, 인생의 즐거웠던 때를 이야기하면서, 앞으로 있을지도 모르는 희망을 부풀려 가늠해보면서. 즐거웠다. 며칠 만에 즐거운 시간이었다.

호텔.

엘리베이터, 피곤해 보이는 벨보이…… 그녀의 허리에 팔을 감은 채 14층으로…… 라벤더 향이 은은한 복도, 그녀의 걸음걸이가 흔들리고…… 우리의 웃음소리…… 1402호로.

나는 방문을 열기 전에 다시 한번 그녀에게 입을 맞췄다. 그녀는 깔깔 웃었고, 나는 문을 연 다음 그녀를 번쩍 안아올린 채 방으로 들어갔다. 비명을 지르던 그녀는 비틀거리며 카펫 위에 내려섰다.

"아까 그 말 진짜야? 유니콘을 본 적 있다는 말?"

"안 믿어져?"

"유니콘은 상상의 동물이잖아."

"수백 년 전에 러시아에서 봤어."

"아무리 생각해도 거짓말 같은데. 어디 더 자세하게 이야기해봐."

"알았어. 내가 냉장고에서 와인 꺼내올 테니까 먼저 옷 갈아입어."

그녀는 거실 한편의 냉장고로 걸어갔다. 나는 침실로 들어가 코트와 자켓을 벗어 옷장에 걸고 넥타이를 풀면서 거실로 나왔다.

"와인 말고 다른 술을 시키는 게 어때? 전화만 하면 갖다줄……"

넥타이를 풀던 손이 저절로 미끄러졌다.

"에이프릴······."

잠깐이었다. 내가 방으로 들어가면서 에이프릴을 시선에서 놓친 순간은, 정말 잠깐이었다. 그 몇 초 동안 어떻게 그 많은 일들이 일어날 수 있었는지 지금도 믿어지지 않는다. 찰나의 순간에 천국에서 지옥으로 떨어져버린 기분······ 그 공포를 어떻게 설명해야 할지.

에이프릴이 변해 있었다. 익숙한 모습으로······ 잊어버렸다고 생각했지만, 사실은 지난 사흘 동안의 모습보다 더 익숙한 모습으로······ 금발머리의 예쁜 바비인형.

에이프릴이 아이로 변해 있었다.

"다시 만나서 반갑습니다, 미스터 리치."

그녀를 품에 안은 채 타워스는 말했다.

"다시 만나서 반가워요."

타워스는 인사를 반복하며 소파에 앉기를 권했지만 나는 앉지 않았다.

"내가 자네를 죽이기라도 할 것 같아 두렵나?"

그는 손을 깍지낀 채 무릎에 내려놓으며 말했다. 친절한 아저씨의 친절한 미소, 그의 표정이었다. 하지만 나는 죽음보다 더 끔찍한 경우를 상상하고 있었다. 에이프릴과 잭처럼 기억을 뺏겨 마네킹 혹은 인형이 되는 모습을.

"긴장 풀고 자리에 앉아. 자네를 죽이려는 게 아니야! 오히려 영원한 생명을 약속해주려는 거지."

등 뒤에서 발소리가 들렸다. 돌아볼 틈도 없이 갑자기 나타난 잭은 타워스의 품에서 에이프릴을 받아 안았다. 여전히 검은 옷, 굳은 표정.

죽음의 신이 바비인형을 안은 듯 소름끼치는 모습이다. 하지만 분명 문 열리는 소리를 듣지 못했는데…… 타워스처럼 그냥 '나타난' 걸까?

"죽은 줄 알았어."

나는 잭을 바라보며 말했다.

"그런데 살아 있군."

"내가 살려냈지."

타워스는 소파에 등을 기대며 느긋한 자세를 잡았다.

"거의 죽은 걸 살려냈지. 내 힘으로 그 정도 일은 아무것도 아니네."

그럴지도 모른다. 혹은 아닐지도 모르고.

"이 힘을 가질 기회를 자네에게도 주고 싶네."

그는 다시 한번 손으로 소파를 가리켰다. 자리를 권하는 점잖은 신사. 절대로 에이프릴이 묘사했던 식의 악마로는 보이지 않는다. 하지만 증거가 눈앞에 있지 않은가. 굳은 표정의 잭과 바비인형 에이프릴…… 나보고 긴장을 풀라고, 힘을 주겠다고, 내가 곧이곧대로 믿길 바라다니. 힘으로 해결할 수 있다면 당장 때려눕혀서 허리를 분질러버리고 싶은 게 내 마음인데.

나는 자리에 앉지 않았다. 그는 심기가 뒤틀린 표정으로 말했다.

"에이프릴이 자네에게 어떤 말을 했을지는 짐작하고 있네."

변명, 영국 신사의 입에서 튀어나온 구차한 변명이다. 나는 그를 비웃었다.

"그것까지 알아내보시지 그래? 내 머리를 휘저어놓는 것쯤은 아무것도 아닐 테니까. 어디 다시 한번 해봐, 이번엔 당하고 있지만은 않을 테니."

잊지 마, 타워스. 나는 너에게 멋지게 속아넘어갔던 치욕을 아직 잊지 못하고 있으니까……하지만 그 역시 만만치 않았다.

"자네 앞에서 다시 힘을 과시하고 싶진 않네만."

……사기극엔 그의 힘과 능력을 알고 있으라는 뜻의 경고도 섞여 있었군.

"이번엔 신사적으로 이야기하고 싶어. 감정에 휩쓸려서 우리의 미래를 바꿀 만큼 중요한 일을 그르쳐선 안 되니까."

"우리?"

우리란 말엔 단순히 '나'와 '그'뿐이 아닌, 잭과 에이프릴을 포함한, '우리 종족'이라는 뜻이 숨어 있었다. 나는 그 뉘앙스를 확인하기 위해 되물었고, 타워스는 긍정했다.

"그래, 우리. 우리 '유령'들 말일세. '유령'들의 생존을 위해 자네의 도움이 필요해."

에이프릴에게 충분히 설명을 들은 후였지만 그가 '유령'의 생존을 위해 노력한다는 말은 금시초문이었다.

"당신이 우리의 생존을 위해 뛴다는 말이 이해 안 가. 지금 잭과 에이프릴만 해도 절대 행복해 보인다고는 할 수 없는 상태인데 말이야."

타워스의 눈빛이 날카롭다. 눈동자 너머에서 무슨 계산을 하고 있을까…… 내 기억을 어떻게 뺏을까, 하는 생각중일 가능성 99퍼센트, '유령'의 생존을 위해 나를 설득해야 한다, 하는 생각중일 가능성 1퍼센트.

"자네는 에이프릴의 말을 믿나?"

"에이프릴을 믿어."

"그렇다면 나는 믿지 않더라도 내 말은 믿어주길 바라겠네."

그는 주머니에서 물개 뼈 파이프를 꺼내고는 불을 붙였다.

"나, 자네, 에이프릴, 잭, 우리 모두 '유령'이야."

내가 마네킹 흉내를 계속하는 잭과 에이프릴을 보며 분노를 삭이는 동안, 그는 아마 에이프릴에게도 했을 연설을 시작했다.

"물론 비유적인 표현에서지. 낡은 저택 그늘에 숨어서 이사오는 입주자를 놀래는 곰팡이 냄새 나는 전설을 말하는 게 아닐세. 가장 비슷한 비유를 든 것뿐이지. 살아 있지만 살아 있지 않은 존재로서, 생각하지만 결국 망상에 갇혀 있는 존재로서, 자네와 나, 우리 모두 유령일 뿐이야. 스스로 존재하고 있다고 믿을 뿐 존재하지 않는 유령이지. 마찬가지로 이 도시, 이 세상도 존재하지 않는 곳이야. 그저 자네의 상상 속에서 존재할 뿐."

에이프릴에게 들었을 때도 그랬지만 정말 되묻고 싶은 것이 있었다.

"어떻게 내가 존재하지 않는다는 거지? 나는 보고 생각하고 느끼고, 숨쉬고 움직이면서 존재하고 있어. 난 내 자신을 의식하고 있고, 팔다리가 있고 공간의 한 부분을 차지하고 있어. 내가 차지한 공간을 다른 물체가 동시에 차지할 수 없어. 나는 분명 존재하고 있는데 왜 내가 존재하지 않는다는 거지?*"

"우리는 먼지보다 더 작은 어느 한 점의 찰나에 존재하는 망상일세. 존재하는 게 아니라 존재한다고 착각하고 있는 거야."

"나는 생각하고, 그러므로 존재해. 그 사실은 변하지 않아."

"왜 내가 자네보다 강한 줄 아나?"

갑작스러운 질문에 말문이 막혀버리자 타워스의 눈빛이 번득였다.

"이게 꿈이라는 걸 알고 있기 때문이야."

---

* 조지 오웰, 『1984』. 사상경찰에 체포된 윈스턴의 항변.

납득할 수 없다.

"납득할 수 없어."

"나 자신이 유령이라는 걸 알고 있기 때문이야. 이곳이 '유령의 도시'라는 걸 알고 있기 때문이야. 그래서 내가 더 강한 걸세. '유령의 도시'를 마음대로 조종하니까."

"다른 사람의 기억을 빼앗았기 때문에 강해진 거겠지."

"기억은 기억의 주인에게 있을 때만 힘이 되는 거네. 내가 힘이 강한 이유는 다른 '유령의 도시'를 알고 있기 때문이지, 기억 때문이 아냐. 기억은 다른 유령의 도시로 넘어갈 수 있는 능력만을 제공할 뿐이야."

"그것 참 웃기는군. 기억은 '유령의 도시'를 넘나들게 할 수 있다. '유령의 도시'를 넘나들면 힘이 강해진다. 하지만 기억은 힘이 되지 않는다니?"

"힘이 강해지기 위해 여러 개의 '유령의 도시'를 넘나들 필요는 없네. 한 개면 족해. 아니, 유령임을 깨닫는 것만으로도 족해. 에이프릴과 잭의 기억을 뺏은 걸 힘 때문이라고 생각하다니 정말 불쾌하군. 그건 두 사람에게 '살아 있는 자들의 도시'를 보여주기 위해서였어."

그건 거짓말이다.

"에이프릴은 '살아 있는 자들의 도시'를 본 적 없어. 그랬다면 내게 말했을 거야."

"본 적 있어. 믿지 않은 것뿐이지."

나는 고개를 흔들었다. 믿을 수 없었다. 아니, 마음 한 구석에서 갑자기 타워스가 옳을지도 모른다는, 에이프릴이 틀렸을지도 모른다는 생각이 들기 시작했고, 그걸 부정하고 싶었다. 타워스의 주장은 너무나도 설득력 있었다. 논리에 맞기도 하고, 그의 언변이 뛰어나기 때문이기도 했지만, 가장 결정적인 이유는 그 스스로 믿고 있다는 느낌이 강하게 들어서였다. 내게 거짓말을 하는 것이 아니라는 느낌 말이다.

"에이프릴은 믿지 않았지. 아무리 설명을 해도 믿지 않았어. '살아 있는 자들의 도시'가 눈앞에 뻔히 버티고 서 있는데도 막무가내였어…… 옷하고 보석밖에 모르는 무식한 여자에게 자네가 왜 애정을 쏟는지 모르겠군…… 하지만 잭은 달랐어, 그는 새로운 세상을 보고, 믿었지. 하지만 결정의 순간에 마음을 바꾸고 에이프릴과 함께 도피하려고 했어. 그래서 어쩔 수 없이 강제로 기억을 뺏어야 했네…… 하지만 자네는 올바른 선택을 하리라고 믿네."

그는 자리에서 일어섰다. 허공에 머물러 있던 에이프릴과 잭의 눈동자가 그의 얼굴로 향했다. 타워스는 두 사람을 향해 친절한 아저씨의 미소를 지어 보이고는, 내게 천천히 손을 내밀며 마치 주문을 읊듯이 낮은 목소리로 말했다.

"자, 새로운 세상을 보게."

아무리 봐도, 담벼락이 훌륭한 은신처가 되지는 못하리라는 건 예상할 수 있을 것이다. 소년은 경찰에게 들켜 쫓기는 몸이 되었다. 경찰은 더 적극적인 방법으로 그를 쫓아왔다. 포위망을 만든 것이다. 처음에는 영문도 모른 채 뛰던 소년은, 경찰이 일대를 빙 둘러싸고 있고 그 크기를 조금씩 좁혀온다는 사실을 알아차렸다. 소년은 포위망을 뚫기 위해 안간힘을 썼다. 경찰과 소년은 골목과 골목을 뛰면서 숨바꼭질을 했고…… 도망치는 소년과 그를 쫓는 경찰이 마주친 곳은, 우연찮게도 소년의 학교였다.

* * *

소년은 닫힌 교문을 거세게 밀어젖히고 운동장으로 뛰었다. 경비실에서 신발과 양말을 벗어놓은 채 졸던 수위 아저씨는 느닷없는 경찰차의 사이렌 소리에 깜짝 놀라 벌떡 일어났다. 소년이 교실로 뛰어가는 동안 경찰차는 흙먼지를 일으키며 운동장을 가로질렀다. 소년은 두세 계단씩 뛰어올랐고, 경찰들은 학교의 입구를 봉쇄하면서 조심스럽게 소년의 뒤를 쫓았다.

소년은, 마침내, 자신의 교실 앞에 도착했다.

내가 왜 이곳으로 왔을까, 소년은 생각했다. 아이들은 여전히 수업 중일까. 온 서울이 불타고 있는데도 보충수업을 하고 있을까. 소년은 궁금했다. 그의 학교는 폭우가 쏟아져도, 잘못된 급식 때문에 수십 명이 한꺼번에 식중독이 걸려도, 눈병이 전교생을 괴롭혀도 절대로 보충수업을 취소하는 법이 없었다. 지금은 어떨까, 소년은 그것이 궁금해졌다. 친구들은 얌전히 책상 앞에 앉아 있을까. 그는 교실 문을 열었다.

친한 녀석, 잘 모르는 녀석, 꼴도 보기 싫은 녀석, 모두 조용히 수업을 받고 있었다. 그들은 문이 열리자 일제히 고개를 돌려 그를 보았다. 때마침 수업중이던 담임선생님도 그를 보았다. 오늘이 정말 27일이구나, 정말 방학은 오래 전에 끝났구나, 소년은 중얼거렸다. 정말 수업중이구나.

소년의 눈에서 다시 눈물이 흘렀다. 끝까지 믿고 싶지 않은 사실이었지만 눈앞에서 확인하니 한없이 슬펐다. 나는 미쳤어. 게임을 너무 많이 해서 현실과 허구를 구분 못 할 정도로 미쳤어. 소년은 비어 있는 자신의 자리를 보았다. 그 빈 자리에 앉아 수업을 받고 싶었다. 다른 녀석들처럼 말이다. 하지만 소년은 친구들의 공포에 얼어붙은 표정과 담임선생의 하얗게 질린 얼굴을 보고 고개를 돌렸다. 교실은 그가 속할 수 있는 곳이 아니었다. 그는 다시 돌아갈 수 없었다.

그는 복도로 나왔다.

복도의 저 끝에서 경찰이 그를 향해 총구를 겨누었다.

"거기 서, 이 새끼야!"

동시에 번개가 내리치는 것처럼 빛이 번쩍이더니 귀를 찢는 듯한 굉음이 울리며 교실이 흔들렸다. 소년은 중심을 잃고 바닥에 주저앉았다가 흔들림이 멈추자 일어났다. 그는 채 눈을 뜨기 전에 무슨 일인지 직감하고 있었다. 소년은 알았다. 그건 에이프릴이 마법을 부릴 때 나는 소리였다.

퇴폐적인 금발에 이글거리는 눈동자, 검은색과 녹색이 화려한 드레스의 에이프릴이 소년의 앞에 있었다.

정말로 그녀는 소년을 향해 다가왔었고…… 이렇게 만난 것이다.

"물어볼 게 있어요."

소년은 말했다.

"『에비터젠의 유령』이라는 책을 읽었어요. 거기엔 저와 똑같은 소년의 이야기가 나와요. 소년은 어느날 길거리에서 게임 CD를 줍고 무심코 게임을 시작해요. 그게 하면 죽는 게임인 줄도 모르면서요. 게임 속의 에이프릴이라는 캐릭터로 사람을 죽일 때마다 에이프릴은 힘을 얻으면서 현실로 다가와요. 결국 에이프릴은 현실로 넘어오고, 소년의 현실에 허구의 일이 그대로 일어나면서 비극으로 치닫죠. 소년은 학교를 가는 것도 잊어버리고 게임을 하면서 점점 미쳐가요. 주위 사람들에게 미친놈이라는 손가락질을 받고요. 결국엔 부모를 죽이고 냉장고에 유기했다는 혐의를 받고 경찰한테 쫓기죠. 『에비터젠의 유령』은 그런 내용이었어요. 지금 저한테 일어나는 일이랑 똑같아요. 제가 바로 그 소년처럼 되고 있어요. 이게 어떻게 된 일이죠? 저번에 컴퓨터용품 가게 아저씨한테 물어보니까 '에비터젠의 유령' 게임을 하면 죽는다고 그랬어요. '에비터젠의 유령'을 끝까지 깨지 않아서 그런가요? 그래서 죽는 건가요? 그래서 게임에서 일어나는 일이 현실에서도 일어나는 건가요? 하지만 저는 게임을 끝까지 했어요. 그런데 왜 죽는 거죠? 왜 허구가 현실이 되는 거죠? 저는 게임을 끝까지 했단 말이에요. 도대체 뭘 잘못했기에 그래요? 그 게임을 한 것부터가 아예 잘못인가요?"

"아니, 그렇지 않아."

에이프릴은 고개를 흔들었다. 소년은 이 끔찍한 상황을 이겨낼 방법을 혹시 에이프릴에게서 얻어낼 수 있을지 모른다는 희망을 품고 다시 물었다.

"그럼 게임을 끝내면 죽지 않는 것 맞죠? 그런데 왜 이런 일이⋯⋯."

"너는 게임을 하지도 않았어."

에이프릴은 그의 말을 가로막았다.

"너는 게임을 하지도 않았어. 너는 부모를 죽이지도 않았고, 학교를 빼먹지도 않았어. 너는 미치지도 않았어."

"그럼⋯⋯ 지금 일어나는 일은 다 뭐죠? 이게 다 꿈인가요?"

"아니, 너 자체가 꿈이야."

에이프릴은 차갑게 대답했다. 머리가 멍하다. 내가⋯⋯꿈이라고⋯⋯.

"여긴 소설 속이야. 모두가 허상이지. 『에비터젠의 유령』의 작가 로비가 상상한 허구이고. 너도 그냥 허구의 인물이야."

소년은 웃음과 울음이 동시에 나왔다.

"그게 무슨 말도 안 되는 이야기예요. 나는 이렇게 살아 있어요. 여기가 현실이고, 여긴 학교고 저 사람들은 경찰이에요. 여긴 서울이고 난 중학생이에요. 그런데 이게 현실이 아니라뇨? 그건 말도 안 돼요!"

"넌 지금까지 나에게 왜 현실에서 허구의 일이 일어나느냐고 물어봤잖아. 나는 그 대답을 해주는 거야. 『에비터젠의 유령』을 사지도 않았는데 왜 책이 책상 위에 있었겠어? 며칠 동안 보이지 않던 부모는 왜 냉장고에 들어가 있지? 누가 부모를 죽였어? 네가? 네가 부모를 죽이지 않았다는 건 너도 잘 알잖아. 그러면 강도가? 넌 잠깐 가게를 갔다 온 걸 빼면 집을 비운 적도 없잖아. 허구의 일이 현실로 일어난 것이 아니라, 이곳 자체가 허구야. 너는 게임을 하지도 않았어. 너는 부모를 죽이지도 않았어. 너에겐 부모 같은 것도 없었어. 학교를 다닌 적도 없고 학원을 빼먹은 적도, 방학을 맞은 적도 없고 친구를 사귄 적도 없어. 너는 나를 현실로 데려다주기 위해 부모를 죽이고, 학교를 빼먹고, 게임 속에서 학살을 일삼았을 뿐이야. 너는 살아 있는 사람이 아니라 그냥 허구의 인물이고…… 세상의 유령 같은 존재야…… 그저 네가티브의 유령일 뿐이지."

"말도 안 돼. 나는 살아 있는 사람이야…… 나는 살아 있는 사람이야. 이렇게 분명히 살아 있는데…… 어제까지만 해도 평범한 중학생이었는데, 지금도 난 살아 있는데 도대체 왜……."

"너는 네 이름도 모르잖아."

그렇다. 소년은 이름을 기억할 수가 없었다. 이름을 잊어버린 것이 아니라 원래 이름이 없었다.

"넌 '빅터'야. 다른 빅터가 네 기억을 가져갔지. 그 빅터가 내 기억을 가져갔고. 그래서 복수하기 위해 온 거야. 이젠 내가 너에게 복수할 차례야."

소년은 울부짖었다.

"억울해, 난 살아 있는데…… 이렇게 살아 있는데…… 내가 왜 죽어야 돼? 왜……."

"꼬마야, 억울하면……."

울부짖는 소년을 바라보는 에이프릴의 입가에 미소가 번졌다.

"복수해."

그리고 소년은 사라졌다.

소년에게 총구를 겨누고 있던 경찰들은 당황해서 주위를 둘러보았으나…… 그들도 곧 사라졌다.

그 광경을 지켜보고 있던 학생들도 마찬가지로 사라졌다.

학교도 사라졌다. 불타던 서울도 사라지고…….

모든 것이 사라지고 재배치되었다.

그리고 이 세상에서 가장 끔찍한 소설은 끝났다.』

"이렇게 끝나는군."

남자는 중얼거리며 책을 덮었다. 그는 팔을 쭉 뻗어 기지개를 켠 다음, 그가 덮은 책의 겉표지를 흘끗 보았다.

『에비터젠의 유령』

"이제 끝났군."

그는 쇼윈도 밖을 보았다. 9월 27일, 서울의 가을날은 화창하고 아름다웠다. 보기만 해도 기분 좋은 날씨였다. 그는 다시 눈을 돌려, 오픈한 지 얼마 되지 않아 깨끗하고 잘 정리되어 있지만 손님이 없어 썰렁한 가게 안을 이쪽 끝에서 저쪽 끝까지 둘러보았다. 손님이 없긴 했지만 어쨌거나 마음에 들었다. 그는 화창한 날씨와 깨끗한 인테리어에 어울리지도 않는 시커먼 옷을 입고 있었지만, 그 옷마저도 무척 마음에 들었다. 그는 기분이 좋았고, 그래서 모든 것이 마음에 들었다. 그는 흡족한 기분에 미소를 지었다.

그는 자신을 올려다보는 에이프릴에게 말했다.

"오랜만이야, 에이프릴."

"오랜만이야, 잭."

에이프릴은 금발머리를 쓸어넘기며 말했다.

"스캇은 어떻게 됐지?"

"이제 구해야지."

그녀는 가게를 획 둘러보고는 카운터 앞에 놓인 의자에 앉았다. 잭은 카운터를 나와 그녀의 앞에 한쪽 무릎을 꿇고 앉았다.

"이제 구하러 가야지. 구하긴 어렵지 않을 거야. 너와 나 둘 다 빅터에 맞먹는 힘을 갖게 됐으니까. 스캇을 구하고 빅터를 이기면 예전으로 돌아갈 수 있을 거야…… 나는 스캇이 어디 있는지 느껴지는데, 누나도 느껴져?"

"느껴. 서울 한복판에 있네. 『에비터젠의 유령』이 있는 곳 근처에."

잭은 에이프릴의 손을 잡았다. 에이프릴은 그의 이마에 입을 맞추고는 물었다.

"어떻게 날 구해냈어? 무슨 수로 빅터에게서 빠져나온 거야? 무슨 수로 나를 구해내는 방법을 알아낸 거야?"

"설명하자면 길어. 지금은 시간이 없어. 스캇이 급해."

잭은 대답했다.
"스캇, 기다려. 우리가 구하러 갈 테니 기다려."

10

새로운 세상…….

액면 그대로의 뜻이다. 전혀 알지 못했던, 새로운 세상. 그는 '살아 있는 자들의 도시'를 보여주려 한 것이었다. 내가 미처 다른 생각을 하기도 전 타워스의 손가락은 공간을 꿰뚫었고, 맨체스터의 스위트룸은 새로운 세상으로 변했다.

주위의 모든 것이 존재감을 잃었다. 멀리 있는 것에서부터 시작해서 눈앞의 것까지 차례대로, 그것은, 멀리서 봤을 때 진짜인 줄 알았던 광경이 가까운 곳에서 보니 그림인 것을 깨달을 때의 기묘한 체험과 많이 닮아 있었다. 모든 물건은 스크린에 투사된 필름처럼 평면화하더니, 새로운 그림이 그 위를 덮었다. 처음에는 천천히, 갈수록 속도가 빨라지면서, 나중에는 정신없이 빠르게 새로운 그림이 주위를 채웠다. 그림은 주위를 채우고, 다시 채우고, 겹겹이 벽과 천장과 바닥을 만들어 둘러쌌다…… 나는 새로운 세상이 눈앞에 펼쳐지는 모습을 보았다.

색과 형상이 무한대로 겹쳐지면서 역설적으로 스스로의 색과 형상을 잃어갔다. 그림의 빠른 움직임을 짐작하게 하는 선과 어지러운 그림자가 평행선을 만들며 달렸다. 수백 가지 색의 주사선과 도트(dot), 도저히 눈을 뜰 수 없어 눈을 감았다…… 놀랍게도 소리가 없다. 아무 소리도 들리지 않는다…… 나는 방향감각을 잃었고…… 공간이 흔들리기 시작했다…… 위가 아래로 바뀌고…… 나는 아래로 떨어졌다가 어느새 바닥을 딛고 서 있다가 옆으로 구르기 시작하면서…… 이제는 왼쪽과 오른쪽이 비틀린다…… 어지럽게 떨어지다가 다시 하늘로 올라가고, 올라간다 싶었더니 다음 순간 떨어지고 있었다. 지독한 멀미 증세…… 그럼에도 혼란은 그치지 않았다. 그치기는커녕 더 세진다. 더 세게…… 더 강하게…… 이제는 머리를 뚫고 들어온다. 눈꺼풀을 지나서…… 머리로…… 두뇌를 파고들며…… 아, 이런 젠장…….

"안 돼!"

나는 외쳤다. 하지만 외침은 작은 신음으로 변해 간신히 입에서 새어나왔을 뿐이었다. 번쩍 눈을 뜨고 숨을 들이켰다.

"도착했소, 스캇."

타워스가 내려다보고 있다. 에이프릴과 잭은 어디에?

나는 아직도 메슥거리는 위장을 부여잡고 천천히 일어섰다.

강가였다. 조용한 한밤중의 강가. 왼쪽에서 오른쪽으로 검은 물결이 파도치고 발 밑엔 낮은 키의 풀이 자라고 있다. 강 너머에는 불이 환하게 켜진 고층 빌딩이 줄지어 서 있다. 경치가 낯익었다.

"서울이네."

타워스가 말했다.

"서울의 한강변이야. '살아 있는 자들의 도시'지."

　나는 강변 도로변에 서 있는 전광판을 보고 있었다. 코카콜라 광고가 멈추자 '1999년 2월 17일 오전 4시 12분'이라는 글자가 지나갔다······.

　"이제 믿겠나? 세상은 자네의 상상이었어. 맨체스터, 런던, 버밍엄, 모두 우리의 상상이 부딪혀서 생겨난 '유령의 도시'일 뿐이야. 우리는 존재가 아닌, 존재를 흉내내는 그림자일 뿐이야. 거울에 비친 reflection처럼, 감광지에 인화된 허상처럼 반전(negative)된 유령(ghost)일 뿐이야."

　천오백 년을 살면서 겪었던 일을 생각한다. 세상을 돌아다니며 만났던 사람들도 생각난다. 나를 죽이려 했던 사람들, 내가 죽인 사람들, 나를 사랑한 여인들, 내가 사랑한 여인들······ 런던의 새벽 안개, 파리의 세느강, 인도의 열기, 몽골의 초원과 시베리아, 폴란드, 얼어붙은 북극해, 호주, 하와이의 여인들, 1930년대의 뉴욕, 일이차 세계대전······ 모든 것이 허상이다.

　믿어지지 않기 때문에, 믿음 자체가 허무해졌기 때문에, 허탈한 웃음이 나왔다.

　"'유령'은 유령으로밖에 살 수 없어. 하지만 기억이 모이면, 그래서 '유령의 도시'를 압도할 정도로 커지면 '살아 있는 자들의 도시'로 갈 수 있지. 그리고 더 많은 기억을 모으면 '유령'이 아닌 실존하는 사람이 될 수 있어. 한 사람만 유령에서 벗어난다면, 나나 잭, 에이프릴, 그리고 자네 중 그 누구든 한 사람만 이 저주에서 벗어나면 모든 유령이 구원받을 수 있어. 유령이 실제로서의 기억을 갖기만 하면 누구든지 구원해줄 수 있어. 억지로 기억을 빼앗은 게 아니야. 모두를 구원하기 위해 내가 빌린 거야. 그 방법을 아는 게 나뿐이기 때문에 내가 한 거야. 하지만 에이프릴은 거부했지. 그래서 억지로 뺏을 수밖에 없었네.
세상을 이루고 있는 건 '기억'이고, 그래서 '기억'이 '힘'을 가지게 되
는 거네…… 그래서 기억이 빠져나가면 힘이 사라지고, 극단적인 경
우 에이프릴처럼 어린아이로 퇴행할 수도 있지. 에이프릴과 잭이 폭발
하는 모습을 봤겠지? 그건 갑자기 기억을 되찾았기 때문이야. 자아가
기억을 견디지 못해 폭발해버리는 거지."

"그럼 만약 내가 거부한다면……."

"완력을 동원해 억지로 뺏을 수밖에. 하지만 자네는 현명하니 내게
기억을 넘겨줄 것으로 믿네."

"나의 아이덴티티는 어떻게 보장받지?"

"그 대신 영원한 생명을 약속하겠네."

아무리 생각해도 내가 손해 보는 계약이다.

"지금도 남부럽지 않게 살고 있어."

타워스는 버럭 소리쳤다.

"그래서 에이프릴이 망설였던 거야. 손바닥의 사탕을 쥐고 놓지 않
으려는 어린아이마냥 발버둥쳐댔지. 그게 얼마나 한심한 일인지 더 설
명을 해야 하나? 자네는 사람이 아니야. 동물도 아니고 새로운 존재도
아니고, 그저 상상 속의 그림일 뿐이야. 스스로의 망상에 갇힌 유령으
로 살고 있는 거야. 자아 없이 움직이는 그림자일 뿐, 누군가의 머릿속
에 난 혹일 뿐 아무것도 아니야. 하지만 나와 뜻을 합친다면, 그래서
기억을 빌려준다면 인간으로 살 수 있어. 그러면 자네가 그렇게 사랑
하는 에이프릴도, 에이프릴이 목숨처럼 아끼는 잭도 인간으로 살아갈
수 있어. 자네는 '살아 있는 자들의 도시'에서 살아간다는 게 얼마나
아름다운 일인지 상상도 못 할 거야. 그것에 비하면 이건 삶이 아니

야."

그는 덧붙였다.

"자네는 현명해. 올바른 판단을 할 걸로 믿네."

"거절하겠소."

나는 딱 잘라 말했다.

"다시 한번 기회를 주겠네."

그는 으르렁거렸다.

"에이프릴을 내가 데리고 있다는 사실을 잊지 말길 바라네. 기왕이면 그녀가 안전할 수 있는 방법을 택하는 게 좋지 않겠나?"

나는 그를 비웃었다.

"너를 이기겠다."

모든 고민과 의문이 해결된 이상 망설일 것이 없다. 하늘 높은 줄 모르고 설쳐대는 호랑이의 발에 쇠사슬을 묶을 시간이었다―나보고 자기의 마네킹이 되어달라니, 농담으로 친다고 해도 빵점짜리다. 그는 나를 과소평가하고 있었다. 한번 졌다고 해서 내가 그런 협박 정도에 기죽을 줄 알았다니, 원 참. 너무 점잖은 사람이라 분노에 찬 젊은이의 호전적인 모습을 본 적이 없는 모양이다.

"너를 이기고, 에이프릴을 데려가겠다. 결투는 신사답게 정정당당하게 할 것을 제안한다, 어때?"

그의 눈에서 불빛이 번쩍했다. 그는 외투에 손을 넣어 총을 꺼냈다. 내 스미스 앤 웨슨이었다. 언제 가져갔지? 그는 안전장치를 풀고, 장전하고 방아쇠를 당겼다. 나는 몸을 날려 10피트 떨어진 바닥에 엎드렸고, 다행히 총알을 피했다. 피하고 나서, 총의 힘이 범상치 않음을 알았다. 총알이 맞은 땅에는 3피트 깊이의 구덩이가 있었으니까.

나는 뒤집어쓴 먼지를 털어낼 새도 없이 벌떡 일어서서 계속 달렸고, 그가 다시 방아쇠를 당기는 순간 몸을 날렸다. 두번째 총알은 제방에 맞았다. 제방은 10피트짜리 구멍이 나면서 허물어졌다. 그 동안 나는 한 번의 점프로 강변에서 도로로 올라섰다. 원래 의도는 점프해서 제방에 매달린 다음 기어서 올라가려는 것이었는데, 막상 뛰어보니 몸이 가볍게 솟구치면서 제방을 뛰어넘어버렸다. 제방과 도로의 높이 차는 30피트 이상이었다. 나는 체력이 뛰어났지만 슈퍼맨은 결코 아니었다.

그렇다. 타워스의 말이 맞았다…… "내가 자네보다 강한 이유는 '유령의 도시'를 알고 있기 때문이야." 나는 '유령의 도시'를 안 채 '살아 있는 자들의 도시'로 왔고, 그래서 강해진 것이다.

세번째 총알이 날아왔다. 나는 총알을 피할 겸, 새로운 능력을 시험해볼 겸 있는 힘을 다해서 뛰어올랐다. 총알은 발 밑을 지나 가로등에 맞았고, 중력 = 나의 근력이 되는 지점은 지상 50피트였다. 나는 쓰러지는 가로등을 피해 도로에 내려섰다가 뉴비틀에 치일 뻔했다. 차는 나를 피해 방향을 바꿨다가 한 바퀴를 구르면서 중앙선을 넘었고, 마주 오던 차 두 대와 부딪히면서 공중으로 튀어올랐다. 그리고 기막힌 타이밍으로 허공의 자동차는 네번째 총알을 막아냈다.

자동차 석 대가 폭발하면서 나오는 연기가 빅터의 시선을 가리는 동안 나는 도로를 건너 건물 사이로 숨었다.

금방 비가 그쳤는지 골목은 질척거렸다. 내가 바바리코트 자락을 휘날리며 쓰레기통과 도둑고양이를 지나치며 달리는 동안 빅터는 건물과 자동차를 부수며 쫓아왔다. 몇 방의 총알이 더 있을까, 일곱번째 총알이 손을 스쳐서 모퉁이의 서점에 맞았을 때 나는 생각했다. 저 빌어먹을 총을 뺏을 수만 있다면 오른팔이라도 바칠 텐데.

……나한테는 무기가 될 만한 것이 없을까?

그렇다, 50피트를 뛸 수 있는 근력이 있지 않은가. 나는 골목 모퉁이를 돌자마자 맨 처음 본 쓰레기통을 들고는—허리 높이에 두 아름에 가까운 크기였는데도 전혀 무겁지 않았다—빅터에게 소리쳤다.

"선물이야!"

반쯤 썩은 음식 찌꺼기가 담긴 쓰레기통은 멋지게 공중을 날아가다가 총을 맞고 한줌 먼지가 되었다. 총과 총 주인 모두 능력이 대단했다. 다양한 크기의 쓰레기통 다섯 개를 모조리 먼지로 만들어버리는 솜씨는 인정할 수밖에 없었다…… 아니, 쓰레기통에 문제가 있는 건지도 모른다. 그렇다면 새로운 것에 도전해볼까?

골목을 빠져나가니 시내 중심가였다. 새벽의 중심가는 한산했다. 나는 길거리에 주차된 차 하나를 들어올렸다. 약간 힘에 부쳤지만 눈을 부릅뜨고 달려오는 빅터를 보고 있자니 없던 힘까지 솟아났다. 그는 자동차를 보더니 멈칫했다.

차의 도난 경보 장치가 내는 요란한 소리를 들으며 나는 그를 향해 웃어 보였다.

"싼 선물은 마음에 안 들어하는 것 같아서."

차가 날아가고, 그가 차를 향해 총구를 겨누고, 도난 경보음이 꺼지면서 차가 폭발했고, 땅에 떨어지면서 한 번 더 폭음이 도시를 울렸다. 나는 연기를 피해 눈을 돌렸다가 빅터가 있던 곳을 보았다…… 보이지 않았다. 어디로 간 걸까? 나는 몸을 날려 가로등 위에 올라섰고, 여전히 빅터를 볼 수 없었다. 자동차가 내는 연기 불꽃 때문에 시야가 흐렸지만, 그걸 감안한다고 해도 빅터는 분명 없었다. 어디로 숨었을까?

차가 폭발하는 순간 죽었다면 시체라도 보여야 할 것 아닌가.

"나를 찾나?"

등 뒤에서 빅터의 목소리가 들렸다. 나는 고개를 돌렸다. 10피트 거리에 그가 서 있었다. 아니, 떠 있었다. 가로등 위에 서 있는 나와 다르게 그는 아무것도 밟고 있지 않았다.

"놀라기엔 아직 일러."

그는 나를 걷어찼다. 나는 길바닥의 구정물 위로 떨어졌고, 얼굴에 묻은 오물을 닦다가 빅터를, 그의 검은색 구두를 보았다. 그의 머리카락, 피부, 옷 모두 그을려 있었다.

표정으로 보아 화가 단단히 난 듯했다. 나는 피식 웃었다.

"도대체 어떤 선물을 해야 만족할 건가?"

그는 팔꿈치로 목을 졸랐다. 농담도 모르는 자식, 나는 욕지거리를 내뱉으며 그를 뿌리치려 했다. 하지만 나보다 힘이 훨씬 셌다. 그는 한 팔로 간단하게 나를 제압하고는 하늘로 날았다. 나는 그대로 목을 졸린 채 건물 벽의 전광판 광고를 감상하며 100층은 더 되어 보이는 건물의 옥상으로 올라갔다. 전광판에는 건물을 소유한 회사의 광고가 한창이었다. 수백만 개의 T자가 꿈틀대다가 하나로 모이고, 다시 수백만 개의 H자가 꿈틀대다가 하나로 모였다. 차례대로 E, E, V, I, T, A, G, E, N, C, O, M, P, A, N, Y…… 광고가 반복될수록 빅터의 팔은 세게 조였고, 목덜미는 끊어질 듯 아팠다. 내가 거의 숨이 넘어갈 때쯤 건물 꼭대기에 도착했다.

건물 꼭대기에는 욕설을 내뱉을 틈조차 내주지 않는 강한 바람이 불었다. 나는 버티고 설 수 있을지조차 자신할 수 없는 상황이었는데, 빅터는 산들바람이라도 되는 양 코트자락을 휘날리며 태연하게 서 있었

다. 건물 옥상에는 전광판이 광고를 내보냈다. The Evitagen
Company를 한 번 더, 한 번 더, 한 번 더.

"더 싸울 마음 있나?"

타워스가 말했다.

"싸울 기회가 없었으니 대답하기가 애매한데."

"어쨌거나 함부로 덤벼서는 안 된다는 걸 알았겠지."

"신사인 척 거만 떨고 다닌다고 다 신사는 아니란 걸 알았지."

"너무 섭섭하게 생각하지 말게. 자네를 구해주려고 하는 일이니까."

"난 그냥 유령으로 살고 싶은데."

그는 잠시 말이 없다가 낮고 조용한 목소리로, 내게 설명하는 것이
아닌 읊조리는 듯한 투로 말했다.

"우리는 영원하지 않아…… 그림자는 피사체가 사라지면 같이 사라
진다. 우리는 우리의 창조주가 사라지면 같이 사라져…… 창조주는
언제 사라질지 몰라, 지금 당장이라도 그럴 수 있지. 그러면 우리는 우
리가 존재했다는 사실조차 기억하지 못한 채 사라지게 돼."

그건 안토니우스의 설득도, 카산드라의 경고도, 에이브러햄의 연설
도 아니었다. 한 존재의 읊조림이었다. 죽을 날이 얼마 남지 않은 말기
암 환자의 유언 같은, 체념과 슬픔이 양면으로 공존하는…… 타워스
의 감춰진 감정을 드러내는 중얼거림이었다. 그의 인간적인 모습을 본
것이다. 아주 약간이나마, 피도 눈물도 없는 악마의 모습이 아닌 지친
인간의 모습을.

"그럼 그때까지만이라도 행복하게 살면 되는 거 아닌가."

타워스는 피식 웃었다. 그런 식의 미소 역시 처음이었다.

"왜 아무도 이해하려 하지 않는지 모르겠군. 나는 세상을 구하려고

뛰어다니는데, 왜 아무도 도우려 하지 않는지 이해가 가지 않아."

천천히, 그의 구두코가 얼굴로 다가왔다. 이제 그는 내 기억을 빼앗 겠지. 그리고 새로운 세상으로 가 영혼을 갖고 모든 유령을 구원해 유령의 도시의 도로시가 될 터였다…… 그 자신의 말대로라면 말이다. 어쨌거나 나는 기억을 잃고 스스로를 잃고 마네킹이 되는 것이고, 그건 절대로 원하지 않는 일이었다.

절대로 원하지 않는 일이었다.

나는 그의 구두를 잡았다.

"그런데 왜 내 기억을 넘겨받아야 한다는 거지? 지금 이렇게 살아 있는 자들의 도시에 둘 다 와 있는데."

타워스는 멈칫했다. 내가 뭔가 논리의 허점을 찌른 듯했다.

"당신도 나도 아무 이상 없이 '살아 있는 자들의 도시'에 왔잖아. 그런데 끝까지 우리 기억을 모두 가져야 한다는 이유가 뭐야?"

"'유령'은 살아 있는 자들의 도시에서 오래 버티지 못해. 곧 사라지고 만다. 우리도 시간이 없어."

나는 웃었다…… 비웃음 말이다. 웃음 사이로, 거센 바람 때문에 제대로 들이쉴 수 없어 헐떡이는 거친 숨 사이로, 목덜미의 욱신거리는 고통 사이로, 나는 말했다.

"그럴 리 없어. 여기 온 지 꽤 시간이 지났잖아. 그래도 아무 변화 없잖아. 뭔가 다른 속셈이 있는 거지?"

그 순간 빅터의 발에서 힘이 약간 빠졌다. 허점을 보인 것이다. 나는 그대로 그를 붙잡아 건물 아래로 던져버렸다. 그리고 곧장 옥상에서 내려와 건물로 숨었고, 건물에서 나와 서울 시내를 배회했다. 교보문고에 들렀다가 『에비터젠의 유령』을 보았고, 빅터와 마주쳤다가, 에이프릴에게 구조된 것이다……

"그 다음의 일들은 목격한 그대로야."

나는 에이프릴에게 말했다. "자, 그럼 설명해봐. 어떻게 경복궁역에서 나를 구해냈는지. 어떻게 타워스의 마수에서 벗어났는지."

에이프릴은 대답했다.

"내 이야기보다는 '이 세상에서 가장 끔찍한 소설'을 설명하는 것이 더 급하니까 그 이야기부터 해줄게."

"이 세상에서 가장 끔찍한 소설?"

"그래, 그 소설을 읽으면 죽는대. 소설을 읽은 사람들이 지금도 죽어 나가고 있고. 그래서 붙은 제목이야. 그래서 '이 세상에서 가장 끔찍한 소설'이라고 사람들이 말하는 거지……."

3장 극단적인 환상 전해질

〈극단적인 환상〉
1

　그는 핸드폰의 플립을 닫았다. 부모님이 계속해서 전화를 걸고 있었지만 그는 받지 않았다. 아예 꺼버릴까도 생각했으나 부모님이 낙담할 것 같아 그러진 않았다. 그는 진동하는 핸드폰을 속옷서랍에 넣어버리고 책상에 엎드렸다.
　고시원은 조용했다.
　그는 손을 더듬어 스탠드의 버튼을 찾아 꺼버렸다. 형광등은 이미 껐다. 아니, 아예 낮부터 켜질 않았다. 이제 그의 방은 어둡고 조용하다.
　빛도 소리도 없다. 세상은 마치 아무것도 없는 것처럼…… 그는 유일한 소리인 심장 박동에 집중했다. 며칠 동안 정신없이 뛰던 맥박은 조용해졌다. 얼마 만에 느끼는 편안함인지, 기뻤다.
　그는 눈을 떴다. 핸드폰이 다시 윙, 윙, 진동하고 있었다.
　그는 참고 기다렸다.
　열두 번 진동한 후 핸드폰은 조용해졌다. 그는 눈을 감았다. 이제 가족들도 포기했겠지. 친구들도 포기했으니.

이제 '그들'만 떨쳐버리면 된다.

그러면 평화가 찾아온다.

그는 스물 여덟의 젊은이였다. 대학을 졸업한 지 일 년이 조금 넘었다. 직장은 없었다. 취직을 하지 않고 소설가가 되기로 결심한 건 졸업 두 달 전이었다. 그때부터 졸업 후 3개월이 지날 때까지 두 편의 글을 썼고, 그것을 묶어 책을 냈다. 일 년 동안은 글을 써가며 출판사와 컨택을 해봐야 책을 낼 수 있을 거라고 생각했는데, 예상보다 훨씬 빨리 얻어낸 성과였다. 그래서 그는 더 노력해 소설가로서 자리를 확실히 잡아야겠다고 생각했다. 그는 서너 작품을 한꺼번에 시작했고 단편과 중편도 열심히 썼다. 인터넷에 홈페이지도 만들어 글을 올리고 다른 작가들과 많은 이야기를 나눴다. 그는 열심히 글을 쓰고, 열심히 살 생각이었다.

그 생각이 무참히 깨져나간 건 보름 전이었다.

보름 전 그는 교보문고에 갔다. 그의 책이 나온 지 얼마 되지 않았을 때였다. 서점에 정말 그의 책이 있는지 하는 단순한 호기심 때문에 들러본 것이었다. 그는 판타지 소설 코너로 갔고, 신간 코너에 그의 책이 (정말로) 놓여 있는 것을 보았다.

다른 책 사이에 있으니 꼭 처음 보는 책 같았다. 그는 책을 집었다. 맨 위의 것은 여러 사람이 살펴봤는지 겉표지에 손때가 묻어 있었다. 기분이 묘했다. 정말 내 책을 읽어보는 사람이 있고 사가는 사람도 있구나. 그는 들뜬 기분으로 책을 대여섯 장 읽어보았다.

문득 뒤를 돌아보았다.

시선을 느꼈다. 누군가의 시선을 '느껴서', 누가 그의 목덜미를 훑어 보는 것 같아서였다. 그는 주위를 둘러보고, 누구도 그를 보고 있지 않 음을 확인했다가…… 검은 옷을 입은 남자가 그를 흘끗 본 다음 회전 문을 빠져나가는 것을 보았다.

그때는 아직 몰랐다. 그냥 우연히 눈이 마주친 거겠지, 하고 생각한 정도였다. 하지만 집에 오는 동안에도, 집에 와서도 하루 종일 검은 옷 의 남자가 잊혀지지 않았다. 그날 밤 침대에 누워 잠을 청하면서도, 여 전히 잊혀지지 않는 그의 얼굴 때문에 계속 뒤척여야 했다. 잊혀지지 않는 이유가 무서웠는데, '낯익어서'였다. 분명 아는 얼굴이긴 하지만 기억하고 싶지 않은 얼굴이었다. 그것이 두려웠다. 생각해내고 싶지만 생각해내면 너무 두려울 것 같았다.

불안한 일이었다. 그는 제대하고 몇 달 지나 가벼운 정신질환을 앓 았다. 이유 없는 불안증 때문에 3개월 동안 약물치료를 받았다. 벌써 몇 년 전 일이고 이제는 건강하다고 생각했다. 그런데 왜 이런 일이. 감정의 기복이 그때와 비슷했다. 이유 없이 불안하고 이유 없이 두려 운…….

재발한 건 아니겠지. 그는 이불을 머리끝까지 뒤집어썼다. 미친놈은 되기 싫다. 그가 약물치료를 받는 동안 집안은 '외아들이 미쳤다'는 사 실 때문에 공황 상태였다. 그의 부모는 동네 부끄러워서 살 수가 없다 며 이사까지 생각했다. 동네가 재개발되어 땅값이 다섯 배로 뛰지만 않았다면, 그래서 집이 부자가 되지 않았다면 정말 이사를 갔을 것이 고, 부모님의 한숨 때문에 아마 땅이 꺼져버렸을 것이다.

불안증을 극복하고 글에 전념하는 데는 오랜 시간이 걸렸다.

그때로 돌아가긴 죽어도 싫다.

죽어도.

며칠이 지났다. 그는 글을 쓰던 중이었다. 반응이 괜찮을 것 같은 소재가 생각나 프롤로그를 써보던 중이었다. 어떤 문체로, 어떤 인칭으로 글을 쓰는 것이 좋을지 시험하고 있었다.

책에서 단락을 나눌 때 한 줄을 띄었는지 두 줄을 띄었는지 생각나지 않았다. 확인해볼 겸 책상에 놓아둔 『에비터젠의 유령』 증정본을 집었다. 손가락에 침을 묻혀 페이지를 넘겼다. 여기서는 두 줄, 이런 곳은 한 줄이었구나. 그렇다면 시점을 바꿀 때는 어떻게 처리하는 것이 좋을까. 아예 챕터를 나눠버릴까? 혹은 아예 시점을 바꾸지 않고 진행할 수 있을까? 그렇다면 더 좋을 텐데. 그는 고민했고, 머리카락을 긁다가 문득 그 남자가 누구인지 생각해냈다.

교보문고에서 그를 흘끗 보고 간 검은 옷의 남자가 누구인지 생각난 것이다.

그가 무심코 넘긴 페이지에 그가 있었다. 맞다. 『에비터젠의 유령』 안에 있었다. 교보문고에서 남자를 보았던 때를 생각했다. 그렇다. 그때도 이 책의 이 페이지를 보고 있었다. 바로 이 문장이었다.

"이렇게 끝나는군."

그가 낯익다고 생각한 것이 바로 그 때문이었다. 그 남자는 그가 소설 속에서 창조한 인물이었고, 그가 상상했던 그대로 현실에 돌아왔기 때문이었다. 그는 잭이었다. 그의 소설에서 늘 검은 옷을 입고 있던 검은색 머리의 젊은 청년, 잭.

2

다음날 아침이었다.

그는 굳게 마음먹었다. 전날 서점에서 본 것은 그의 착각이니 신경 쓸 것 없다고 말이다. 눈 한 번 마주친 사람을 보고 소설 속에서 튀어나왔느니 자신을 감시하고 있느니 어쩌느니 하는 건 웃긴 일이었다. 모든 일에 집착할 필요는 없다고, 그의 불안증을 상담했던 의사도 말했었다. 지나치게 골몰하지 말자, 그는 다짐했다.

그는 동네 도서관에서 글을 쓸 생각이었다. 집에 있으면 괜히 웹서핑만 하고 잠만 자니까. 그는 아침 일찍 일어나 도서관으로 향했다. 비가 왔다. 단화가 젖지 않도록 조심하면서 길을 걸었다. 겨울방학이었는데도 아침 일찍부터 도서관으로 향하는 학생들이 많았다. 그는 가게에 들러 따뜻한 캔커피를 사 주머니에 넣었다. 커피를 손난로 대용으로 쓰며 언덕을 올라갔다. 도서관은 길의 끝, 언덕의 꼭대기에 있었다. 그는 앞서 걸어가는 여자의 검은 부츠를 보며 생각에 잠겼다. 어떤 인칭으로 하는 것이 좋을까. 분량은 원고지 천 장 정도가 좋을까 아니면

176

천백 장 정도가 좋을까. 천백 장은 너무 많다. 사실 아이디어에 비해 천 장도 너무 많다. 칠백 장이나 팔백 장이 적당한 길이일 것이다. 문장을 짧게 몰아친다면 육백 장도 가능할 것이고…… 아예 더 줄인 다음 사백 장짜리 아이디어를 덧붙여 천 장으로 만들까…….

앞서가던 여자는 몸을 돌려 다른 골목으로 들어갔다. 그가 막 여자를 앞지르려던 참이었다. 가깝게 스쳐갔으므로 여자의 향수 냄새까지 맡을 수 있었다. 익숙한 향이었다. 여자 향수가 익숙할 리 없는데, 남자 향수라도 쓰는 걸까? 그녀는 우산도 쓰지 않았다. 아무리 이슬비라지만 빗속을 저렇게 당당히 걷는 여자는 처음이다.

이상한 여자다.

그는 언덕의 끝까지 올라갔다. 도서관의 입구에서 우산을 접고 문을 열었다. 안에서 따뜻한 공기가 흘러나왔다. 빨리 들어가 자리를 잡자. 창가 쪽 좋은 자리로. 그는 주머니에서 캔커피를 꺼냈다. 그는 우산을 가방에 넣으려다가…… 문 손잡이를 놓았다.

몸을 돌리고, 여자가 걸어간 골목을 보았다.

그는 다시 우산을 펴고 언덕을 내려왔다. 빗줄기가 세졌다. 단화가 젖었지만 상관하지 않았다. 그는 떨리는 손으로 주머니에 캔을 넣다가 길에 떨어뜨렸다. 그는 캔을 내버려둔 채 골목으로 향했다. 좁고 어두운 골목이었다. 도둑고양이 한 마리가 담에서 그를 보고 울었다. 그는 진창을 밟았고 미끌, 발을 헛디뎠다. 전봇대를 짚고 일어나 다시 걸었다. 모퉁이를 돌고, 다시 돌았다. 여자를 봐야 한다. 끔찍하도록 두려웠지만 그는 이를 악물었다. 어제의 일은 착각이다. 지나가다 본 사람을 아는 사람이라고 믿는 어리석은 일은 하지 않겠다고 바로 몇 시간 전에 다짐하지 않았는가. 절대로, 그 여자는, 지금 내가 생각하는 그 여자가 아니다. 지나가는 여자가 익숙한 향수를 뿌렸다고 해서 하루 종일 공포에 떠는 망상 따위엔 젖고 싶지 않았다. 반드시 확인하고 말 테다.

빗줄기는 차가웠다.

골목의 끝이었다. 그 여자가 있었다.

그를 등지고, 막힌 골목의 벽을 보고 있었다. 그는 걸음을 멈췄다. 다가가 어깨를 툭 치고 묻고 싶었다. 혹시 제가 아는 분인가요, 하고 말이다. 하지만 그녀는 마치 그를 마주보는 것의 반대되는 행동을 하고 싶다는 듯 그에게서 등을 돌리고 있었다.

그는 다가갔다.

그는 더이상 걸어갈 수 없었다.

여자의 손끝이 움찔 움직였다. 이제 그는 숨을 쉴 수 없었다.

"로비."

여자의 뱃속에서 으르렁거리는 듯한 신음이, 소음에 가까운 목소리가 쏟아져나왔다. 소리는 그와 여자 사이의 공기를 비집고 나와 그의 귓구멍을 쑤시고 들어왔다.

"로비."

그는 입을 틀어막았다. 비명이 나올 것 같아서였다. 맞아, 난 미쳤어. 어제는 잭을 보았다. 오늘은 그녀를 보았다. 그녀의 향수는 익숙했다. 그가 아는 사람의 것이었다. 나는 미쳤어. 그는 중얼거렸다. 에이프릴이 이런 곳에 있을 리가 없는데도 분명 에이프릴이었다. 내가 생각한 것과 같은 향수를 쓰고 있다. 그 뒷모습이 그녀를 처음 상상했을 때 떠올린 모습과 같은 것은 우연이라 생각했는데, 그렇지 않다. 그녀는 내 이름을 부르고 있으니까. 그녀는 보란 듯이 존재하고 있었으니까.

이 현실의 골목에서.

이 지옥 같은 현실의 골목에서.

"로비."

여자는 한 걸음 물러섰다. 그는 공포에 질렸다. 여자는 다시 한 걸음 물러서 다가왔다. 도망치고 싶었으나 몸은 움직이지 않았다. 그녀의 머리에 시선이 고정된 채 움직이지 않았다.

꿈이었으면, 악몽이었으면.

"로비."

그녀는 다시 한 걸음 다가왔다. 보이지 않는 손이 턱을 잡아당기고 성대를 눌렀다. 입에서 차가운 입김이 새어나왔다. 누군가 억지로 그의 입을 열었다. 허파가 뒤집어지는 것처럼 가슴이 아팠다.

"로비."

그녀는 다시 한 걸음 다가왔다. 이제 그녀와 그는 가까이 있다. 빗방울 몇 개가 그녀의 머리에 부딪혔다가 그의 얼굴로 튀어올랐다. 살려줘, 하고 말하고 싶었지만 그의 입에선 전혀 다른 말이 나왔다. 이제 그녀는 천천히 고개를 돌렸다. 검은 머리와 귀가 보이고…… 그녀의 얼굴이 보인다…….

얼굴이 없다…….

"에이프릴."

그는 기절했다.

그를 깨운 건 동네 아저씨였다. 그가 여전히 일어나지 못하고 있는 동안 앰뷸런스가 도착했고, 그는 응급실에서 하룻밤을 지내고 집으로 돌아왔다.

그는 꼬박 나흘 동안 몸살을 앓았다.

닷새째에 일어나서 길게 숨을 내쉬었다. 커튼이 쳐진 그의 방은 어두웠다. 약 기운에 입술이 텁텁했다. 그는 링겔을 맞은 팔뚝의 정맥을 문질렀다. 간호사의 솜씨가 좋지 않았는지 퍼렇게 멍이 들어 있었다.

그는 일어났다.

어지러웠다.

부모님은 가게에 나가셨는지 없었다. 그는 화장실로 가 욕조에 뜨거운 물을 받고 조용히 누웠다. 빛이 눈에 거슬려 불을 껐다. 어두운 욕실에 증기가 가득 찼다.

세상은 조용했다.

"에이프릴."

그는 중얼거렸다. 제일 처음 본 것은 잭. 그 다음날은 에이프릴. 그가 상상에서 만들어낸 허구의 인물이다. 그런데 어떻게 현실에서 보고 있는 것일까.

그가 미친 걸까.

아니면 세상이 미친 걸까.

3

그는 수첩을 뒤져 전화번호를 찾았다. 번호가 몇 년 전 그대로일지 자신이 없었다. 그는 조심조심 버튼을 누르고 초조한 마음으로 신호가 떨어지길 기다렸다. 자신의 신분을 간호사라고 밝힌 여자가 전화를 받았다. 그는 자신이 찾는 곳에 제대로 전화를 걸었는지 재차 확인한 다음 의사의 이름을 대며 통화할 수 있느냐고 물었다. 간호사는 그의 이름을 묻더니 잠시만 기다리라고 했다.

의사는 그를 기억하고 있었다. 그 동안 어떻게 지냈느냐는 이야기로 안부를 물은 후, 몇 년 전 상담실에서 그랬던 것처럼 자연스럽게 이야기를 나눴다.

그가 지난 몇 년 동안 있었던 일을 간단히 말한 뒤, 최근 느꼈던 기분을 설명하고 골목에서 쓰러진 이야기를 털어놓자 의사는 한번 만나보는 것이 좋겠다고 말했다.

"다음 주 수요일 어때?"

"그건 너무 멀어요."

그는 우물거렸다.

"그럼 내일밖에 시간이 없는데."

"어차피 일도 없으니 괜찮아요."

그는 조심스럽게 대답했다.

의사는 책은 잘 되느냐, 나오면 한 권 보내달라, 그런 이야기를 끝으로 전화를 끊었다.

전화도 연결됐고 약속도 잡았다. 성공적인 통화였다. 그는 두근거리는 가슴을 누르고 침대에 털썩 누웠다.

약 덕분인지 잠이 쉽게 쏟아졌다.

다음날, 늦게 일어나는 바람에 그는 점심도 못 먹고 집을 나왔다. 약 기운 때문에 어지러웠지만 그래도 서둘렀다. 버스를 타면 멀미를 할 것 같아 지하철을 이용했다.

오랜만에 사람들 틈에 섞이려니 현기증이 났다.

내리던 사람과, 내리던 사람을 밀치고 들어간 할아버지와 할머니 사이에 실랑이가 벌어졌다. 아저씨 한 명은 앉을 자리가 없자 신문지를 펼치곤 바닥에 주저앉았다. 다음 역에서는 웬 아주머니가 올라타더니 예수를 믿으라며 큰 소리로 찬송가를 불렀다. 찬송가가 2절로 넘어갈 때 지하철이 급정거를 하는 바람에 사람들은 일제히 중심을 잃었고, 그 와중에 누군가 그의 발을 세게 밟았다. 하지만 발을 밟은 이는 그에게 사과도 하지 않았다. 그는 현기증을 견딜 수가 없어 다음 역에서 내렸다.

그는 자판기에서 음료수를 한 잔 뽑아 마시고 의자에 앉아 한숨 돌렸다. 하지만 지나가는 사람들이 흘낏거리는 통에 편히 쉴 수는 없었다. 그는 다시 지하철을 탔고 운좋게도 빈 자리에 앉았다. 반은 졸면서, 반은 이어폰의 음악에 집중하면서 목적지에 도착했을 때는 이미 약속 시간에서 17분이 지나 있었다.

역에서 나와서도 한참을 헤맸다. 위치가 기억나지 않았다. 거리는 많이 변해 있었다. 병원 역시 인테리어를 완전히 바꿔버려서 밖에서 들여다보았는데도 맞는 곳인지 확신이 가지 않았다.

창구 앞에 멀뚱히 서 있는 그를 보며 간호사는 무슨 일이냐고 물었다. 그는 더듬더듬 의사와의 약속을 설명했다. 간호사가 의사 선생님은 안 계시는데 언제 약속을 잡았느냐고 묻자 그는 당황했다. 얼굴이 벌겋게 상기되어 더듬거리는 그에게 간호사가 몇 가지 더 캐묻는 사이 다른 간호사가 다가왔다. 그와 통화를 했던 간호사였다.

"오늘 바쁜 일이 생기셔서 약속을 취소하려고 계속 전화를 했는데 안 받으시더라고요."

그는 핸드폰을 보았다. 부재중 전화가 다섯 통이나 표시되어 있었다. 그는 거듭 죄송하다고 말했다. 간호사는 다시 연락을 주겠으니 집 전화번호를 말해달라고 했다. 간호사도, 그도 죄송하다는 이야기를 인사 대신 반복하였다. 그는 병원을 나왔다.

돌아오는 지하철은 더 복잡했다. 날은 따뜻하고 지하철은 더웠다. 두껍게 옷을 입은 그의 이마에서 땀이 솟았다. 사람들은 시끄러웠다. 그는 문에 기대 꾸벅꾸벅 졸면서 집으로 돌아왔다. 도착하자마자 침대에 그대로 뻗어 잠이 들었다.

잠이 깼을 때는 어둑해질 무렵이었다. 햇빛이 거의 빠져나간 방바닥엔 검고 푸른 어둠이 가라앉았다. 오른팔이 저렸다. 오른팔은 침대 밖으로 늘어져 있었다. 그는 천천히 팔을 들어올렸지만 같은 자세로 너무 오래 잔 탓인지 들리지 않았다.

몸을 뒤척였지만 몸 역시 무거웠다. 그는 팔의 감각이 돌아오길 기다렸다. 가늘게 뜬 눈 사이로 보이는 방이 어두웠다. 집엔 아무도 없을까? 방은 왜 춥지? 따뜻한 날인데 말이다. 다시 눈을 감았을 때쯤 팔의 감각이 돌아왔다. 그는 팔을 들어올렸다.

들어올리진 못했다. 무언가 손목을 잡고 있었다. 그 사실을 알아차리자 몸에 소름이 돋았다. 그는 저린 팔의 감각이 제대로 돌아오지 않아 헛것을 느끼는 걸로 생각했다. 하지만 다시 팔을 움직여도 소용없었다. 누군가 손목을 꽉 쥐고 있었다.

그는 악몽으로 생각하고 싶었다. 하지만 꿈이 아니었다. 분명 눈을 뜨고 방을 보고 있었다. 손목을 잡고 있는 것은 차갑고 미끈거렸다. 그것은 그의 손보다 훨씬 컸고 집요했다.

그는 몸을 뒤척였지만 가위에 눌린 것처럼 움직이지 않았다.

에이프릴을 만났을 때처럼.

그의 손목을 잡은 그것은 팔을 끌어당겼다. 자신의 쪽으로 가까이 끌어가고 싶은 것 같았다. 그는 거부했지만 몸이 굳어 있었다. 그는 유일하게 움직일 수 있는 부분인 오른손을 비틀어 그것을 잡았다. 그것의 손은 물컹거렸다.

그것은 다시 팔을 끌어당겼다. 그의 몸이 침대 밖으로 끌려나갔다. 이제 침대의 옆 바닥이 보였다. 빛이 모두 빠져나가고 차가운 어둠만 깔려 있는 그곳에는 어둠 속에 몸을 웅크리고 있는 뭔가가 있었다.

그는 눈을 크게 떴다. 그리고 어둠 속의 무언가와 눈이 마주쳤다.

비명을 지르고 싶었지만 입술마저 굳었다. 그것은 더 집요하게 팔을 당겼고 그의 몸은 다시 침대 밖으로 끌려갔다.

그는 손목을 움직여 그것의 손가락을 세게 움켜쥐었다. 그리고 있는 힘껏 비틀었다. 그것의 손가락은 손에서 떨어지면서 툭, 바닥에 부딪히는 소리를 냈다.

어둠 속의 눈동자가 커졌다.

그는 손가락을 움직여 손등을 잡았다. 세게 눌렀다. 눈동자가 두 개에서 네 개로, 그리고 다시 여덟 개로 변하는 것이 보였다. 그는 다시 손등을 눌렀고 그것이 움푹 파이는 느낌을 받았다. 물컹거리는 그것은 젤리처럼 연약했다. 하지만 그럼에도 불구하고 끝도 없이 집요했다. 그가 반항하고, 손가락 하나까지 잃게 만들었는데도, 여전히 그의 몸을 어둠으로 끌어당기고 있었다.

그는 마지막 남은 힘을 쥐어짜 그것의 손등을 눌렀다. 손가락이 손등을 파고들어 구멍을 만들었다. 그것의 손은 그제야 손목을 놓았다. 그의 오른팔은 침대 위로 올라왔다.

그는 숨을 들이켰다. 몸이 움직였다. 가위는 사라졌다.

방의 어둠은 그의 숨소리를 따라 조용히 움직였다. 그의 뜨거운 숨결이 두렵다는 듯 물러섰다가, 그래도 어둠으로 끌어당겨야 한다는 듯 다가왔다.

그는 저린 팔을 끌어안았다. 숨이 가빴다. 굳은 몸이 조금씩 떨렸다. 눈을 가늘게 뜨고 어둠을 보았다. 어둠 속에선 수많은 눈이 그를 노려보고 있었다.

그는 그것들이 누구의 눈동자인지 기억해냈다.

그의 손목을 움켜쥔 손도 누구의 것이었는지 기억해냈다.

“빅터.”

그는 정신을 잃었다.

4

그에겐 친한 친구가 딱 한 명 있었다. 대학교 동창이었다. 그가 글을 쓴다는 것을 유일하게 이해해준 친구였다. 말하기 힘든 것이나 상의할 만한 것을 털어놓는, 정신적으로 의지가 되는 친구였다. 친구는 직장인이고 결혼을 약속한 여자친구가 있는 평범한 사람이었다. 가치관이나 성격 역시 겉으로 보이는 배경만큼이나 평범했다. 머릿속 환상의 세계와 자꾸만 찾아오는 우울증, 끝없이 한숨만 쉬는 부모님 사이에서 살아가야 하는 그로서는 친구의 평범함이 위로가 될 때가 많았다. 친구와 세상 사는 이야기를 하다 보면 그의 주변을 둘러싼 세계가 모두 위태로운 것만은 아니라는 생각이 들어 안심이 되었다.

친구가 전화를 했다. 오랜만에 월차를 썼다고 했다. 한동안 보지 못했으니 한번 만나자고 쾌활하게 말했다. 그는 거절하고 싶었다. 방에만 틀어박혀 나가지 않은 지도 일 주일이 넘었는데 친구를 만나 시끄럽게 떠들고 싶은 마음이 있을 리 없었다. 그는 싫다고 대답했으나 친구의 목소리는 너무 유쾌했다. 결국 동네 패스트푸드점에서 만나기로 약속을 잡고 말았다.

　혼자 기다리는 것이 싫어 일부러 10분을 늦게 나갔는데도 친구는 없었다. 늦는 일이 없는 친구가 어찌된 일일까 싶었다. 잡음이 심한 스피커에서 흘러나온 싸구려 노랫소리가 패스트푸드점을 채웠다. 요즘은 신경이 날카로워서 조금만 스트레스를 받아도 현기증이 일었다. 시끄러운 소리가 그를 가장 민감하게 만드는 것이었다. 그는 소음을 피해 구석 자리에 앉아 창 밖만 보았다. 해가 지고 밤이 되는 시간이었다. 감정이 날카로워지는 시간이었다. 그래서 이 시간대에 바깥 출입하는 것을, 설령 동네 슈퍼에 나가는 일처럼 사소한 일이더라도 자제해왔었다. 그런데 이런 시끄러운 가게에 앉아 싸구려 음악을 들으면서 누굴 기다려야 한다니, 그는 마음이 어지러웠다.
　"왜 맨날 이런 곳에서 보자고 그러냐?"
　10분 후에 나타난 친구는 인사 대신 말했다.
　"궁상맞게 햄버거 가게가 뭐야, 술집에서 봐야지."
　그는 술을 전혀 못했고 친구도 잘하는 편은 아니었다. 술집에서 만나는 일은 드물었다. 웬일로 술집 타령을 하는 걸까, 그는 생각했다.
　"여긴 시끄럽기만 하고 별로잖아. 일단 나가자."
　시끄럽다는 것에는 동감이었다. 그는 미련 없이 일어섰다. 친구는 쾌활하게 웃었다.

　둘은 가까운 카페에 갔다. 친구는 밀러 병 뚜껑을 따고 그는 과일 주스를 마셨다. 술을 못할 거면 커피라도 하라고 친구가 놀렸지만 불면증에 시달리는 그로서는 카페인이 든 음료가 내키지 않았다.

내키지 않는 자리에 앉아 있어서 그런지 말이 잘 나오지 않았다. 친구도 맥주만 들이켤 뿐 별 말이 없었다.

그는 분위기를 바꿔야겠다는 의무감 같은 것이 들었다. 무슨 말이든 해보려고 애를 쓰다가 간신히 말을 꺼냈다.

"사모님은 요즘 뭐 하셔?"

"사모님?"

친구는 웃었다.

"아, 아니, 사모님이 아니라 형수님."

"넌 작가라는 놈이 단어 선택에 그리 서툴러서 어쩌냐. 형수님은 또 무슨 형수님. 그냥 여자친구지. 요즘 열심히 회사 다니지. 결혼하려면 돈 벌어야 되니까."

의도치 않은 실수 때문이긴 했지만 어쨌든 분위기는 좋아졌다. 둘은 서로의 일에 대해 물었다. 친구는 회사 일은 그저 그렇지만 월급을 받으니 좋다고 말했다. 최근 며칠 동안은 부장이 출장을 나간 덕에 퇴근을 빨리 할 수 있어서 좋았다는 말도 했다.

"책은 많이 팔려?"

"아니."

"네 책은 좋으니까 처음엔 잘 안 나가도 입소문을 타면 많이 팔리게 될 거야."

그거야 잘 팔렸을 때 이야기고, 안 팔리는 책은 이삼 주만 지나면 서점 진열대에서 퇴출되어 창고 구석에 처박힌다는 이야기를 해야 하나…… 그는 망설였다. 괜한 이야기 꺼내서 친구까지 우울하게 할 필요는 없겠지.

"요즘 쓰는 글은 있어?"

"아니."

"빨리 써서 베스트셀러 작가가 돼서 유명해져야지."

"쓴다고 다 책으로 나와서 유명해지나."

"한번 책 내서 출판사와 길 트면 계속 책 낼 수 있는 거 아니야?"

"꼭 그렇지도 않아."

그의 비관적인 말 때문에 다시 분위기가 우울해졌다. 친구는 밀러를 다 들이켠 다음 하이네켄을 주문했다.

"계속 글을 쓸 수 있을지 모르겠어."

맥주 때문에 약간 달아오른 친구의 얼굴을 보며 그는 말했다.

"왜? 글 쓰는 게 힘들어? 그래도 하고 싶은 일 하면서 사는 게 좋잖아."

"아니. 글 쓰는 게 힘들어봤자 얼마나 힘들겠어. 설마 너처럼 회사에서 일하는 것보다 더 힘들겠어? 글 쓰는 게 문제가 아니라……."

그는 빨대로 컵 바닥의 주스를 빙빙 휘저었다.

"요즘은 글을 쓰는 게 미친 짓 같아."

친구는 피식 웃음을 터뜨렸다.

"난데없이 왜 그런 말을 하시나?"

"그냥 다 미친 짓 같아. 글이란 게 즐겁자고 쓰는 건데 난 갈수록 더 미쳐가는 것 같아."

"너 과일 주스 마시고 취했냐?"

무슨 이유인지 알 수 없었다. 하지만 그는 지난 며칠 동안 마음에 담고 있었던 말을 모두 하고 싶은 충동이 불쑥 솟았다. 그래서 그는 그렇게 했다.

"옛날엔 글 쓰는 게 좋아서 글을 썼어. 글 갖고 장난치는 게 재밌어서, 읽는 사람들이 황당해서 허허 웃는 게 기분 좋아서 글을 썼어. 하지만 장난이 도를 지나쳤어, 장난이. 왜, 장난 때문에 사람이 죽기도 하잖아. 그런데 난 이제 돈을 벌어야 되잖아. 글로 돈을 벌어야 하는데 돈은 안 되고…… 그런데 장난만 치고 있잖아. 장난이 쌓이고 쌓여서 커졌어. 예전에는 내가 글을 썼는데 요즘은 내가 글을 쓰는 것이 아닌 것 같애. 예전에는 현실이 있고 그 안에 글이 있었는데 요즘은 글이 현실 밖에 있어. 현실 밖에서 글이 날 자꾸 잡아끌어. 난 뭔가 실수를 했어. 글이 점점 미쳐가. 아니, 그보다는 내가 미쳐가. 나한테 분명 문제가 있는데, 그게 뭘까? 나는 그냥 글을 쓴 건데. 글이 문제가 된 걸까? 아니면 내가 착각하는 걸까? 내가 왜 그랬을까? 내가 그 글을 왜 썼을까? 요즘은 자꾸 옛날 생각만 하게 돼. 난 그냥 가만히 있었는데, 그래서 미래가 됐단 말이야. 그런데 과거가 계속 손목을 잡잖아. 그러면 어쩌지? 내가 원치 않은 일이 일어났다면 그것도 정말 내 미래인가? 꼭 둘로 갈라진 세상 가운데에 서서 심판을 받는 기분이야. 난 어느 쪽도 긍정할 생각이 없었고 세상을 부정할 생각도 없었어. 의무가 무겁다고 해서 그게 꼭 내 잘못인 건 아니잖아. 그렇다고 모든 걸 책임질 수는 없단 말이야. 물론 나한테 책임이 있긴 하지만 내가 다 견뎌낼 수 있는 건 아니야. 사람은 혼자로도 족하고, 혼자로도 족하다는 건 스스로를 견디는 것만으로도 벅차다는 뜻이야. 하지만 이렇게 괴롭히면 뭐라고 대답할 수가 없잖아. 내가 미쳤단 말이야? 그냥 그렇게 된 건데. 그건 의도도 없었어. 장난조차 아니었어. 그런 일은 일어날 수 있는 거잖아. 사람들도 좋아했단 말이야."

친구는 오랫동안 말이 없었다.

"너, 그 불안증 다시 도진 거야?"

그는 대답할 말이 없었다. 그럴 수도 있고 그렇지 않을 수도 있다. 그가 미친 것일 수도 있고, 세상이 미쳐 돌아가는 것일 수도 있다.

"그럴 수도 있고…… 아닐 수도 있어…… 내가 미친 것일 수도 있고…… 세상이 미쳐 돌아가는 것일 수도 있고……."

그는 자신이 무슨 말을 하는 건지 스스로도 알 수 없었다. 그는 고개를 숙였다. 어지럽고 속이 메스꺼웠다.

"넌 지극히 정상적이야."

친구는 그가 앉아 있는 쪽으로 몸을 기울였다.

"넌 그냥 걱정이 많아서 그래. 넌 정상적인 사람이야. 세상에 걱정 없이 사는 사람이 어딨어. 게다가 넌 미래가 불확실한 일을 하고 있으니 더하겠지. 불안증 같은 것도 별 문제 아니야. 대한민국 사람 열 명 중 한 명이 우울증 갖고 있다더라."

친구의 목소리는 다감했다. 친구는 손을 뻗어 그의 어깨에 얹었고, 손등이 그의 귀에 닿았다. 따뜻했다. 그는 기분이 좋아졌다. 그래, 내가 꼭 비관적으로 생각할 것만은 아니잖아. 누구나 다 불안해하고 슬퍼하며 살고 있지 않은가.

"누구나 다 불안해하고 슬퍼하면서 살아. 너는 그냥 신경이 예민해진 것뿐이야. 앞으로 잘 될 거야."

친구의 위로를 받으니 마음이 놓였다.

"그렇게 말해줘서 고맙다."

친구는 웃었다. 친구의 웃음을 보니 더 기분이 좋았다.

"네 책 한번 읽어봐야 하는데. 네가 사인까지 해서 줬는데도 아직 못

읽었다. 미안해."

"넌 일 년에 책 한 권 읽을까 말까 하잖아. 나도 다 이해하니까 미안해할 것까진 없어. 솔직히 내가 읽어도 재미없어."

"앞의 몇 장 읽어봤는데 좀 어렵긴 하더라."

"뒤로 가면 더 어려워져. 진짜 지루하고, 진짜 재미없어. 솔직히 나도 밤에 잠 안 오면 내 글 읽거든."

친구는 신나게 웃어댔다.

"그렇게 자학할 필요까지야."

"아냐, 진짜야."

친구는 눈물을 닦으면서 웃었다.

"진짜 웃긴다. 네 책 캐릭터들이 들으면 섭섭해하겠다."

친구는 말했다.

그가 괜찮다고 했는데도 친구는 끝까지 자신이 계산하겠다고 했다. 많이 버는 사람이 돈을 내는 것이 당연하다며 친구가 결국 술값을 냈다.

둘은 말없이 걸었고 곧 버스 정류장에 도착했다. 친구는 버스를 타야 했고, 그는 집으로 돌아가야 했다. 그가 인사로 손을 흔들려는데 친구가 손을 붙들더니 뜬금없는 말을 꺼냈다.

"요즘 누가 널 쫓아오지?"

"응?"

"요즘 누가 널 쫓아오지 않냐고."

친구는 말했다. 여전히 친절한 목소리에, 따뜻한 손이었다. 하지만 뭘 묻는지 이해할 수가 없었다. 누가 쫓아오냐니?

"그게 무슨 말이야?"

"요즘 누가 널 쫓아오잖아."

친구의 눈동자에는 이상한 불꽃이 흔들리고 있었다.

"요즘 누가 널 쫓아오지 않냐고 묻는 거야. 그렇지 로비? 누가 널 쫓아오지?"

쫓아오냐니. 그는 지난 며칠간의 악몽이 떠올랐다. 그들에 대해 묻는 것일까? 하지만 친구가 그들을 어떻게 알지?

그리고…… 왜 '로비'라고 부르는 거지?

"도대체 무슨……."

"제일 먼저 본 건 누구였어? 잭? 에이프릴? 빅터?"

"왜 그런 말을 하는 거야. 뭘 알고 싶어서……."

친구는 그의 손을 쥐었다. 아까 그를 위로한 왼손과는 다른 오른손이었다. 차가운 손가락과 딱딱한 손바닥…… 움푹 패인 손등.

"로비야, 세상이 미쳐 돌아가기 시작하면, 아무것도 믿을 수 없는 거잖아. 안 그래?"

친구의 손등에 구멍이 있었다. 누군가, 손가락으로 누른 것처럼, 그래서 손가락이 뚫리기라도 한 것처럼.

"그렇잖아. 안 그래? 아무도 믿어선 안 된다고. 아무리 가까운 친구라도 말이야. 그러다간 완전히 미쳐버린다고."

친구는 그의 손을 놓았다. 그리고 손을 들어 그의 눈앞에서 천천히 흔들었다.

"그래도 그게 나을지도 모르겠다. 차라리 네가 미치는 게 나은 거지. 네가 미친 게 아니라 세상이 미친 거라고 생각해봐. 그러면 그건 세상이 아니라 지옥이지."

194

구멍이 뚫린 손등이 그의 눈앞에서 흔들렸다.

"로비야, 네가 미치면 그냥 미친 거지만, 네가 미치지 않은 거면 세상이 미친 게 되는 거지. 그건 세상이 파멸한다는 징조고. 어때, 슬퍼? 괴로워?"

친구가 어깨를 잡으려 하기에 그는 몸서리를 치며 물러섰다.

"슬프면 슬픔을 즐겨. 괴로우면 괴로움을 즐겨. 어차피 세상은 파멸하니까 말이야."

친구는 손등의 구멍을 통해 그를 노려보았다. 친구의 눈동자는…… 아니, 그건 친구가 아니었다. 다른 사람이었다, 그가 알고 있는 다른 사람, 그가 기억하고 있는 '그 사람'.

"빅터……"

그가 중얼거리자 친구는, 아니 더이상 친구가 아닌 그 괴물은 고개를 흔들었다.

"아니, 나는 스캇이야."

친구의 모습을 한 '유령'은 말했다.

그는 기절했다.

5

"스캇, 오랜만에 만나니 반갑군요. 식사라도 근사하게 하면 좋을 테지만 그럴 시간은 없군요. 설명부터 해야겠어요. 내가 어떻게 당신과 에이프릴을 구해냈는지 말이에요. 에이프릴, 머리카락 만지지 마. 귀찮아…… 귀찮다니까! 지금 장난칠 때가 아냐. 한시가 급해. 어서 일을 해결하지 못하면 우린 죽을지도 몰라…… 그래, 농담이 아냐. 죽을지도 몰라. 나, 너, 그리고 스캇, 우리 셋의 목숨이 달려 있는 일이란 말이야. 낭비할 시간 없어.

그 의자에 앉으세요. 바닥 더럽히지 않으려고 애쓸 필요 없어요. 이제 이 가게와는 안녕이니까. 어차피 내 가게도 아니고. 문 잠그고 나가면 끝인 곳이죠…… 에이프릴, 할 일이 없으면 가서 커피라도 끓여 오지 그래. 카페인하고 니코틴 없이는 5분도 버티지 못하는 여자가 웬일로 태평스럽군…… 그래, 잘 생각했어. 텔레비전 보면서 담배나 피우라고.

에이프릴이 갑자기 나타나서 구해준 거, 놀랐어요? 전 바빠서 가지 못했어요. 그래서 대신 에이프릴을 보냈죠. 에이프릴이 허공에서 갑자기 나타나서 홱 낚아챘다면서요. 역시 에이프릴답네요.

아, 어떻게 그게 가능했는지를 말해야죠. 에이프릴이 어떻게 빅터의 손에서 벗어났는지는 말했나요? 『에비터젠의 유령』이란 책을 통해서 벗어났다는 이야기요…… 해줬으면 이제 제 이야기만 들으면 수수께끼가 풀리겠군요. 런던에서 내가 제일 먼저 붙잡히고, 그리고 에이프릴이 붙잡혔죠. 빅터는 마지막으로 당신의 기억을 뺏으려 했고요. 당신이 계속해서 도망치다가 붙잡히는 순간 에이프릴이 도와준 것이고요. 그 에이프릴은 내가 구해줬고, 이제 내가 어떻게 빅터에게서 도망쳤는지만 알면 되는 거죠.

그 전에 해야 할 이야기가 있어요. 우리는 아주 위급한 상황에 있어요. 나도 에이프릴도 빅터에게서 벗어났지만, 그렇다고 우리가 유리한 상황인 건 아니에요. 오히려 더 위험한 상황이에요. 위기에 몰린 빅터가 더 극단적으로 행동하고 있거든요, 아주 극단적으로. 내 생각에, 빅터는 지금 세상을 다 없애려 하는 것 같아요. 왜 그러는지는 모르겠어요. 원래의 목표가 세상을 없애는 것이었는지 아니면 우리가 탈출한 것에 다급함을 느끼고 그러는 건지 모르겠지만, 아무튼 그 사람은 세상을 멸망시키려고 하고 있어요.

뭐라고 에이프릴? ……아니야, 내 생각이 맞아, 내 생각이 맞다니까. 빅터의 목표는 세계 멸망이야. 세계를 없애는 거야. 정말이야. 왜인지는 나도 몰라. 하지만 지금 그는 그걸 위해 계획을 세우고 있을 거야. 아니면 벌써 행동으로 옮겼을지 모르고. 그러니까 우리도 빨리 움직여야 해…… 지금은 그걸 일일이 설명할 때가 아니라니까. 그러니 일단 내 이야기부터 들어봐. 젠장! 저리 가! 머리카락에 재 떨어지잖아! 도대체 언제부터 천덕꾸러기가 된 거야? 나이 먹었으면 숙녀답게 굴어봐.

빅터를 죽일까도 생각해봤어요. 하지만 지금은 힘이 모자라요. 빅터는 세계를 움직이고 있고, 우리 셋으로는 상대할 수 없어요. 에이프릴이 빅터를 물리치고 스캇을 멋지게 구해내긴 했지만, 만약 그 상태에서 빅터에게 덤볐다면 어떻게 됐을지는 저로서도 장담할 수 없어요. 아무튼 스캇, 이제 우리는 바쁘게 움직여야 돼요. 힘든 일이 계속될 거예요. 위험도 계속 겪을 거고. 그러니 앞으로도 계속 빅터를 경계해야하고…… 그 모든 걸 위해서 내가 어떻게 빅터에게서 벗어났는지를 말해줄게요. 그러면 이야기가 명확해질 테니까. 숨 좀 돌리고, 이 차 드세요. 에이프릴도 홍차 한잔 하지 그래. 그래, 동생이 타준 홍차보다 담배가 더 좋다면야 나도 말리진 않겠어.

아무튼 이야기를 시작하죠. 빅터에게 기억을 빼앗기고, 나는 정신을 잃었다가 웬 박물관에서 정신을 차렸어요……"

6

"전혀 새로운 세상이었어요.

천 년이나 만 년 후라고 말해도 믿었을 거예요. 완전히 다른 세상이었으니까.

박물관이었다는 말은 했죠. 낡은 박물관의 중앙 홀. 입구가 있고, 전시실이 보이고, 로비로 통하는 복도가 있는 홀이었죠.

하지만 입구는 닫혀 있고 복도는 텅 비어 있었어요. 전시실도 달랐어요. 전시실엔…… 아니, 차례대로 설명하는 것이 좋겠군요. 가장 먼저 눈에 들어온 건 비물질화한 물질들이었어요…… 아, 알아요. 비물질화한 물질이 뭔지 물어보려는 거죠? 그걸 보지 않았으니 자세히 설명해주지 않는다면 절대 이해할 수 없을 거예요. 하지만 저로서도 어떻게 설명해야 할지는 모르겠어요. 인간의 논리를 벗어난 것이거든요. 이성으로 설명할 수 없는 것을 말로 표현한다니, 그건 모순이지만…… 그래도 해야 하니 어쩌겠어요. 그건 말 그대로예요. 물질이 비물질화한 거죠. 언뜻 보기엔 희고 투명하고 반짝이는 액체처럼 보여요. 하지만 다른 한 순간에는 기체처럼 보이기도 하고 고체처럼 보이기도 하죠. 그 안에는 온갖 물건들이 다 섞여 있는 것 같으면서도, 막상 자세히 보면 아무것도 없어요. 무슨 형체가 있을 것 같은데 자세히 보면 없는 거죠. 박물관의 닫힌 창문 너머를 가득 메우고 있었어요. 그러니까 세상을 완전히 뒤덮고 있었던 거예요. 적어도 제 시력으로는 그것의 끝을 볼 수가 없었거든요. 지구에 있던 모든 물질이 정체를 알 수 없는 용매에 녹아서 하나로 뒤섞여버린 거죠. 박물관만을 제외하고 말이에요.

그래서 나는 밖으로 나갈 궁리를 하는 것보다는 그곳이 어떤 곳인지를 파악하는 것이 더 중요하다고 생각했죠.

전시실에서 가장 먼저 눈에 들어온 것은 고래의 박제였어요. 포유동물 중 가장 큰 그 동물의 박제가 유리관에 있었어요. 놀랍게도 살아 있었죠. 말라비틀어진 몸의 다른 부분과 달리 눈동자는 아직 살아서 움직이고 있었거든요. 시야에 다 들어오지 않을 만큼 큰 그 동물이, 포르말린에 절어 죽어가는 것이 억울하다는 듯 다른 박제를 노려보고 있었어요.

그것은 맞은편의 높은 얼음 조각을 보고 있었어요.

그 안에는 유니콘이 있었고…… 신화의 동물이 어떻게 얼음 속에 있었는지 그 이유는 묻지 마세요. 나도 모르니까요. 힘찬 다리, 아름다운 갈기, 흰 몸뚱이…… 그 모든 것이 얼음을 입은 채 싸늘히 굳어 있었죠. 하지만 여전히 살아 있는 것 같았어요. 그 뿔이 간간이 빛났거든요.

그 빛이 유난히 밝게 느껴진 순간이었어요, 박물관의 벽을 뚫고 식물들이 자라났어요. 줄기를 꿈틀거리며 먹이를 찾는 거대한 식충식물들이요. 네펜데스나 파리지옥풀 같은 식충식물이 커진 것 같은 식물이었어요. 식인식물이라고 해도 믿어질 것처럼 거대하고 기분 나쁜 것들이었죠.

어디선가 거대한 숨소리가 들렸어요. 고개를 돌려보니 박물관 입구에서 거대한 용이 커다랗게 숨을 들이쉬었다가 깊은 한숨을 내쉬더군요…… 누군가 연설을 하는 소리가 들렸어요. 고개를 돌렸더니 전시실의 가운데에서 로마 황제가 연설을 시작했어요. 군중들은 환호성을 지르고…… 누군가 시를 읊었어요…… 그건 셰익스피어의 소네트였어요. 소네트와 연설이 뒤섞이고…… 환호성이 이어지고…… 굉음과 폭죽 소리가 이어졌어요…….

고개를 들었어요. 전시실의 천장에 우주가 펼쳐졌어요…… 불타는 화성이 우주를 가로질렀죠…… 지구도 불타고 있었어요. 달은 없었어요. 달이 지구에서 아직 떨어져나오지 않았던, 정말 오래 전이었던 거죠. 태양은 어리고 우주는 검은색과 보라색과 청녹색 잉크와 비슷했어요…… 은하수의 중간에서 한 무리의 별이 태어났어요…… 혜성이 이동하고, 적색거성은 타오르기 시작하고, 백색왜성은 차갑게 죽어갔죠…… 우주는 무한한데, 그 무한한 우주가 전시실의 천장에 있었어요.

굉음이 들렸어요. 혜성이 지구에 부딪히면서 달이 떨어져나온 거예요. 일그러진 돌덩이는 둥글게 모양을 찾아 달이 되고, 질량이 뜯겨나간 깊고 검은 지구의 얼룩은 태평양이 되어 태양을 마주보고…….

금성은 불타고, 토성은 새로운 고리를 만들고, 천왕성은 조용히 자전축을 눕히고, 태양은 힘차게 빛을 내뿜었다가…… 그 모든 것이 조용히 사라졌어요.

유니콘의 뿔은 빛을 잃고, 식충식물들도 잎사귀를 닫았어요. 고래의 눈동자도 다시 감기고…….

그리고 안개가 피어올랐어요…….

안개 너머로 갑자기 누군가 주머니에 돌을 넣은 채 호숫가에 뛰어들었어요…… 그리고 누군가 나무에서 떨어진 사과에 어깨를 얻어맞고 잠을 깼어요…… 그리고 누군가 엽총으로 자신의 머리를 쏘고…… 누군가 강물을 마시고 불사신이 되고…….

인류가 겪은 두 번의 세계대전이 안개 너머로 지나갔죠…… 종교재판, 마녀사냥, 홀로코스트, 살인과 죽음의 역사가…….

그리고 온갖 환상이 스쳐갔어요. 그리스 신화의 신들과 헤라클레스가 죽인 수많은 괴물과, 용과 난쟁이와 공룡과 공작새와 하이에나와 호랑이와…….

그리고 인류가 남긴 거대한 것들, 시드니의 오페라 하우스, 빅벨, 빅애플, 마야, 아틀란티스, 피라미드…… 그런 것들이 안개 너머로 지나갔어요.

그리고 안개 너머에서 누군가가 다가왔어요.

그와 나 사이에는 호수가 있었는데, 그 잔잔한 표면으로 안개가 사라지고 있었어요. 그 동안 태양계가 천장을 채우고 다시 사라지고, 기타 수많은 것이 사라지고 다시 돌아왔어요.

꿈과 몽상이 제멋대로 박물관을 무대 삼아 춤추는 동안 그는 천천히 걸어왔죠.

그의 옷자락이 검은 관을 스쳤어요. 그의 머리 위에서 지구가 태양을 돌고 있었지요. 그는 유니콘이 갇힌 얼음을 돌아서 천천히 다가왔는데…… 그의 발 아래 땅이 잠시 진흙탕으로 변했다가, 호수의 표면으로 변했어요. 하지만 그는 개의치 않더군요.

그는 허리 높이까지 쌓인 만년설을 손가락으로 쓰다듬었어요.

그의 등 뒤에서 운석이 지구를 두들기던 날의 먼지와 열기가 피어올랐지만 그는 여전히 동요하지 않았어요.

그와 우리 사이에 석탄기의 습기 찬 공기가 내려앉았지만 그래도 개의치 않고 천천히 내게 다가왔어요.

이제 우리는 맨하탄의 하늘 밑에 있었어요.

이제 우리는 전신주의 전깃줄이 하늘을 뒤덮은 일본의 어느 대도시 밑에 있었어요.

이제 우리는 네트의 바다 위에 있었어요.

이제 그와 나는 박물관의 바닥을 디디고 서로를 마주보고 있었어요…….

나는 말을 꺼내고 싶었지만 아무것도 기억이 나질 않았어요. 사실 공포에 질리기 직전이었지요. 내가 누구인지 왜 여기에 있는 건지 생각이 나질 않아서요.

그래요, 전 기억이 없는 상태였어요. 기억은 백지 상태였어요. 이름은 뭔지 뭘 하던 사람인지조차 기억나지 않았고, 죽은 건지 산 건지조차 알 수 없었죠. 나는 아무 기억도 주어지지 않은 상태에서, 설명 불가능한 것들로만 가득한 그곳에 떨어져 있었던 거예요.

나는 왜 그런지 의문을 가질 수조차 없었어요. 아무것도 판단할 수 없었어요. 아무것도 생각할 수 없었고, 아무것도 느낄 수 없었어요.

난 그냥 볼 뿐이었죠. 그 박물관을요.

아무것도 모른 채, 어리둥절한 눈으로 모든 것을 볼 뿐이었죠.

그는 조용히 나를 보았어요.

그는 자신을 '관리인'이라고 소개하더군요…….”

7

"저는 관리인입니다. 저는 로봇입니다. 지구에서 일만 광년 떨어진 별이 제 고향입니다. 인간처럼 지성을 가진 존재가 살고 있죠. 저는 그들이 만든 로봇입니다. 우주의 끝에서 끝까지 관찰하던 그들은 지구에서 인간들이 지금까지 알려지지 않은 종류의 파멸을 겪고 있는 것을 알고 저를 보냈습니다.

저는 이곳에 도착해서 물질과 비물질의 경계에 있는 정체불명의 어떤 것에 의해 뒤죽박죽이 되어버린 지구를 보았습니다. 저는 그것에 '환상 전해질'이라는 이름을 붙이고 지구를 관리해나갔습니다. '환상 전해질'이 비교적 안정적으로 물질화되어 있는 이곳을 '환상 박물관'이라 명명하고, 이곳에서 지금까지 머물면서 '환상 전해질'을 관리해온 거죠.

지구가 태양의 주위를 사백 번 도는 동안 이 박물관에는 손님이 없었습니다. 지구의 어떤 것도 환상 전해질 상태를 벗어나지 못했습니다. 환상 전해질은 강력했고 지구의 물질들을 그것에서 벗어나게 할 방법은 없었습니다. 때문에 어떤 인간도 환상 전해질을 빠져나오지 못했습니다. 적어도 제가 관찰한 바로는.

그런데 어제 당신이 이곳에 나타난 것입니다. 당신이 누구인지 모르겠습니다. 당신은 저에게 당신의 이름을 알아낼 수 있느냐고 물었죠. 이름은 인간들이 언어를 통해 서로를 칭하던 기호더군요. 하지만 단순한 기호 이상의 의미를 지닐 때도 있다고 들었습니다. 인간은 논리에 기초한 존재였지만 때로는 논리를 넘어서는 행동양식을 보여왔습니다. 이름에 기호 이상의 의미를 붙이는 것도 그런 행동 중 하나겠죠.

저도 당신의 이름을 알았으면 합니다. 하지만 이름을 알 방법이 없군요. 지구에는 오십억이 넘는 사람들이 있었고, 존재했던 인구를 모두 합치면 천억이 넘어갑니다. 그중 한 명의 이름을 알기란 쉽지 않죠. 당신 자신조차 그걸 알지 못하니 더욱 그렇고요.

이름을 알기 전에 우리가 알아야 할 것은, 당신이 어떻게 환상 전해질을 벗어났는가 하는 것입니다. 어째서 아무도 해내지 못한 일을 당신은 해낸 것일까요? 혹시, 당신을 시작으로 사람들이 환상 전해질을 차례차례 벗어나는 것일까요? 만약 그렇다면 어떤 변화가 그런 결과를 만들어낸 걸까요? 제가 환상 전해질을 지켜보는 동안은 아무 변화도 느낀 적이 없었습니다.

사실 저로서는 환상 전해질이 무엇인지조차도 파악하지 못한 상태입니다. 그건 물질도 아니고, 그렇다고 비물질도 아니며, 논리를 뛰어넘는 개념의 어떤 것이죠. 당신들이 흔히 말했던 '블랙홀'의 '사건의 지평선 너머'의 상태가 지구에서 일어나고 있는 것입니다.

그렇다면 그런 일은 왜 일어났을까요? 저는 환상 전해질을 반복해서 살펴보던 중, 환상 전해질의 일부분은 지구가 환상 전해질에 뒤덮이던 날의 정보를 간직하고 있다는 사실을 깨달았습니다. 그래서 저는 그런 환상 전해질 중 중요하다고 생각되는 것을 골라 박물관의 구석에 모아두었습니다. 그리고 '극단적인 환상'이라고 이름 붙였죠. 저곳이 그 '극단적인 환상'을 모아놓은 방의 입구입니다.

이제 저는 당신과 함께 저곳으로 들어가보겠습니다. 저는 당신이, 환상 전해질이 세상을 뒤덮던 날 살아 있던 오십억의 사람들 중 한 명이었으면 합니다. 그리고 그 광경을 되짚어보고 생각나는 것이 있었으면 합니다. 그것이 제가 현재 할 수 있는 유일한 일입니다. 한편으로는 합리적인 일이기도 합니다. 그것을 통해 당신이 누구인지, 당신의 이름이 무엇인지 알아낼 수 있을지도 모르니까요.

자, 이제 저를 따라오세요. 극단적인 환상으로 안내해드리겠습니다."

8

(고속도로.

엎드린 남자.

배 밑으로 깔린 왼팔, 비틀린 허리, 편안한 자세는 아니다. 움직일 힘이 있다면 훨씬 편한 자세로 고쳐 누울 수 있을 것이다. 하지만 남자는 그러지 않고 있다.

왜? 더 다가가 보자.

이제 머리의 일부가 부서진 모습이 보인다. 오른쪽 관자놀이에 흉측한 구멍이 있다. 그곳에서 흘러나온 피가 도로에 흐른다. 붉은 점, 점, 점, 선. 세월의 풍파가 지운 중앙선을 남자의 헤모글로빈이 이어놓았다.

피의 일부분은 남자가 오른손에 쥐고 있는 총에도 묻어 있다.

관리인과 손님은 남자에게 다가간다. 다가가는 동안, 이제는 시체로 변한 남자가 내동댕이친 것이 분명한 자동차 한 대를 본다. 이쯤 되면 누구나 추측할 수 있을 것이다. 남자는 차를 타고 왔다가 고속도로 한

가운데에서 멈췄고 몇 발짝 걸어나와 관자놀이에 총을 쏘았다.

관리인과 손님은 남자에게서 한 걸음 물러선다. 시체와 피에 집중해야 했던 압박감에서 벗어나자 경치가 눈에 들어온다. 높은 하늘과 낮은 땅, 하늘로 다가가고 싶지만 중력을 이길 수 없음이 서운한 듯 위로 부푼 산과 사막.

사막, 시선이 닿는 한쪽 끝에서 다른 쪽 끝까지. 이곳에서 인공적인 것이라고는 자연이 만든 무한한 지평선을 수직으로 이등분하는 오만한 고속도로뿐이다. 그리고 차와 시체와 권총과 아직도 따뜻한 헤모글로빈과…….

관리인과 손님은 한 걸음 더 다가간다.

관리인과 손님은 네 걸음 더 다가가 남자의 자동차를 만져본다.

먼지와 빗방울 자국이 얼룩져 있다. 사막에는 비가 오지 않는다. 이 빗방울 자국은 그가 사막이 아닌 곳에서 출발했다는 증거가 될 수 있을 것이다. 먼지는 여행이 길었다는 증거일 것이고.

하지만 '왜'인지는 아직 모른다. 남자는 방금 자살했다. 도대체 왜?

관리인과 손님은 다시 남자를 본다. 지푸라기가 차 있는 허수아비처럼 힘없이 꺾인 남자의 몸을. 관리인은 손으로 공중을 휘젓는다. 세상이 그의 동작을 따라 잠시 일그러졌다가 요동치기 시작한다. 연못물을 손으로 휘저으면 파장이 생기듯. 세면대에 받아놓은 물을 손으로 저으면 천천히 회전하는 것과 유사한 모습으로 세상이 움직인다.

털썩, 남자가 바닥에 쓰러지는 소리가 역으로 재생된다.

남자가 일어난다. 도로의 피가 천천히 아스팔트에서 떨어져 나와 남자의 머리를 향해 역류한다.

거꾸로, 거꾸로.

남자가 직립하고, 피와 살점이 남자의 몸에 다시 자리잡는다.

거꾸로, 거꾸로.

손에 쥔 권총이 관자놀이에 닿고, 총은 머리를 으스러뜨린 총알을 흡수한 후 다시 허리춤에 떨어진다. 뺨과 신발에 떨어진 눈물은 하늘로 솟아올랐다가 그의 눈동자 안으로 사라진다. 남자는 후들후들 떨면서 뒤로 걷고, 그렇게 거꾸로 천천히 차에 다가간다. 그의 손이 총의 안전장치를 다시 조이고 소매에 묻은 눈물이 뺨에 옮겨졌다가 다시 눈동자 안으로 들어가고, 그가 마지막으로 들이쉰 숨들이 다시 세상에 풀려나온다. 이제 남자는 자동차 문을 열고 안으로 들어간다.

관리인과 손님은 차를 향해 다가간다. 거꾸로 움직이는 세상에서 그들의 정상적인 움직임은 다소 야릇하게 보인다. 그들과 세상의 움직임이 부딪히면서 주변의 세상은 조금씩 일그러진다. 그건 바람이 세게 부는 날 전파에 섞인 노이즈 때문에 흔들리는 텔레비전의 화면과 비슷하다.

남자는 권총을 옆 좌석에 내려놓고 운전대를 붙잡는다.

그리고 한동안 숨을 내쉬면서 눈물이 그렁그렁한 눈으로 사막을 본다. 차 안을 맴돌던 흐느낌이 그의 입으로 빨려들어간다.

남자가 울먹이는 시간은 한참이다. 그는 자살 직전까지 망설이고 망설였던 것이다. 슬픔이 용기로 변하고, 용기가 살고 싶다는 욕망과 죽음의 공포를 이기고, 결국 분노가 이성을 제압해서 총구를 머리에 대기까지의 시간은 길었던 것이다. 관리인과 손님은 그가 권총을 집어들고 차에서 나오는 순간이, 그의 우울증이 이성을 내리누르는 순간이었다는 것을 뒤늦게 깨닫는다.

자동차에 시동이 다시 걸린다. 차는 우당탕 소리를 흡수하면서 빠르게 도로 위로 돌아간다. 차는 고속도로를 거슬러 오른다.

되감기는 순간들, 그건 폭풍의 에너지다. 그는 사고로 죽길 원했던 것처럼 차를 몰았다. 차는 중앙선을 무시하고 작용과 반작용을 신경 쓰지 않은 채, '움직이는 물체는 계속해서 움직이려고 한다'는 명제를 그대로 받아들인 채 미친 듯이 고속도로를 휘저었다. 내리막길을 질주하던 차는 오르막길 역시 굉음을 쏟아내며 내려간다. 관리인과 손님은 사막 멀리까지 메아리친 굉음을 눈으로 확인하며 천천히 차를 뒤쫓는다.

자동차는 갑자기 멈춘다. 바퀴가 제자리에서 헛돌면서 공기중의 먼지를 아스팔트 위에 눌러 붙인다. 남자의 표정이 분노에서 공포로, 공포에서 갈등으로 변한다. 남자는 옆 좌석의 총을 집어서 뒷좌석으로 던졌다가 백미러로 한참이나 총을 바라본다. 이마의 땀. 운전대를 붙잡은 손은 덜덜 떨린다. 남자의 표정은 차츰 가라앉았다가 갑자기 일그러지더니 뒷좌석의 총을 손에 잡은 다음 다시 옆 좌석에 천천히 내려놓는다.

그의 눈동자는 불안으로 미친 듯이 흔들린다. 입은 소리없이 움직이기만 한다. 그는 백미러에 매달아놓은 목걸이를 손으로 꽉 쥐었다가 신음 소리를 삼키며 다시 놓고, 몇 개의 단어를 토하듯 내뱉는다.

빅터…….

다시 타이어가 터질 듯한 마찰음이 자동차로 빨려들어가고, 자동차는 뒤로 질주한다.

그리고 관리인과 손님은 그를 따라간다.

관리인이 역순으로 재생한 장면들은 차례대로 정리해서 말할 수 없으니 그들이 본 순서대로 따라가보자. 사막의 고속도로에서 미쳐 있던 그는 도시 외곽을 빠져나올 때만 해도 얌전했다. 그는 길거리의 행상에게서 도넛을 사서 삼키듯 먹어치웠다. 그는 차를 뒤로 몰고 몰아서 모텔에 들러 생수 한 병을 사서 역시 삼키듯이 마시고는 남은 것을 도로변에 내던졌다. 그뿐이었다. 그런 행동 정도가 광적으로 보였을 뿐 그는 미쳐 있지 않았다. 오히려 우울하고 슬퍼 보였다. 그는 주유소에 들러 기름을 넣으려다가 길게 늘어선 자동차를 보고는 그냥 나왔다. 그는 갑자기 끼어든 트럭 때문에 거의 사고를 낼 뻔했지만 트럭 운전사에게 화를 내지 않았다. 그는 뒤로 몰던 차를 잠시 멈추고는 남색과 검정색과 네온사인 색의 도시를 구경하기도 했다. 그는 해질 무렵 도시의 공원 근처에 차를 세우고 해가 주황색으로 부풀어오르면서 호수 밑으로 가라앉는 모습을, 주황색의 단말마가 연못물과 조용한 오리들과 부모를 따라나온 아이들의 머리카락을 움켜쥐었다가 다시 놓는 모습을 물끄러미 바라보았다. 그는 다시 차를 뒤로 몰아 천천히 도시 중심부로 들어갔고, 중심부를 한 바퀴 돈 다음 외곽 지역으로 차를 몰아 슬럼가에 도착했다. 그리고 자동차에서 뒤로 걸어나와 뒤로 걷고 다시 걸어서 낡아서 무너지기 직전의 모텔로 들어갔다. 그것이 전부였다. 중간에 총을 의자 밑에 숨겼다가 주머니 안에 넣었다가 한다든지, 운전대를 주먹으로 내려친다든지 하는 일은 몇 번 있었지만, 모두 사소한 동작들이었다. 그 동안 관리인과 손님이 그에게서 들은 말이라곤 한숨과 슬픈 얼굴과, 그가 마지막으로 내뱉은 단어 하나였다.

빅터.

누구의 이름일까…… 모른다.

무엇이 그를 미치게 했을까. 역시 모른다.

관리인과 손님은 노이즈 섞인 남자의 움직임을 관찰하며 조용히 뒤를 따른다.

남자는 뒤로 걷고 또 걷는다.

사람들도 뒤로 걷고, 차는 뒤로 움직이고, 새도 뒤로 날아간다.

그래서일까, 시간 역시 거꾸로 흐른다.

남자는 모텔을 느린 걸음으로 들어간다. 낡은 계단을 느린 걸음으로 밟아 올라간다. 그가 한 걸음씩 걸음을 되짚어갈 때마다 계단은 삐걱 소리를 자신에게서 남자의 신발로 밀어넣는다. 먼지는 그의 손에서 떨어져나와 왁스가 벗겨진 난간의 표면에 내려앉는다. 그는 주머니에서 목걸이를 꺼내 들여다보다가 다시 주머니에 집어넣는다.

그들은 남자를 따라 2층으로, 다시 3층으로 올라간다. 남자는 카펫을 뒤로 밟고 벽을 거꾸로 쓰다듬으면서 여전히 걷는다. 이제 그는 어느 방의 문 앞에 힘없이 서 있다. 마치 헤어지기 싫은 사람의 손이라도 되는 것처럼 손잡이를 꼭 붙잡고 있다. 그는 고민하고 다시 고민한다. 그는 천천히 손잡이를 놓는다. 그는 숨을 길게 들이쉬고는 뒤로 돌아선 다음 다시 손잡이를 움켜쥐고 뒤로 걸어 방으로 들어간다. 관리인과 손님은 그를 따라가 천천히 문을 연다.

남자는 침대에 앉아 머리를 감싸쥐고 있다.

그건 누구의 이름일까.

바닥엔 책이 한 권 놓여 있다.

가끔 남자의 등이 들썩인다.

갑자기 책이 공중에 치솟았다가, 바닥에 부딪혔다가, 남자의 손으로 날아간다.

남자는 책을 품에 안은 채 눈을 감는다.

남자는 머리를 감싸쥐고…….

손님은 책을 유심히 들여다본다…….
손님의 눈동자가 커진다.
손님은 무언가를 깨달았다.)

"에비터젠의 유령……."

(손님은 중얼거린다.)

9

"책을 보는 순간 깨달았어요. 내가 그 책을 알고 있다는 걸요.

나는 책을 들고 환상에서 빠져나왔죠. 관리인이라는 사람은 의아해 했지만 방해하진 않았어요. 의문을 푸는 열쇠가 되리라고 생각했나 봐요. 하지만 일이 그런 식으로 해결될지는 아마 몰랐을 거예요.

책을 집어드는 동안에도 그 남자는 고뇌하더군요. 고민하고 고민하고, 그러다 결국 분을 이기지 못해 밖으로 뛰쳐나가 도시를 질주하고 사막을 질주하다 총으로 머리를 쏘겠죠…….

나는 관리인을 따라 극단적인 환상을 빠져나왔어요. 박물관은 여전히 부산스러웠어요. 식충식물의 덩굴을 지나, 유니콘의 얼음을 지나 박물관의 로비로 들어섰죠. 그곳에는 낡은 의자가 있었고, 난 그곳에 앉았어요. 그리고 『에비터젠의 유령』을 읽었죠.

그 동안 관리인은 박물관의 벽에 걸린 그림을 보았어요. 마치 그 그림 안에 '환상 전해질'이라고 이름 붙인 그 투명한 것들이 무엇인지 설명해줄 힌트라도 있는 것처럼 말이에요. 왜 그랬는지는 모르겠어요.

어쨌든 그건 아무 소용없는 일이었어요. 모든 비밀은『에비터젠의 유령』안에 있었으니까.

그래요. 그건『에비터젠의 유령』이었어요. 우리의 세상을 이루고 있는, 세계의 소재가 되고 있는 그 책이었죠. 그 책 중 빅터가 가지고 있던 부분들이었어요.

빅터의『에비터젠의 유령』은 완전한 버전이 아니에요. 아시다시피『에비터젠의 유령』은 나, 당신, 에이프릴, 빅터, 로비 다섯 명의 기억으로 이루어져 있죠. 그중 빅터가 나와 에이프릴에게서 뺏은 기억이 빅터의『에비터젠의 유령』이에요. 아직 완성하지 못한 상태였던 거죠. 그 책을 통해 세 사람의 기억을 알 수 있었어요.

내 기억을 읽으면서는 잃어버린 기억을 하나씩 되찾을 수 있게 된 거죠. 내가 누구인지, 이름은 뭔지, 이곳에 어떻게 오게 됐는지를…….

에이프릴의 기억을 읽으면서는 사건의 전후 배경을 알 수 있었죠. 에이프릴의 입장에서 사건을 보고 있으니 그것이 어떻게 돌아갔는지, 왜 빅터가 나를 붙잡고 에이프릴을 붙잡으려 했는지를 알 수 있었죠. 에이프릴과 나의 관계, 런던에서 일어난 일들, 우리가 알고 있는 것과 모르고 있는 것, 가지지 못한 힘들, 스캇과의 일들…….

그리고 빅터의 기억을 읽었어요…… 아, 고통스러웠어요. 빅터의 기억을 읽는 동안 깨달은 것들은 충격적이었거든요.

『에비터젠의 유령』의 내용을 이야기해야겠어요.『에비터젠의 유령』은 소설이에요. 작가인 로비가 창조한 새로운 세상이 존재하는 소설인 셈이죠. 스캇, 빅터, 에이프릴, 그리고 나, 이 넷의 이야기가 소설의 전체를 이루고 있고, 그래서 우리의 기억을 모두 모으면 소설 속의 세상을 넘나들 힘이 생기는 거죠.

문제는 빅터가 어느날 이 사실을 알았다는 거죠. 어떻게인지는 모르겠지만 그는 자기 자신이 실존하는 인간이 아니라, 『에비터젠의 유령』속에 존재하는 유령이라는 걸 깨달았던 거죠. 그리고 사람이 되려면 『에비터젠의 유령』을 완전하게 알아야 한다는 사실까지 알았어요. 그래서 어떻게 알아냈는지는 모르지만 유령의 도시들을 넘나드는 방법도 알아냈어요. 그래서 우리 셋을 지겹게 찾아다닌 거죠.

그래요. 제가 여기에 있을 수 있게 된 것도 비슷한 원리예요. 그걸알게 된 저 역시, 그러니까 빅터 버전의 『에비터젠의 유령』을 읽고 그기억을 얻게 된 저 역시 유령의 도시를 조종하는 능력을 얻게 된 거예요. 그래서 에이프릴을 구할 수 있었고, 에이프릴은 스캇을 구할 수 있었고요.

하지만 이런 일들이 도대체 무엇에서 시작된 건지는 모르겠어요. 어떻게 자신이 유령이라는 것을 깨달은 걸까요? 어떻게 유령의 도시를 이동하는 능력을 갖게 됐을까요? 그것을 위해 필요한 기억은 어디에서 얻었을까요? 그것 말고도 수수께끼는 지천에 널려 있어요. 환상 속에서 본 빅터, 사막 한가운데서 자살을 한 빅터는 왜 그랬던 걸까요? 그 빅터는 어느 세상의 빅터일까요?

그걸 알 수 있다면 좋을 텐데, 그 책에는 없었어요. 빅터가 갖고 있는 버전의 '에비터젠의 유령'은 서론과 결론이 없어요. '왜 그렇게 됐는지'와 '앞으로 어떻게 될지'가 없는 거죠…… '극단적인 환상'들 속에 뭔가 힌트가 있었을 텐데. 하지만 그 이상을 살펴볼 순 없었어요. 너무나 거대한 사실이 저를 놀라게 했거든요.

그게 뭐였냐면…… 모든 정보가 조합되고 나니까, 그러니까 책의 정보를 모두 받아들이고 나니까, 그래서 저의 자아를 찾고 기억을 찾고 보니까 박물관이 다르게 보이기 시작했어요.

나는 책을 덮고 로비의 소파에서 일어났죠. 그리고 주변을 보았어요. 고래와 얼음 속의 유니콘과 식충식물과 천장의 우주와 안개 속에서 끝도 없이 반복되는 인류의 역사를 보았어요. 그것의 정체를 알 수 있었어요.

낡은 박물관과 말도 안 되는 환상이 가득한 전시실과, 박물관을 둘러싸고 있는 정체불명의 투명한 액체의 바다와 관리인이라는 사람, 그 모든 것의 정체를 알 수 있었어요.

그곳은 낡은 박물관이 아니었죠.

그곳은 지구도 아니었어요. 당연한 일이죠. 지구라니, 그것도 사백 년 후의 지구라니, 그건 말이 안 되는 일이었죠.

관리인은 자기가 외계에서 온 로봇이라고 했죠. 그것도 역시 말이 안 되는 일이었어요. 그는 로봇도 아니고 인간도 아니었어요.

그곳은 세계가 아니었어요. 내가 있는 곳은 빅터의 머릿속이었어요! 당연했죠. 난 빅터에게 기억을 뺏겼으니까, 빅터가 상상하고 있는 유령의 도시에 와 있었던 거예요! 그가 머릿속에서 상상하고 있는 유령의 도시 말이에요!

그래요, 그곳은 빅터가 상상하는 유령의 도시였어요. 그가 상상하고 있는 지구였죠. 그게 중요해요. 그는 모든 것이 파멸된, 모든 물질이 파멸해 환상으로 변해버린, 그런 일이 몇백 년간 계속되고 있는 그런 세상을 상상하고 있었어요.

내가 말했죠? 빅터가 원하는 것은 이 세상의 파멸이라고. 이게 내가 그렇게 생각하는 이유예요. 난 빅터가 상상하고 있는 세상을 봤어요.

그곳은 뒤죽박죽에 엉망진창인, 살아 있는 것은 아무것도 없는 미친 지옥이었어요. 지루하기 짝이 없는 박물관 하나만 남은, 말도 안 되는 연옥이었죠.

왜인지는 나도 몰라요. '유령'이 아닌, 존재하는 사람이 되고 싶다던 그가 왜 세계의 파멸을 목표로 삼고 있는 건지, 이유는 몰라요. 하지만 그렇게 하고 말 거라는 건 알죠.

그러기 위해선 무슨 일이든 저지를 거예요. 불행한 일이 있다면, 그가 무슨 일이든 저지를 거란 사실이 아니라 그가 어떤 방법을 사용해서 그 일을 저지를지 우리가 모른단 사실이죠. 그는 무슨 일을 하려 할까요? 우리를 죽이려 할까요? 우리의 기억을 빼앗아서 '에비터젠'으로 통합한 다음 에비터젠의 세상을 다 부수려는 걸까요? 아니면 로비를 죽이려는 걸까요? 아니면 로비를 협박해서 그렇게 하도록 하는 걸까요? 어떻게 할까요? 그걸 몰라요. 우리는 그를 막아야 하는데, 그가 어디에서 무슨 일을 저지를지 모르는 거죠.

벌써 시간이 꽤 지났군요. 이제 이야기는 다 끝났어요. 고민하는 일만 남았죠. 우리에게 행운이 있기를 기도하는 일만 남았어요…… 이 중요한 사실 하나만 말하면 말이에요.

자기가 외계에서 온 로봇이라고 소개한 그 관리인 말이에요. 그 사람에 관한 이야기예요.

나는 박물관의 정체를 알게 됐고, 관리인의 정체 역시 알게 됐어요. 나는 관리인에게 다가가 그를 불렀어요. 관리인은 고개를 돌렸는데…… 아니, 이 사실을 말하기 전에 스캇에게 묻고 싶은 것이 있어요. 스캇과 빅터는 무슨 관계죠? 뭔가 관계가 있어요, 그렇죠?

이런 말을 하는 이유는 그 관리인이 당신이었기 때문이에요. 그러니까, 빅터의 머릿속에 당신이 있었어요. 아무것도 모른 채, 자기가 누군지도 모른 채, 자기가 외계인이 만든 로봇이니 어쩌니 하며 박물관만 돌아다니고 있었죠. 스캇의 일부분이 그 속에 있는 건 분명 당신의 기억 일부분을 빅터가 갖고 있다는 뜻이에요. 하지만 어떻게 그럴 수 있죠? 둘은 우리 때문에 처음 만났던 거잖아요. 그리고 빅터에게 기억을 뺏기려는 찰나에 에이프릴이 구해줬으니 빅터가 당신 기억을 갖고 있을 리가 없잖아요. 하지만 내가 기억을 뺏기기 전부터 그는 당신을 알고 있었어요. 그건 두 사람이 오래 전에 만난 적이 있다는 뜻이에요.

어떻게 된 거예요? 두 사람은 무슨 관계죠? 당신이 우리에게 말하지 않은 무언가가 있는 건가요?"

"나도…… 몰라."
나는 대답했다.

(극단적인 환상 전해질)
10

그는 눈을 떴다. 책상에 엎드린 채 깜박 잠이 들었다. 그는 지친 몸을 일으켜 바닥에 누웠다. 편히 누우니 좋았다. 집에서 지내는 동안에는 잠을 제대로 이루지 못했다. 친구의 구멍 뚫린 손등과 기괴한 눈빛이, 에이프릴의 목소리가, 잭의 눈동자가, 빅터의 손에서 느껴진 차갑고 미끈거리는 느낌 때문에 아무것도 할 수 없었다.

그날, 친구인 줄 알았지만 친구가 아니었던 그와 만나고 난 후, 그는 누구에게도 속마음을 털어놓지 않았다. 세상은 그를 향해 무너지고 있었다. 아무도 믿어서는 안 되었다. 부모님은 안색이 좋지 않고 유난히 말이 없어진 그에게, 하루 종일 불을 켜놓고 어두운 곳에는 절대 있지 않으려 하며 잠도 잘 자지 않고 먹지도 않는 그에게, 도대체 무슨 일이냐고 꼬치꼬치 캐물었다. 그는 냉정하게 무시했다. 그의 부모도 언제 세상과 함께 파멸해버릴지 모르는 일이었다. 안 그래도 집을 떠나 안전한 곳으로 숨을 계획이었던 그는 일을 더 빨리 진행해야겠다고 마음먹었다. 그는 무작정 집을 나와 돌아다니다가, 눈에 보이는 고시원을 찾아 들어간 후 한 달치 방세를 지불하고 눌러앉았다.

부모님은 노발대발했다. 왜 갑자기 집을 나가려 하느냐, 요즘 왜 이상한 행동만 일삼느냐며 무시무시하게 화를 냈다. 그는 침묵했다. 그냥 집이 싫고 다른 곳에서 지금까지와는 다르게 글을 쓰고 싶다고만 했다. 그는 미친 것이 아니었다. 세상이 미친 것이었다. 그리고 세상이 그를 언제 집어삼킬지 모르는 일이었다.

나 자신을 보호하자, 세상에게서 나 자신을 보호하자. 나는 세상과 싸워야 한다. 나는 세상과 싸우는 정의의 기사 같은 거야. 그는 계속해서 되뇌었다. 부모님과 헤어지기 싫었고 차갑게 대하기도 싫었다. 하지만 스스로를 지키려면 어쩔 수가 없었다. 다 나 자신을 위해서야, 하고 그는 끝없이 다짐했다. 끝도 없이.

마지막으로 짐을 싸서 집을 나올 때 그는 뒤도 돌아보지 않았다. 집이 그를 집어삼킬 듯 노려보는 것 같아서였다. 어둠 속에 파묻혀 있던 눈들, 그 눈들이 다시 열려 그의 등을 노려보는 것 같았다.

그는 부모에게도 고시원의 위치와 전화번호를 엉뚱한 것으로 말했다. 이제 누구도, 부모조차도 그를 찾을 수 없을 것이다. 그는 핸드폰도 놓고 오려고 했다가 혹시나 하는 생각에 들고 왔다.

고시원에 도착해 문을 잠그고 방의 불을 끄자 그제야 안심이 되었다.

그는 대충 물건을 꺼내 정돈해놓고 책상에 엎드렸다.

이제 세상은 날 찾을 수 없을 것이다. 나는 토끼굴의 토끼처럼 꼭꼭 숨었으니까.

그는 깜박 잠이 들었다. 핸드폰이 울리는 소리에 깼고, 핸드폰을 속옷서랍에 넣은 후 다시 잠을 청했다.

11

  핸드폰의 폴더를 열어보니 벌써 열두시가 넘어 있었다. 잘 준비를 해야겠다. 화장실에 다녀왔다가 짐을 좀 더 정리하고 자야겠다. 그러고 보니 옷도 갈아입지 않았다. 저녁은 그냥 건너뛰자. 그는 문을 열고 복도 끝 화장실로 갔다.

  화장실에서 나오는데 주인 아주머니의 목소리가 들렸다. 그의 이름을 부르며 문을 두들기고 있었다. 어쩐 예감이 좋지 않아 화장실 안으로 몸을 숨겼다. 문틈 사이로 주인 아주머니와 두 명의 남자, 한 명의 여자가 보였다. 남자와 여자는 만난 적이 있는 사람들이다.

  "방에 있는 줄 알았는데 없네, 어쩌면 좋지? 이렇게 찾아왔는데. 방에 있으면서도 인터폰을 안 받는 줄 알았더니……"

  아주머니는 난처한 표정이었다. 셋 중 젊은 여자가 문을 열고 안을 들여다보더니 일행에게 말했다.

  "문은 열려 있어."

  젊은 남자의 머리도 안으로 들어갔다 나왔다.

“방금까지 있었나 봐.”

“그럼 화장실에 갔나?”

아주머니가 말하자, 일행은 그가 있는 쪽을 돌아보았다. 세 사람과 그의 눈이 문틈 사이에서 마주쳤다. 그는 화장실 문을 박차고 나와 계단을 내려갔다. 우당탕 쫓아오는 소리가 들렸다.

“거기 서요!”

남자가 소리질렀다. 이 목소리, 알고 있다. 맞다, 확실하다. 어떻게 찾았지? 이곳은 부모님도 모른다. 어떻게 알고 여기까지 왔지? 아무도 모르잖아, 아무도!

“거기 서!”

그는 계단을 뛰어내려갔다. 문을 열고 나가면 된다. 골목으로 뛰어서 큰길로 나가 택시를 타자. 이 시간쯤이면 총알택시가 있을 거야. 갈 수 있는 가장 먼 곳까지 가자. 그는 손잡이를 돌렸다. 어찌된 일인지 잠겨 있었다. 미친 듯이 흔들었지만 열리지 않았다. 그는 다시 2층으로 올라가다가 막 내려오던 일행과 마주쳤다.

“로비.”

가장 나이가 많아 보이는 남자가 말했다.

“잠깐 멈춰봐, 할 이야기가 있어.”

그는 복도를 달렸다. 복도가 막혀 있다는 건 그도 알고 있었지만 도망칠 곳이 없었다. 세 사람은 그의 뒤를 따라왔고, 그가 복도 끝에 서자 몇 미터 거리를 두고 걸음을 멈췄다.

“할 이야기가 있어.”

남자는 말했다.

“당신이 스캇?”

그는 남자에게 물었다. 남자는 고개를 끄덕였다.

"할 이야기가 있어, 지금……."

그는 젊은 여자에게 물었다.

"당신은 에이프릴?"

여자는 고개를 끄덕였다.

"이쪽은 잭이야."

여자는 젊은 남자를 소개했다. 그래, 잭, 알고 있어. 그는 속으로 중얼거렸다.

"빅터는?"

"빅터를 만났어요?"

잭이 되물었다.

"빅터를 만났어요? 그는 위험해요."

잭은 재차 말했지만 그는 대답하지 않았다.

"괴물들."

그는 내뱉었다.

"괴물들, 미친 유령들. 날 죽이려고? 파멸시키려고? 어림없어. 나는 모든 걸 버렸어. 더이상 무서운 게 없어. 아무리 쫓아와봤자 소용없어."

그는 소리지르고는 창문을 깼다. 채 깨지지 않은 유리조각 사이로 어깨를 밀어넣어 창밖으로 나왔다. 깨진 유리 조각에 긁힌 얼굴에서 피가 흘렀다. 그는 잠시 창틀에 매달렸다가 땅으로 뛰어내렸다. 오른쪽 발목이 아팠다. 피와 땀이 범벅이 된 이마를 문지르며 달렸다. 돌아보니 세 사람은 새처럼 사뿐히 창문에서 날아올라 바닥에 내려서고 있었다. 그는 더이상 뒤를 보지 않은 채 미친 듯이 뛰었고, 골목을 나와

224

다른 골목으로 들어갔을 때에는 세 사람의 발소리도, 그를 부르는 목소리도 들리지 않았다. 그는 어느 피시방 입구의 계단에 앉아 몸을 움츠렸다.

셋은 근처까지 쫓아왔다. 그는 숨을 죽였다. 셋이 부산스럽게 오가는 발소리와 말소리가 들렸다. 그들은 계속 그를 찾아다녔지만 피시방 입구까지는 오지 않았다.

그는 그들이 완전히 포기하고 돌아가기를 기다렸다.

"젠장, 놓쳤군."

스캇이 중얼거리는 소리가 이상하게도 그의 귀에 크게 들려왔다.

12

골목에서는 더이상 세 사람의 목소리가 들리지 않았다. 그래도 골목을 내다볼 용기는 생기지 않았다. 그래서 대신 피시방으로 조용히 숨었다. 잭도, 에이프릴도, 스캇도 따라 들어오지 않는 걸로 봐선 이제 안전한 것 같았다.

당분간 여기 피해 있자.

그는 입구의 화장실로 들어가 얼굴의 피와 땀을 씻었다. 카운터의 아르바이트 여학생은 피곤해 보이는 얼굴로 그에게 카드를 내밀었다. 그는 구석의 잘 보이지 않는 자리에 앉았다. 지갑은 가지고 나와서 다행이다. 피시방 이용료 정도는 있으니까. 밤새 이곳에 있어도 충분할 돈이 있다. 정말 여기서 밤을 샐까? 그건 위험하다. 이 근처를 샅샅이 뒤지기라도 하면 위험하니까. 한두 시간만 버티다가 나가서 택시를 타고 멀리 도망가면 될 것이다. 그러면 절대 쫓아오지 못하겠지.

그는 의자에 몸을 기댔다. 밤을 새워 게임에 열중하는 사람들을 위한 소파라서 그런지 등받이가 편했다. '유령'들에게 쫓기느라 굳어 있던 몸의 뼈와 근육이 소파 쿠션을 따라 풀어지는 느낌이었다. 피시방은 인터넷 게임의 효과음으로 요란했다. 구석구석에서 담배 연기가 모락모락 올라왔다. 담배를 끊은 지 채 한 달이 되지 않은 그는 흡연 욕구를 억누르기 힘들었다. 참자 참아. 이게 다 오래 살자고 하는 일인데 담배도 참아야지.

그는 익스플로러를 열었다. 지난 사흘 동안 인터넷을 하지 못했다. 고시원에 초고속 인터넷이 설치되어 있지 않았기 때문이다. 이제 멀리 도망가게 되면 홈페이지 관리도 못 한다. 홈페이지를 닫고, 게시판을 갖고 있는 소설 연재 사이트에 공지도 올리고, 친하게 지내는 작가들에게 당분간 보기 힘들 거라는 이야기도 남겨야 했다. 할 일이 많다. 한두 시간이면 충분할까? 어쨌든 여기서 모든 일을 마무리짓는 거야.

그는 홈페이지와, 작가로 등록해 게시판을 얻어 쓰고 있는 소설 연재 사이트들에 개인적인 사정으로 당분간 글을 쓸 수 없다는 내용의 공지를 남겼다. 남겼던 글들도 다 지워버렸다. 그는 마지막으로 친한 작가들이 많이 드나드는 소설 연재 사이트로 들어갔다. 그곳에도 역시 공지를 올리고 글을 지우던 중이었다. 우연히 대화방을 열겠다는 게시물을 읽었다. 늦은 시간인데 아직 대화방이 남아 있을까? 그렇다면 작가들에게 인사쯤은 할 수 있을 것이다. 그는 대화방에 들어갔다.

서너 명이 남아 있긴 했는데 대화는 중단된 지 오래인 듯했다. 그냥 나올까 하다가 새로 사람이 들어오기에 몇 마디 하면서 기다려보았다. 오래 있을 예정은 아니었는데 계속 말을 걸어오는 바람에 대화방에서 나가질 못했다. 그의 팬을 자청하는 사람이었다. 그가 '이제 가봐야겠습니다'라는 말을 하려고 하면 작품에 관해 뭔가를 물어보는 바람에 대화를 자를 수 없었다. 팬이라는 사람의 아이디는 '손님'이었다.

13

손님〉 안녕하세요.

로비〉 안녕하세요.

손님〉 반가워요. 로비님 팬이에요.

로비〉 그러세요? 저도 반갑습니다.

손님〉 대화방에서 뵙고 싶었는데 오늘에야 만났네요. 대화방은 잘 안 오시더라고요.

로비〉 잘 안 들어가요. 아는 사람도 많지 않고 그래서.

손님〉 홈페이지도 매일 찾아가긴 했는데 글 남기기가 망설여져서 그러진 못했어요.

로비〉 자주 와주시면 그걸로도 고맙죠.

손님〉 요즘은 글 안 올리시던데요?

로비〉 바빠서요.

손님〉 책 내시나 봐요?

로비〉 아뇨. 개인적인 일로 바빠서요.

손님〉 다른 책은 안 내세요?

로비〉 출판사 잡아보려고 계속 노력중이에요.

손님〉 로비님 글은 다 재밌어요.

로비〉 재밌다는 칭찬은 처음 듣는 것 같네요. 감사합니다.

손님〉 뭐, 로비님 글이 좀 어렵긴 하죠. 하지만 읽다 보면 나름대로의 재미가 있으니까요. 맞다, 그 책 샀어요. 『에비터젠의 유령』.

로비〉 사셨어요?

손님〉 옙!

로비〉 감사합니다. 보통은 빌려 보던데…….

손님〉 한 권짜린데 빌려 보긴 그렇죠. 그리고 살 만한 책이고요. 한 번 읽어서는 이해가 잘 안 갈 내용이라 여러 번 읽어야 하니 사는 게 편하죠.

로비〉 제 글이 어렵나요?

손님〉 어렵다기보단 이야기가 꼬여 있으니까요. 이야기 자체도 정말 독특하고요. 그런 독특한 이야기를 어떻게 생각해내세요?

로비〉 솔직히 독특하다고는 생각 안 해요.

손님〉 달라요. 다른 글들하고는. 『에비터젠의 유령』도 소설 속의 인물이 작가를 쫓아다닌다는 내용이잖아요. 그런 내용의 글이 세상에 몇이나 되겠어요.

로비〉 찾아보면 많죠. 제가 낯설게 표현하긴 했지만 찾아보면 많아요. 작가라면 누구나 자신이 만든 창작물에 대한 애정이 있기 마련이고…… 자신과 결부해서 생각해보려 하기 마련이고…… 왜 영화도 있잖아요. '어댑테이션'이라고, 스파이크 존스 감독이 만든. 그 영화도 보면 각본가 찰리 카우프만이 영화를 각색하지 못해서 고생하는 이야기를 그대로 옮긴 것이 영화 내용이 되잖아요.

　손님〉 그 영화는 보진 못해서 모르겠어요. 그 영화에서 소설의 힌트를 얻으신 건가요?

　로비〉 그건 아니에요. 제 소설이 먼저거든요. 발표는 나중에 됐지만. 어쨌든 누구나 생각해낼 수 있는 그다지 특이할 것 없는 이야기 구조예요.

　손님〉 그럼 어떻게 이 소설의 구조를 착안하시게 됐어요?

　로비〉 그냥…… 그렇게 됐어요.

　손님〉 말하기 싫으신가 보네요.

　로비〉 싫은 건 아니고요. 정말 그냥 그렇게 됐어요. 독특한 이야기를 써봐야겠다는 욕심이 없었던 건 아니에요. 하지만 그렇다고 특별히 모티브가 있었던 건 아니었어요. 굳이 꼽자면 '앰버 연대기'나 폴 오스터의 소설들이 있고요…… 아, 데이빗 린치의 영화들에서 도움을 얻었어요. '로스트 하이웨이'나 '멀홀랜드 드라이브' 같은 영화들.

　손님〉 영화를 좋아하시나 봐요.

　로비〉 네. 사실 글보다 영화가 더 좋아요.

　손님〉 충격이네요. 소설가가 글보다 영화가 좋다니.

　로비〉 그렇다고 글 쓰는 걸 싫어한다는 건 아니에요. 아무튼 비비 꼬인 이야기는 영화에서 영감을 얻긴 했지만 특별한 이유 없이 그냥 생각해내게 됐어요. 다른 이유가 있는 건 아니에요.

　손님〉 그래요.

　로비〉 다른 분들은 잠수인가 봐요.

　손님〉 시간이 늦었으니까요. 그런데 왜 제목이 '에비터젠의 유령'이에요?

로비〉 네?

손님〉 제목이요. '에비터젠'이 뭐예요?

로비〉 책 읽었다고 하시지 않았나요?

손님〉 네?

로비〉 책에 보면 나오잖아요.

손님〉 나오던가요? 기억이 안 나는데.

로비〉 나와요. 큰 힌트인데. 소설이 절정으로 넘어가는 데에 결정적인 역할을 하는 힌트잖아요.

손님〉 그래요? 이상하네…….

로비〉 아닌가…… 출판되면서 내용이 바뀌었는데 그때 비중이 줄었던가…… 아무튼 책에 나와요.

손님〉 다시 꼼꼼히 읽어봐야겠어요.

로비〉 어차피 내용은 별거 아니에요. '네가티브(negative)'라는 단어를 뒤집은 거예요. 그걸 '에비터젠'이라고 읽은 거고요.

손님〉 어, 진짜 그렇네요.

로비〉 실제 발음은 에비터젠은 아닐 거예요. 발음이 부드러운 단어로 만들려다 보니 '에비터젠'으로 표기한 거죠.

손님〉 왜 그 단어를 뒤집으셨어요?

로비〉 그것도 책에 나오는데…… 네가티브에 '반전의'라는 뜻도 있대요. 그걸 노린 말장난이기도 하고요. '뒤집어진'이란 단어가 '뒤집어져' 있다는 뜻의 농담으로. '줄임말(abbreviation)'이라는 뜻의 단어가 실제로는 긴 것처럼요…… 그리고 주인공들이 다 유령들이니까 유령에게 어울릴 만한 단어라고도 생각했고요.

손님〉 그렇군요.

로비〉 분명 주인공 대사 중에 있는데. "우리는 네가티브의 유령일 뿐이지"라는 대사가. 읽으셨다면 그걸 기억 못 하실 리가 없는데.

손님〉 맞아요, 그런 대사가 있었죠. 이제 생각났어요.

로비〉 빅터의 대사죠.

손님〉 정말 그런 말을 했죠. 에비터젠 빌딩 건물에서 스캇에게.

로비〉 그가 살고 있는 세계가 실존하는 세계가 아님을 그 단어를 통해 알았고, 그걸 스캇에게 말해준 거죠.

손님〉 그게 참 희한했어요. 기억을 얻으면 힘을 얻어서 유령이 아닌 사람이 된다는 설정.

로비〉 희한할 것까지야······.

손님〉 빅터가 기억을 얻으면 얻을수록 힘이 세져서 나중엔 로비님까지 위협하게 되는 거죠?

로비〉 대충 그렇죠. 논리에 딱 맞게 쓴 건 아니지만 대충 그래요.

손님〉 책 속의 캐릭터가 작가를 죽인다니 섬뜩해요.

로비〉 어차피 다 장난이에요.

손님〉 장난?

로비〉 그냥 장난이죠. 단지 반전을 위한 반전이랄까. 별다른 이유 없이 독자에게 장난을 치기 위한······ 구조적인 반전.

손님〉 현실과 비현실이 뒤섞인 구조를 생각해낸 이유가 그 때문이었나요? 반전을 위한 반전 때문에?

로비〉 그렇죠. 말하자면. 소설 캐릭터가 독자를 죽이고 작가를 죽인다면 황당하잖아요. 그게 무슨 의미가 있어서 그렇게 한 건 아니고, 그냥 지적 허영심을 자극하는 놀이 같은 거였어요.

손님〉 그걸 어떻게 하셨죠?

로비〉 뭘요?

손님〉 빅터가 자신이 소설 속 캐릭터라는 걸 알게 된 계기가 뭐였던 가요? 갑자기 기억이 안 나요. 세상을 지배하는 힘을 얻게 된 건 '에비터젠'이라는 단어를 알게 된 후였고, 그 전에 자신이 유령이란 걸 깨닫게 된 계기가 어떤 거였죠?

로비〉 아…… 뭐였더라.

손님〉 자기가 쓴 글을 모르시다니.

로비〉 디테일은 즉흥적으로 생각해낸 것이 많아서요. 자기가 유령인 걸 어떻게 깨달았냐면…… 제가 가르쳐줬던가 그래요. 그러니까, 제가 빅터를 분열시켰어요, 여러 개로. 독자들을 헷갈리게 하려는 일이었는데요, 그러니까 한 캐릭터를 여러 개로 분열시킨 다음에 한 군데에 모이게 하는 거예요. 설명이 잘 안 되네요…… 아무튼 캐릭터들을 여러 개로 나눈 다음 서로를 알아보고 자기가 조작된 인격임을, 소설 속의 유령이란 걸 깨닫게 되는 거예요. 그래서 파멸하죠. 그런데 그 빅터 중 하나가 파멸하지 않고 다른 것들을 말살해요. 그것을 통해 또 다른 자신의 기억을 얻음으로서 힘을 얻어요. 그래서 유령의 도시를 벗어나게 되고, 거기서 문제가 생기는 거죠. 그 때문에 다른 캐릭터들도 각성하고 전쟁이 일어나는 거고요.

손님〉 그 죄값을 치르고 계시는 거네요.

로비〉 네?

손님〉 죄값을 치르고 있다고요.

로비〉 그럴 수도 있겠어요. 죄값이라. 그럴 수도…… 소설 속에서 세상을 파멸시키려 한 죄값을 치르고 있는 걸지도.

손님〉 그게 '이 세상에서 가장 끔찍한 소설' 부분의 내용이죠? 작가가 캐릭터를 죽이고 세상을 파멸시키는 소설.

로비〉 예. 그렇게 하기 위해 캐릭터에게 힘을 주고 각성시키는 이야기가 '에비터젠의 유령'이죠.

손님〉 그런 소재를 선택한 이유는 뭐였어요? 세상을 뒤흔들어놓고, 캐릭터를 말살하고 유령의 도시를 파괴하는 소설을 쓰신 이유가?

로비〉 그냥…… 글쎄요. 그냥 그 글을 쓸 때 짜증스럽긴 했는데…….

손님〉 단지 그 때문에 세상이 멸망하는 소설을 쓰셨다고요?

로비〉 뭐, 작가가 소설을 쓰는 데 큰 이유가 있나요. 세상에 보탬이 되는 글을 쓰는 작가도 있고, 세상을 가지고 장난치는 상상을 하면서 글을 쓰는 사람도 있고, 그렇죠.

손님〉 그것 때문에 빅터에게 그런 행동을 시킨 것이군요. 세상을 다 파멸시키는 잔혹한 소설을 쓰고 싶은 생각에서…….

로비〉 네.

손님〉 그 때문에 캐릭터만 죽어나는군요.

로비〉 그런 셈이죠.

손님〉 캐릭터들이 들으면 섭섭해하겠어요.

로비〉 그럴지도…….

손님〉 그런데 참 웃기지 않나요? 로비님은 빅터가 실존하는 존재가 아니라는 걸 알게 하기 위해서 소설 속에 직접 개입하시잖아요. '로비'라는 캐릭터를 통해서. 그러니까, 작가의 분신 같은 캐릭터를 작품에 직접 넣으셨잖아요.

로비〉 그렇죠. 그렇게 해서 픽션과 논픽션이 모호해진 거죠.

손님〉 그런데 재밌는 건, 빅터는 자기가 인간이라고 생각하지만 실제로는 소설 속의 '유령'이었단 말이죠. 그것처럼 소설 속의 로비는 자기가 진짜 로비라고 생각하지만, 사실은 소설 속의 캐릭터예요.

로비〉 생각해보니 그렇군요.

손님〉 혹시 로비님도, 스스로는 실존하는 진짜 로비라고 생각하지만 실제로는 로비님이 소설 속에 넣으신 캐릭터 '로비'일지도 몰라요.

로비〉 그럴지도 모르겠어요. 재미있는 아이러니네요. 제가 소설에 내 모습으로 등장한다면, 소설의 나는 진짜 나라고 생각하는 캐릭터라면, 그렇다면 내가 진짜 나인지 소설 속의 허상인지 알 방법이 없겠군요…… 재미있어요.

손님〉 한번 증명해 보이세요. 로비님이 진짜 로비라는 걸.

로비〉 글쎄요, 무척 난감하네요. 그런 아이러니가 있을 수 있구나…… 재밌어요. 그걸 어떻게 증명해야 할지…….

손님〉 제가 증명해 보일까요?

로비〉 뭘요? 제가 진짜 로비란 걸요?

손님〉 아뇨. 제가 로비님이 '유령'이라는 걸 증명해 보일게요.

로비〉 제가 '유령'이라고 증명한다고요? 어떻게요?

손님〉 지금 보여드릴까요?

14

에이프릴은 손바닥으로 턱을 감쌌다.

"예감이 좋지 않아."

"왜?"

초조한 표정으로 골목을 훑어보던 잭이 에이프릴에게 고개를 돌렸다. 나 역시 '그 사람'의 흔적 찾기를 멈췄다.

"아까 그 말 생각나? '그 사람'이 그랬잖아. 날 쫓아다녀도 소용없다고."

"그런데?"

"쫓아다녔다는 말이 무슨 뜻일까? 우리가 '그 사람'을 찾아다닌다는 걸 어떻게 안 거야? 우린 처음 만났잖아. 그런데 왜 오래 전부터 쫓겨다녔던 것처럼 막무가내로 도망을 친 거지?"

"그게 무슨 이야기야?"

에이프릴은 입술을 깨물었다.

"그러니까 '그 사람'은 이미 우리들에게 쫓기고 있었던 것이 아닐까?"

하지만 우리는 그를 쫓은 적이 없다.

"우린 그 사람을 쫓지 않았어."

"빅터가 우리의 모습을 하고 '그 사람'을 따라다녔다면?"

에이프릴의 조용한 대답 속에는 약간의 공포가 묻어 있었다. 대답을 듣는 우리들 역시 그랬다.

"그래서 '그 사람'이 우리를 피해 도망쳤다…… 그럴 가능성도 있다고 생각했어. 그러고도 남을 놈이지, 빌어먹을 자식."

잭은 주먹으로 골목의 담을 치며 몇 마디 욕을 중얼거렸다. 하지만 나는 빅터의 의도를 이해할 수 없었다.

"하지만 만약 그렇다면, 왜 그런 일을 했지?"

"'그 사람'이 우릴 믿지 못하도록 한 거지. 우리가 자기를 죽이려 하거나, 그와 비슷한 일을 꾸미고 있다고 믿도록."

"그래서 '그 사람'이 우릴 보자마자 얼굴이 창백해져서는 창문을 깨고 도망친 거다?"

"그래."

"빅터가 모습을 바꿀 수 있는 능력이 있다고는 생각 안 했는데."

잭은 우울한 표정이었다. 에이프릴은 턱에 손을 괸 채 입술을 깨물었다.

"나도 그렇게 생각했어. 하지만 아무리 생각해봐도 모습을 바꾸는 능력이 있다고 볼 수밖에 없어."

"그렇다면 세상을 지배하고 있다는 뜻이잖아."

빅터는 너무나 앞질러가고 있었다. 우리는 눈앞에서 사라진 '그 사람'을 찾지 못해 허둥대고 있는데, 그는 이미 세상을 지배하는 능력으로 '그 사람'의 숨통을 조이고 있었다. 잭은 연신 욕을 내뱉었다. 에이프릴도 답답했는지 깊게 숨을 들이쉬었다.

이렇게 시간이 없을 줄이야. 이렇게 수세에 몰릴 줄이야.

"도대체 목적이 뭘까? '그 사람'을 잡아서 뭘 어쩌겠다는 거야? 죽이려는 건가? 아니면 고문이라도 하려는 거야? 이유가 뭐지?"

"목표는 파멸이라니까."

"그러니까 어떻게 해야 파멸을 하는 거냐고. '그 사람'을 죽여?"

"솔직히 그건 나도 몰라."

에이프릴은 절망했고, 잭은 화를 냈다.

"젠장, 일단 찾기라도 해야 뭘 하든지 할 거 아니야. 도대체 어디로 도망간 거야?"

우리 셋은 대화를 멈췄다. 비행기가 날아올 때 나는 소리와 비슷한 소리가 들려왔다. 상당히 큰 소리였으므로 우리 셋은 하늘을 올려다본 다음 서로의 얼굴을 보았다.

"어라?"

잭이 손가락을 들어 남쪽 하늘을 가리켰다.

"저건 뭐지?"

희뿌연 안개…… 같은 것이 하늘을 덮고 있었다. 멀리서 지평선을 완전히 덮은 채 북쪽으로 다가오고 있었다. 조금 있으면 이곳을 덮고…… 세상을 덮고 말 것처럼…….

"너무 늦은 건가."

에이프릴이 겁에 질린 얼굴로 말했다.

15

그때, '그 사람'은 거울을 보고 있었다.

거울 속의 남자는 말했다.

"이렇게 끝났군."

그는 '그 사람'을 향해 손을 뻗었다.

16

에이프릴은 손바닥으로 턱을 감쌌다.

"예감이 좋지 않아."

"왜?"

초조한 표정으로 골목을 훑어보던 잭이 에이프릴에게 고개를 돌렸다. 나 역시 '그 사람'의 흔적 찾기를 멈췄다.

"아까 그 말 생각나? '그 사람'이 그랬잖아. 날 쫓아다녀도 소용없다고."

"그런데?"

"쫓아다녔다는 말이 무슨 뜻일까? 우리가 '그 사람'을 찾아다닌다는 걸 어떻게 안 거야? 우린 처음 만났잖아. 그런데 왜 오래 전부터 쫓겨 다녔던 것처럼 막무가내로 도망을 친 거지?"

"그게 무슨 이야기야?"

에이프릴은 입술을 깨물었다.

"그러니까 '그 사람'은 이미 우리들에게 쫓기고 있었던 것이 아닐까?"

하지만 우리는 그를 쫓은 적이 없다.

"우린 그 사람을 쫓지 않았어."

"빅터가 우리의 모습을 하고 '그 사람'을 따라다녔다면?"

에이프릴의 조용한 대답 속에는 약간의 공포가 묻어 있었다. 대답을 듣는 우리들 역시 그랬다.

"그래서 '그 사람'이 우리를 피해 도망쳤다…… 그럴 가능성도 있다고 생각했어. 그러고도 남을 놈이지, 빌어먹을 자식."

잭은 주먹으로 골목의 담벽을 치며 몇 마디 욕을 중얼거렸다. 하지만 나는 빅터의 의도를 이해할 수 없었다.

"하지만 만약 그렇다면, 왜 그런 일을 했지?"

"'그 사람'이 우릴 믿지 못하도록 한 거지. 우리가 자기를 죽이려 하거나, 그와 비슷한 일을 꾸미고 있다고 믿도록."

"그래서 '그 사람'이 우릴 보자마자 얼굴이 창백해져서는 창문을 깨고 도망친 거다?"

"그래."

"빅터가 모습을 바꿀 수 있는 능력이 있다고는 생각 안 했는데."

잭은 우울한 표정이었다. 에이프릴은 턱에 손을 괸 채 입술을 깨물었다.

"나도 그렇게 생각했어. 하지만 아무리 생각해봐도 모습을 바꾸는 능력이 있다고 볼 수밖에 없어."

"그렇다면 세상을 지배하고 있다는 뜻이잖아."

빅터는 너무나 앞질러가고 있었다. 우리는 눈앞에서 사라진 '그 사람'을 찾지 못해 허둥대고 있는데, 그는 이미 세상을 지배하는 능력으로 '그 사람'의 숨통을 조이고 있었다. 잭은 연신 욕을 내뱉었다. 에이프릴도 답답했는지 깊게 숨을 들이쉬었다.

이렇게 시간이 없을 줄이야. 이렇게 수세에 몰릴 줄이야.

"도대체 목적이 뭘까? '그 사람'을 잡아서 뭘 어쩌겠다는 거야? 죽이려는 건가? 아니면 고문이라도 하려는 거야? 이유가 뭐지?"

"목표는 파멸이라니까."

"그러니까 어떻게 해야 파멸을 하는 거냐고. '그 사람'을 죽여?"

"솔직히 그건 나도 몰라."

에이프릴은 절망했고, 잭은 화를 냈다.

"젠장, 일단 찾기라도 해야 뭘 하든지 할거 아니야. 도대체 어디로 도망간 거야?"

우리 셋은 대화를 멈췄다. 비행기가 날아올 때 나는 소리와 비슷한 소리가 들려왔다. 상당히 큰 소리였으므로 우리 셋은 하늘을 올려다본 다음 서로의 얼굴을 보았다.

"어라?"

잭이 손가락을 들어 골목 끝을 가리켰다.

"저건 뭐지?"

잭은 놀란 얼굴이었고, 나 또한 그랬다.

골목 끝에 '그 사람'이 있었다.

"그 남자……다."

'그 사람'은 우리를 등진 채, 골목 끝에 달린 거울을 멍하니 들여다보고 있었다. 먼지가 지저분하게 묻은 등과 더러운 바지가 보였다. 그래도 그 사람이라는 건 한눈에 알 수 있었다. 깨진 유리에 찢어진 옷과 피가 묻어 있는 손, 목 등을 보면 확실했다.

242

전신이 다 비치는 큰 거울은, 더러워서 가로등 불빛조차 잘 반사하지 못하는 그 거울은, 이상하게도 그 남자가 아닌 다른 사람의 모습을 비추고 있었다.

'다른 사람'의 정체를 확인한 잭의 눈에서 불꽃이 튀었다.

"저 개자식."

빅터였다. 잭이 우리를 밀치고 거울로 다가가는 동안 그는 거울에서 천천히 걸어나왔다. 동시에 '그 사람'은 우리를 향해 고개를 돌렸지만, 빅터는 그의 얼굴을 감쌌다.

"늦었어."

빅터의 손가락이 그의 눈을 가리자 그는 쓰러졌다. 빅터는 쓰러진 '그 사람'을 향해 중얼거렸다.

"유령의 도시의 창조자가 죽었다. 이제 세상은 파멸이다."

"아직 안 죽었어."

에이프릴이 버럭 소리질렀다. 그녀가 맞았다. 그는 쓰러졌지만 약하게 경련하고 있었다. 우리 모두는 그와 빅터에게 다가갔다.

"곧 죽을 거야."

빅터는 비웃듯 잘라 말했고 안주머니에서 총을 꺼냈다. 나를 쫓아올 때 지겹게 쏘아대던 그놈의 총이었다. 빅터는 그에게 총구를 겨누었고, 나는 외마디 비명을 질렀다.

"안 돼!"

잭은 소리질렀다. 그는 안주머니에서 총을 꺼내 빅터를 겨눴다.

빅터는 피식 웃었다.

"쏴. 쏘고 싶으면 얼마든지 쏴. 내가 죽음을 두려워할 거라고 생각한다면 말이야."

"그래? 머리가 날아가고도 그 건방진 입이 여전히 살아 있을지 한번 볼까?"

"이 남자의 머리가 날아가면 어차피 세상은 다 끝이야. 혹시 모르겠 군, 자네 자존심은 살아남아서 연옥 어딘가를 뒹굴지."

나는 손을 들어 두 사람의 위험한 논쟁을 가로막았다.

"빅터, 이러는 이유가 뭐야? 왜 저 사람을 죽이려는 거야?"

빅터는 나를 노려보았다. 눈동자에서 어마어마한 증오가 이글거리 고 있었으므로 나는 놀랐다.

"아무것도 기억 못 하는군."

빅터는 총을 든 손을 내려놓더니 나를 비웃었다. 아무것도 기억 못 하는군, 아무것도 몰라, 하며 웃어댔다.

"기억? 무슨 기억?"

나는 공포에 질렸다. 아무것도 기억 못 하나니, 정말 잭의 말대로 우 리가 이전부터 알던 사이였나?

……하지만 나는 기억에 없다!

"당신, 스캇과 아는 사이였지? 그렇지? 원래부터 알고 있던 사이였 어, 런던에서 만나기 전부터……."

잭이 추궁하자 빅터는 소리쳤다.

"너하고도 아는 사이였다. 에이프릴과도 아는 사이였고. 어때? 놀라 워?"

우리 셋은 모든 것이 혼란스러웠다.

"에이프릴, 스캇, 잭, 너희 셋 다 당연히 알고 있었지. 저 남자가 창 조한 세상의 주인공들인데, 관계가 있는 것이 당연하지. 그런 간단한 생각조차 못 했단 말이야?"

빅터는 권총으로 우리를 하나하나 겨누며 말을 이었다.

"내가 너희 넷을 살리기 위해 어떤 노력을 했는지 모르지. '살아 있는 자들의 도시'에 오기 위해 어떤 노력을 했는지 모르지. 그런데도 내 말을 믿지 않았어. 내가 단순히 욕심 때문에 해치려는 거라고 생각했지. 단순한 녀석들, 어리석은 녀석들. 하지만 이제 다 끝났어. 내가 이겼어. 너희들은 평안한 휴식만이 남아 있는 거야."

그는 잠금 장치를 풀고 총구를 그 남자에게 겨누었다.

"이렇게 끝나는군."

"안 돼!"

잭은 소리치며 그에게 총을 쏘았다. 하지만 빅터가 빨랐다. 그는 총을 들어 잭을 쏘았다. 총알은 그에게 맞지 않았다. 내가 몸을 던져 그를 가로막았고 총알은 내 옆구리를 관통했다. 내가 총알을 막은 것을, 그리고 잭이 자신을 겨눈 것을 본 빅터는 황급히 '그 사람'을 겨누고 방아쇠를 당겼지만, 이번에는 잭이 더 빨랐다. 잭의 총알은 정확히 빅터의 정수리에 맞았다. 빅터가 쏜 총알은 허공을 날아가며 불꽃을 튀겼다.

빅터는 쓰러졌다.

'그 사람'은 경련을 멈췄다.

나는 쓰러졌다.

골목은 다시 조용해졌다.

에이프릴은 나를 끌어안았다.

"괜찮아?"

나는 고개를 끄덕였다. 옆구리에서 피가 줄줄 흘렀고 지독히도 아팠지만 어쨌든 살아 있었다.

"그 남자는?"

잭은 그에게 달려갔고, 살아 있다고 대답했다.

"빅터는?"

"죽었어."

빅터의 목을 만져보고 눈꺼풀을 뒤집어본 잭은 말했다. 에이프릴은 고개를 흔들었다.

나는 정신을 잃었다.

17

"빅터는 우리와 무슨 관계였을까?"

여름이 끝나지 않은 런던이었다.

에이프릴은 창문으로 들어오는 바람을 쐬며 물었다. 나는 운전대에 올려놓았던 오른손을 들어 그녀의 머리카락을 쓰다듬었다. 신용카드의 한계를 넘긴 쇼핑은 그녀를 부유한 영국 아가씨로 바꿔놓았다. 저게 다 내 돈인데 하는 생각보다도, 저 정도 스타일이면 대가를 치를 만하다는 생각이 먼저 든다. 그만큼 그녀는 아름답다.

"글쎄. 이제 죽었으니 알 수 없게 됐지."

"잭은 알아낼 수 있지 않을까?"

나는 뒷좌석에서 잠들어 있는 잭을 흘끗 보았다.

"잭? 어떻게?"

"음…… 빅터의 머릿속에 한 번 들어갔다 왔으니 기억을 더듬어본다면 뭔가 힌트가 될 만한 걸 알아내지 않을까 해서."

"어차피 다 지난 일이야."

나는 말했다.

"빅터는 죽었고, '그 사람'은 다시 살아났고, 우리는 우리의 세상에서 잘 살고 있어. 그것으로 충분해."

에이프릴은 고개를 끄덕였다.

"하기야 그렇지…… 그래도 궁금하지 않아? 타워스는 어떻게 '살아 있는 사람들의 도시'에 간 걸까? 어떻게 세상과 세상 사이를 넘나들게 된 걸까? 궁금해."

"나도 그래. 하지만 다 지난 일이잖아."

나는 오른손을 운전대에서 떼고, 그녀의 머리카락을 쓰다듬었다.

"그도 그렇지."

그녀는 차창 밖의 템즈 강을 보며 조용히 말했다.

"이제 다 끝난 일이니까."

우리는 호텔 방을 두 개 잡았다. 에이프릴의 호사스러운 짐을 보고 깜짝 놀라는 벨보이와 매니저를 보니 피식 웃음이 나왔다. 에이프릴은 룸으로 올라가는 동안 나를 부축했다. 내 몸은 좀 더디긴 했지만 좋아지고 있었고, 그래서 에이프릴도 걱정을 덜었다.

"총상이 깨끗이 나아서 다행이야."

"내일이면 상처도 남아 있지 않을 테니 걱정 마."

뒤따라오던 잭은 에이프릴의 어깨를 툭 쳤다.

"언제부터 두 사람이 이렇게 친해졌지? 방을 두 개 달라고 했을 때 깜짝 놀랐어."

에이프릴이 무시하자 그는 나에게 말했다.

"남자 대 남자로서 충고하는데, 에이프릴의 응석을 모두 들어줬다간

한 달 안에 빈털터리가 될 테니 조심해요."

"난 누구처럼 쓸데없는 책 사는 데 돈 쓰진 않아."

"쓸데없어? 그게 구두만 이백 켤레가 넘는 여자가 할 소린가? 스캇, 에이프릴이 천 켤레를 채우고 나서야 정신 차리지 말고, 내 말 명심해요."

두 사람의 말다툼은 내가 에이프릴을 데리고 1999호로, 잭이 다소 비틀거리면서 1998호로 들어갈 때까지 이어졌다. 이제 보니 둘은 말다툼으로 서로의 사랑을 확인하는 부류의 남매였다.

문 앞에서 잭이 물었다.

"몸이 좋지 않은데, 괜찮으시겠어요?"

"엘리베이터로 올라오는 사이에도 많이 나아졌어. 회복 속도가 빨라지는 것 같아. 내일 아침에 건강한 모습으로 봅시다."

우리는 에이프릴의 다리를 흘끔거리는 벨보이에게 팁을 줘서 돌려보내고 소파에 앉았다. 아, '나는'으로 해야겠다. 에이프릴은 방에 들어가자 침대에 눕더니 담배에 불을 붙이고는 끝없이 연기만 내뿜었다.

"전쟁은 끝났지만, 알고 싶은 게 너무 많아."

그녀는 중얼거렸다.

"에비터젠의 유령, 그 책도 마음에 걸려."

아, 그 책. 나와 잭과 에이프릴의 이야기가 담긴 책. 우리의 세상을 이루고 있는 책.

"앞의 몇 장을 읽었는데, 내 일이 너무 세세하게 쓰여 있었어. 가만히 생각해보면 정말 소름끼쳐."

그녀는 담배 연기를 길게 내뿜었다.

"결말이 어떻게 되지? 잭이 어떻게 끝난다고 말했던 것 같은데."

"모르겠어. 잭도 끝까지 읽지 않았어. 뭐, 어차피 다 지난 일이야."

그녀의 말이 맞았다. 과거에 매달려서 뭘 하겠는가? 전쟁은 끝났고, 우린 해방된 몸이다. 자유를 즐기면 되는 것이다.

"나 너무 피곤하다. 샤워하고 잘게."

"좋을 대로."

그녀는 가운을 챙겨 화장실로 들어갔고, 나는 짐 정리를 끝내고 소파에 앉아 어둑어둑해지는 런던의 야경을 감상했다.

에이프릴이 샤워하는 소리가 빗소리처럼 들렸다. 마음을 가라앉게 하는 작용까지 비와 비슷한 그 소리를 들으며, 지난 몇 달 동안의 전쟁을 회상했다. 힘들었고, 막판에 따라준 행운 때문에 무사히 끝나긴 했지만, 아…… 그 요란했던 총상…… 상처……긴장……타워스의 생각하기도 싫은 뻔뻔함…… 모든 게 끝나고 일상으로 돌아왔다. 멋진 동료와 애인도 생기고 말이다.

이제 우리에겐 행복한 낮과 평화로운 밤만이 존재할 것이다.

나는 흡족한 기분으로 잠이 들었다.

18

차가 흔들리는 바람에 잠이 깨지 않았다면 그대로 잠든 채 호텔까지 갔을지도 모를 일이다. 나는 가늘게 눈을 떴고, 에이프릴이 운전석에 앉으면서 문을 쾅 닫는 광경을 보았다. 그녀가 끌고 들어온 빗방울과 차가운 공기가 뺨을 스쳤다. 뒷좌석의 잭은 읽고 있던 신문을 내려놓고 그녀에게 물었다.

"어떻게 됐어?"

"없대. 왜 호텔마다 하나같이 다 방이 없다는 거야? 여행 시즌도 아니고, 진짜 미치겠네."

"어떡하지? 난 런던 지리는 어두워서 다른 호텔은 모르는데."

"하여튼 남자라고 둘 있는 게 하나도 도움이 안 돼. 빨리 호텔을 잡아야 스캇을 쉬게 할 텐데…… 신경질 나. 이놈의 비는 왜 이렇게 오는지."

내가 끙 하는 소리를 내자 그녀는 나를 보더니 손으로 내 이마를 짚었다.

"일어났네? 열이 아까보다 더 심해. 어쩌지, 호텔마다 방이 없어서 난리야."

천천히 잠이 몸에서 빠져나가고 고통이 밀려들었다. 나는 몸을 부르르 떨었다. 머리가 어지럽고 곳곳이 쑤시고 아팠다. 유령의 도시들을 건너 런던으로 온 이후 몸이 계속 좋지 않아 에이프릴과 잭의 간호를 받고 있었다.

"꿈을 꿨어……."

"무슨 꿈?"

"내가 차를 몰고 너는 옆자리에 앉아 있는 꿈."

에이프릴은 지친 기색이 연연한 얼굴에 피식 웃음을 띄우고는 다시 차의 시동을 걸었다. 호텔이 없으면 모텔이라도 잡아야겠어, 라고 중얼거리면서.

창 밖은 가을이 다가오는 1999년의 런던이었다. 비가 내렸다가 그쳤다가, 날씨가 변덕스러웠다. 덕분에 차 안은 춥고 습기가 찼으며, 도로의 차들은 느릿느릿 움직였다.

뒷좌석의 잭은 다시 타블로이드 읽기에 열중했다. 나는 건강이 좋지 않았다. 총에 맞은 상처가 아물지 않은 것이다. 그래서 상처를 치료할 장소를 찾기 위해 다른 계획을 모두 미뤄둔 채 좋은 호텔을 찾는 중이었다.

"비가 또 오려나 봐. 길이 막힐 텐데."

에이프릴의 말이 채 끝나기도 전에 차 안으로 후드득 빗방울이 들이쳤다. 에이프릴은 와이퍼를 작동시키고는 길게 한숨을 쉬었다.

"방법을 더 잘 알았다면 날씨 좋은 때에 맞춰서 왔을 텐데."

"온 것만 해도 다행이야."

나는 말했다. 나는 아프고 잭은 지쳤으며 에이프릴은 기력이 없었지만, 어쨌든 옛날처럼 목숨의 위협을 받으며 살아가야 하는 일은 없어진 것이다. 나는 지독한 두통을 잊을 생각으로 말을 꺼냈다.

"빅터는 어떻게 됐을까?"

에이프릴은 한숨을 쉬었다.

"피곤할 텐데 자. 이야기하느라 기운 빼지 말고."

그녀의 걱정대로 도로가 막히기 시작하더니, 결국 차가 움직이지 못할 정도가 되었다. 그녀는 운전대에서 손을 놓고는 백미러를 보며 머리를 손질했다.

"그래도 궁금하잖아. 그렇게 죽으면, 그냥 죽는 걸까?"

에이프릴은 되물었다.

"그런 걸 왜 묻는 거야?"

"그냥 궁금해서."

"혹시 이상한 생각 하는 건 아니지? 호텔을 잡으면 잭과 내가 의학 지식을 발휘해 당신 상처를 치료할 테니까 조금만 참아. 아무도 죽지 않아, 알았어?"

나는 피식 웃었다.

"무슨 어린아이 어르는 것처럼 말하는군."

"나쁜 빅터 자식. 처음 총에 맞았을 때만 해도 아무 문제 없었는데, 당신이 이렇게 아픈 걸 보면 그 자식이 죽으면서 뭔가 술수를 썼나 봐."

"어쨌든 우리가 이겼어. 이제 우린 자유고, 더 걱정할 것이 없으니…… 좋은 쪽으로 생각하자고."

"그래, 좋은 쪽으로 생각해야지."

에이프릴이 말했다.

"피곤하면 더 자. 차가 막혀서 호텔에 도착하려면 더 있어야 할 것 같아."

"아파서 잠이 안 와."

"다 큰 남자가 엄살은."

그 말이 왜 그렇게 우습던지 나는 껄껄 웃었다. 내가 왜 이렇게 웃는 거지? 어디가 아프긴 정말 아픈가 보군, 하는 생각이 들 정도로 신나게 웃었다. 한바탕 웃고 나니 다시 잠이 밀려왔다. 어렴풋이 잠이 들즈음, 나는 에이프릴에게 물었다.

"그런데 그 책 말이야."

"무슨 책?"

"에비터젠의 유령…… 이던가."

"그게 뭐야?"

그게 뭐냐니? 레스토랑에서는 그렇게 호들갑을 떨었으면서 이제 와서 기억 안 난다는 건 뭔가.

"왜, 있잖아…… 잭이 빅터의 머릿속에서 봤다던 책……."

"책? 무슨 책? 지금 잠꼬대하는 거야? 다른 일 신경 쓰지 말고 마음 편히 자."

쳇, 잠 깨고 나면 물어봐야겠다. 나는 입을 다물었고, 몸은 빠르게 잠으로 빠져들었다. 잠들기 바로 전, 에이프릴이 잭에게 묻는 소리가 어렴풋이 들렸다.

"에비터젠의 유령? 그게 뭐야? 너 그런 책 본 적 있어?"

"모르겠는데."

잭은 대답했다.

19

차가 흔들리는 바람에 잠이 깨지 않았다면 그대로 잠든 채 호텔까지 갔을지도 모를 일이다.

"무슨 꿈을 꿨길래 잠꼬대까지 해?"

잠에서 깨 몸을 뒤척이자 에이프릴이 내 머리를 쓰다듬으며 물었다. 이마를 훑는 그녀의 손이 유난스럽게 차갑다. 아니, 내 몸이 뜨거워서겠지. 특히 머리는 뜨겁다 못해 터질 것 같다. 목도 갈라질 듯 아프다, 제기랄.

"꿈을 꿨어. 내가 차를 몰고 너는 옆자리에 앉아 있는 꿈."

나는 거칠게 기침했고, 에이프릴은 내 어깨를 쓰다듬었다.

"많이 아파?"

나는 아팠다. 천오백 년 동안 감기 한 번 걸려본 적 없는 내가, 아마도 파상풍인 것 같은 병을 앓고 있다. 그것도 아주 심하게, 너무 아파 정신이 혼미할 때가 있을 정도로.

"미안해…… 이야기 듣다가 깜박 잠들었어. 어떻게 여기로 오는 방법을 알았다고 했지?"

"아플 텐데 그냥 자고 있어. 런던에 거의 다 왔으니까."

그녀는 창 밖으로 고개를 돌리며 말했다. 1999년, 런던, 한겨울, 고속도로였다. 내리던 비가 진눈깨비로 변하자 차의 속도가 점차 느려지고, 라디오 디제이는 캐롤 음악의 간주 사이로 궂은 날씨 때문에 런던으로 진입하는 도로마다 막히고 있다고 말했다.

"빅터는 어떻게 됐을까……."

내가 중얼거리자 에이프릴은 한숨을 쉬었다.

"말하지 말라니깐. 힘을 아껴야지."

"그래도 궁금하잖아. 그냥 그렇게 죽는 걸까? 나도 죽으면……."

"쓸데없는 소리 하지 마."

"나도 죽으면 빅터처럼 사라지는 걸까."

에이프릴은 대답하지 않았다.

"어쩌면 빅터가 옳은 걸지도 모르겠어. 죽으면 그냥 사라질 거라면, 차라리 세상을 파멸시키는 것이 옳았을지도 몰라."

"쓸데없는 소리."

에이프릴이 잘라 말했다. 나는 더 말을 하고 싶었지만 기침이 나오는 바람에 그러지 못했다. 지랄 같은 기침이었다. 폐와 목구멍에 화상이라도 입은 기분이었다. 나는 기침 사이로 신음했고, 에이프릴은 나를 더 세게 끌어안으며 택시 기사를 재촉했다.

"아저씨, 더 빨리 갈 수 없나요?"

그는 무심한 표정으로 우리를 돌아보았다.

"남자분이 많이 아프신가 본데 어쩌죠? 진눈깨비 때문에 길이 막히네요."

256

나는 다시 기침했다. 아까보다 더 거세고, 그래서 더 고통스러웠다. 나는 몸을 들썩이며 고통스러워했고, 에이프릴은 머리를 쓰다듬으며 나를 달랬다.

"조금만 참아…… 조금만…… 이제 거의 다 왔어…… 힘들게 모든 걸 이겨냈는데…… 마지막에 이렇게 되면……."

그녀는 울먹였다.

"스캇이 죽으면 난 의지할 사람조차 없어……."

그게 무슨 소리야, 나밖에 없다니. 우리 말고 있잖아, 당신하고 가까운 사람…… 남자던가 여자던가, 기억이 나지 않는다. 하지만 분명 누군가 있었는데.

기억이 나지 않는다니, 이건 나쁜 징조다…… 안 그래, 에이프릴…… 뭔가 잘못된 거라고…… 뭔가가.

20

　나는 떨리는 손으로 책장을 덮었다. 공항에서 호텔까지 운행하는 택시가 오지 않아 책으로 시간을 보내는 중이었다. 헌데 그 책이 가만히 앉아 있는 것보다 더 지루했다. 이야기가 이어질 듯하다가 끊어지고, 시작될 듯하다가 중단되는 답답한 트릭만 반복하고 있어서 짜증스러웠다. 호텔로 가려는 주인공이 잠에서 깰수록 오히려 멀어지는 장면에서는 결국 책을 덮어버렸다. 무슨 소설이 이래. 나는 표지의 제목을 보았다.

『에비터젠의 유령』

　낯익은 제목인데, 혹시 예전에 읽었던 책인가.
　그런데 택시가 왜 안 오지. 서점에서 산 책을 반 넘게 읽는 동안에도 오지 않는다면 분명 착오가 있는 건데. 나는 뭔가 잘못된 게 아닌가 싶어 누군가를 불러보려 주위를 둘러보았다.

아무도 없다…… 공항은 늘 붐비는 곳이 아니던가. 시골 소도시 공항이라면 몰라도 런던 국제공항이 텅 비어 있다는 건 뭔가 잘못된 것이다. 소리를 지르려고 목에 힘을 줬다가 그만 기침을 하고 말았다. 성대가 경련을 할 정도의 큰 기침이었다. 가슴을 들썩이며 숨을 들이쉬다가 간신히 진정하고는, 안 되겠다 싶어 자리에서 일어섰다. 그리고…… 몸을 의지할 지팡이를 찾고 있었다는 것을 알고 그대로 굳어져버렸다.

내가 왜 지팡이를 찾지? 언제부터 지팡이에 의존했던가?

거의 동시에, 나는 유리문에 반사된 내 모습을 보았다.

떨리는 손, 침침한 눈, 백발, 힘없는 팔다리. 여든 살은 되어 보인다. 저게 나라고, 그럴 리가, 이건 뭔가 잘못된…….

처음부터 잘못된…….

"이제야 알았나?"

귀에 익은 목소리가 공항을 가로지른다. 누굴까. 나는 두리번거리지만…… 여자아이의 손을 잡은 남자가 언뜻 보였다가…… 모르겠다…… 어디서 들려오는지…… 그리고 다시 메아리치는 목소리.

"이제야 알았나?"

세상이 변한다. 달리의 그림처럼 위아래가 뒤바뀌고, 그림자와 빛이 위치를 바꾸고, 형태는 논리를 잃고 제멋대로…… 수도 없는 평행선이 눈앞을 가로지르고…… 알겠다. '여행'이다. 여러 번 하지 않았는가…… 그런데 누가 날 초대한 걸까.

공항은 한동안의 멀미 끝에 조용한 박물관으로 변했다. 싸늘한 공항 풍경 대신 운치 있는 로비가 눈을 사로잡고, 차갑고 딱딱하던 벤치 대신 푹신한 소파가 허리를 감쌌다. 맞은편 소파에는 타워스가 앉아 있었다.

"잘 지냈나, 스캇?"

그는 팔에 예쁜 바비인형을 안고 있었다.

아니, 인형이 아니다. 인형인 줄 알았던 그것은 너무도 예쁜 초록색 눈동자를 깜박이며 나를 유심히 보았다. 어린아이구나. 어쩌면 저렇게 인형같이 예쁠까.

그런데 왜 타워스 옆에 잭이 서 있지?

그런데, 그는 죽지 않았던가?

"글쎄, 보다시피 몸이 안 좋아서."

"이제 곧 끝날 거야."

그는 말했다. 그의 성격을 모르는 사람이 들으면 관조적이라고 할 만큼 낮고 조용한 억양으로.

"어떻게 다시 살아났나?"

"살아나다니? 난 죽은 적 없어."

타워스의 대답에 머리가 멍해졌다.

"잭이 죽였잖아. 잭이 죽이고 시체까지 확인했는데……."

"난 죽지 않았어. 잭이 죽인 건 허상이야."

처음에는 무슨 말인지 이해하지 못했다.

"잭이 나를 죽였다고 생각한 건 존재하지 않는 기억이야. 나는 로비를 파멸시켰고, 그래서 세상은 무너졌어. 내가 잭에게 쏜 총알을 네가 막고 잭이 나를 죽인 건, 네가 상상한 세상이야. 그냥 상상일 뿐이지."

도저히 믿어지지 않았다. 이해가 충격으로 변하자 무릎이 후들후들 떨렸다. 팔로 몸을 감싸안아 떨지 않으려 했지만 도저히 몸을 진정시킬 수가 없었다.

타워스는 태연했다.

그는 호주머니에서 파이프를 꺼내 불을 붙였다. 연기가 조용히 피어올랐고, 나는 그의 나지막한 말소리에 귀를 기울였다.

"'그 사람'을 고시원에서 처음 봤지? 그리고 몇 마디 언쟁이 있은 후 '그 사람'은 도망쳤고. 너희 셋은 '그 사람'을 찾아 돌아다녔지만 찾지 못했어."

"그 사실을 어떻게 다 알지?"

"내가 세상을 지배한다는 사실을 알았다면 이 정도는 각오했어야지. '그 사람'은 피시방에 숨어 있었지. 난 채팅방에서 그를 기다리고 있었고. 나는 그와 이야기를 나누다가 『에비터젠의 유령』에 대한 설명을 들었지. 알지? 기억은 힘이야. 나는 『에비터젠의 유령』 내용을 완전히 알아냈고, 그래서 완전한 힘을 얻었지. 나는 세상을 지배해서 그를 파멸시켰어."

"'그 사람'을 죽였나?"

"뭣하러? 그냥 이성만 망가뜨리면 되는데. 이제 그는 현실과 환상을 구분 못 해. 그래서 그가 속해 있는 이 세상 역시 현실과 환상의 경계가 무너졌지. 혹시 멀리 하늘에서 날아오던 흰 안개 같은 거 기억해? 희뿌옇고 투명하고 반짝반짝 빛나던. 그건 환상 전해질이야. 세상을 비물질화한 것, 세상을 파멸시키는 것, 이성과 광기를 구분 못 하게 하는 것, 현실과 환상의 차이를 없애는 것이지. 세상이 비현실의 용매에 녹아 사라져버린 셈이지. 기억나? 아마 기억나지 않겠지, 내가 기억을 조작했으니까. 그때 이미 세상이 끝났어. 이제 세상은 잭이 내 머릿속에서 본 것처럼 되었지. 아니, 그 세상 그대로이지. '그 사람', 이제는 파멸한 그 사람, 로비의 세계는 환상이 되고 내 세상이 현실이 된 거야.”

그는 에이프릴의 머리를 쓰다듬으며 흡족한 표정을 지었다.

“이제 모든 건 정리됐어. 세상은 잠들었고, 에이프릴과 잭도 이렇게 나의 아이들이 됐어.”

우리의 세상은 멸망했다…….

에이프릴은 기억을 뺏긴 채 어린아이가 되어 타워스의 품에 안겨 있다…….

잭은 마네킹이 되었고…….

그래, 스캇. 이게 너의 현실이다.

“그럼 나는 꿈에서 깬 것이 아니라…….”

“계속 꿈으로 빠져든 거지.”

나는 버럭 소리질렀다.

“왜 하필 우리야!”

눈물이 쏟아졌다. 즐거워하던 에이프릴의 표정이 생각나서, 타워스를 막기 위해 필사적으로 뛰었던 잭이 생각나서, 잠시의 자유가 주어진 동안 에이프릴과 행복했던 일이 생각나서 견딜 수가 없었다.

“다른 유령도 많을 텐데 왜 우리지? 왜 우리만 괴롭히는 거야?”

“다른 유령?”

타워스는 피식 웃었다. 그는 조용히 담배 연기를 들이마셨다가 내뿜고는, 물개 뼈 파이프를 들어 보였다.

“이거 기억나나?”

기억나냐니…… 왜 그걸 기억해야 하지.

“기억나지 않겠지. 우리가 처음 만났을 때도 파이프를 보여줬지만 자네는 기억하지 못했어. 원망스럽더군. 하지만 다 지난 일이니까. 그래, 이 파이프는 너와 나 사이에 있었던 일들 중 가장 중요한 기억과 관련된 물건이야. 아주 오래된 기억이지. 네가 상상할 수 있는 것보다 훨씬 오래된. 물론 그 기억을 나만이 갖고 있긴 해. 하지만 기억해내려고 한다면 얼마든지 기억해낼 수 있을 텐데, 넌 그러지 않았어. 섭섭한 일이야."

하지만 나는 기억나지 않는다. 할 수 있었다면 벌써 했을 것이다.

"거짓말, 내가 할 수 있었다면 못 했을 리 없어."

타워스의 얼굴이 굳어졌다.

"에이프릴과 처음 런던에서 마주쳤을 때 그녀가 기억을 되찾은 이유가 뭔지 아나? 바로 널 봤기 때문이야. 너를 만나면서 기억의 일부가 돌아와 힘을 얻은 거야. 잭도 너를 보고 나서 기억을 다시 얻었지. 그래서 날 찾아와 자기 이름이 뭐냐고 꼬치꼬치 캐물은 거야. 우린 오래 전에 만났어. 아주 오래 전에. 그때 너에게서 얻은 기억을 바탕으로 '유령의 도시'를 여행하고 '살아 있는 자들의 도시'를 다녀왔어. 그렇게 시작된 거야. 그 '살아 있는 자들의 도시'에서 로비가 저지르려는 일을……."

그는 갑자기 말을 멈췄다.

"아니, 설명하지 않는 게 낫겠어. 어차피 다 지난 일이니까. 나는 목표를 이뤘고 더이상 이룰 게 없어. 로비는 파멸하고 세상은 멈췄어. 다 끝났어."

그는 자리에서 일어났다. 잭은 그에게서 에이프릴을 받아 안았다. 두 사람은 그를 보았다.

둘의 표정에는 감정도 생각도 없다…….

빅터는 내 머리에 손을 얹었다.

"이제 이야기를 끝내야겠어. 이제 자네의 기억을 모두 뺏어서 『에비터젠의 유령』의 마지막 조각을 채우고 일을 마무리지어야겠어. 이제 이야기는 끝났어. 우리는 이 박물관에서 영원히 죽지 않고 행복할 거야. 파멸해버린 세계와 함께 말이야."

그의 손이 내 눈을 가렸다. 내 심장 박동과 파멸한 세상이 꿈틀거리는 소리 이외엔 아무 소리도 들리지 않았다.

나는 유언을 말하는 심정으로 마지막 부탁을 했다.

"마지막으로 알고 싶은 것이 있어."

"어떤 걸?"

"우리 둘이 무슨 관계였는지."

그는 잠시 말이 없었다.

"어째서?"

대답할 말이 없었다. 단지 그러고 싶었다. 그래야 할 것 같았다, 그것만이라도 알아야 할 것 같았다. 그래서 나는 그렇게 설명했다.

"그렇게 원한다면 기억을 주지. 설명하자면…… 아니, 설명을 주는 것보단 기억을 잠시 주는 게 낫겠군. 어차피 달라지는 건 없으니까."

그는 나머지 한 손도 내 머리에 얹었다.

그는 나에게 기억을 넘겨주었고…….

그와 나는…….

이럴 수가…….

오, 이럴 수가! 아무 말도 나오지 않았다…….

"……아, 몰랐어. 정말 몰랐어. 우리가……"

그는 내 눈에서 손을 뗐다. 그의 얼굴은 조용했다. 모든 것을 알고 있는 표정, 모든 것을 예상한 표정. 항상 저 얼굴이었다. 그를 처음 만났을 때도, 그를 마지막으로 보는 지금 이 순간에도, 같은 얼굴이다. 거만하다고 생각했다, 표정이. 하지만 이제는 안다, 그렇지 않다는 것을. 저건 거만함이 아니라…….

체념이다.

그가 먼저 입을 열었다.

"기억해내려고 애썼다면 기억해낼 수 있었을 텐데."

"나는 전혀 알지 못했어."

"그래. 이해 못 하는 것도 아니야. 하지만 이제 와서 달라지는 건 아무 것도 없어. 다 끝났어, 이야기를 끝내겠어."

"하지만 이대로 끝낼 순 없잖아. 내가 용서를 빌겠어, 그것만이라도 안 돼?"

그는 입을 꼭 다물었다. 피곤해 보였다. 슬퍼 보이기도 했다.

그는 잭과 에이프릴을 더 피곤하고 슬픈 얼굴로 번갈아 보았다.

"용서, 용서라…… 좋지. 하지만 자네가 꼭 잘못한 것만은 아니야. 나도 잭과 에이프릴에게 잘못을 빌어야겠지. 로비에게도 잘못을 빌어야 해. 자네에게도 용서를 구해야겠지. 하지만 그들이 나를 용서할까? 자네가 나를 용서할까? 끝도 없이 싸운 우리 다섯이 서로에게 용서를 빌고 서로를 용서하는 일이 가능할까? 차라리 그냥 이야기를 끝내는 게 모두에게 좋을 거야. 지금이야 과거를 다시 시작해보고 싶겠지만 그렇다고 뭐가 변하는 건 아니야."

"나라도 사과하고 싶어. 이제 내 잘못을 알았으니 잘못을 인정하고 싶어. 그거라도 안 되겠나?"

"좋을 대로 해. 꼭 지금 할 필요도 없지, 나에게 기억을 넘겨준 다음에 해도 돼. 다시 나를 찾아오기만 하면 되니까…… 하지만…… 쉽진 않을 거야…… 극단적인 환상을 통과해야 할 테니까…… 내가 그것을 지나 살아 있는 자들의 도시로 가 로비를 만났듯이…… 나를 만나려면 그것들을 지나야 해…… 그건 지옥을 지나는 것만큼 어려울 거야."

"해보겠어. 그리고 용서를 빌겠어, 꼭."

그는 다시 내 머리에 손을 얹었다. 그의 손은 유난히 뜨거웠다.

"이제 기억을 가져가겠어. 잘 자게."

나는 잠이 들었다.

의식이 사라지는 순간 남자와 여자의 목소리가 들렸다.

여자는 말했다.

"아이 이름은 뭐로 할까?"

남자가 대답했다.

"남자면 잭, 여자면 에이프릴."

4장 여덟 개의 지옥

(천국)

나는 박물관에 있었다.

나는 벽에 걸린 그림들을 보았다.

나는 박물관을 나왔다.

〈지옥〉

―첫번째 지옥―

　첫번째 지옥은 긴 방이었다. 방은 마치 긴 복도의 앞과 뒤를 막아놓은 것처럼 길었다. 나는 그 방을 나가야 했고, 그래서 끝에서 다른 끝을 향해 걸었다. 걸어가면서 깨달았다. 방은 끝으로 갈수록 좁아지고 있었다. 높았던 천장은 어느덧 머리에 닿을 듯 낮았고, 곧 허리를 숙이지 않으면 안 될 정도로 낮아졌다. 나는 몸을 낮추어 걷다가 급기야 바닥을 기었다. 방은 계속 낮아지고 좁아졌지만 방의 출구로 보이는 문은 아직 멀리 있었다. 방은 이제 몸을 간신히 밀어넣을 수 있을 만큼 좁았고 나는 몸을 더 좁히려고 애쓰며 바닥을 기었다. 방은 계속 좁아져, 이제는 바닥을 기어가기에도 너무 높았다. 바닥에 엎드려 손바닥과 무릎으로 몸을 밀었다. 그래도 천장은 갈수록 낮아졌다. 이제 문에 가까이 있었으나 더이상 앞으로 나갈 수 없었다. 나는 무리해서 더 나아갔다가, 아예 움직일 수 없는 처지에까지 이르렀다. 통에 긴 물고기

274

처럼 꼼짝도 할 수 없게 된 것이다. 나는 공포에 질렸다. 뒤로 움직일 수 있을지, 그래서 이 좁은 구멍에 낀 상태를 벗어날 수 있을지 문득 의문이 들었고, 몸을 움직여보고 나선 그러지 못할 수도 있다는 것을 깨달았다. 이곳에서, 구멍에 낀 채, 영원히 고통받을지도 모르는 일이었다. 갑자기 이마에서 식은땀이 흘렀다. 필사적으로 몸을 움직였다. 앞으로도 뒤로도 갈 수 없었다. 당황할수록 호흡은 가빠지고 더 두려웠다. 미친 듯이 문을 향해 손을 뻗었지만 문은 아직도 저 멀리 있었다. 이래서는 빠져나갈 수 없다. 여덟 개의 지옥을 지나야 한다. 에이프릴을 만나려면, '살아 있는 자들의 도시'로 가려면, 이 지옥을 지나야 한다. 빠져나가는 방법이 있을 것이다, 하지만 어떻게? 나는 문득 한 가지 사실을 깨달았다. 방은 이렇게 좁은데, 저기 있는 문은 왜 저렇게 큰 것일까? 그건 착시 현상이 아니었다. 문은 분명 사람 하나가 지나갈 수 있을 정도로 컸다…… 그런데 왜 방은 이렇게 좁은 것일까…… 혹,시,방,이,줄,어,든,것,이,아,니,라,내,가,커,진,것,일,까. 나는 시험 삼아 팔을 더 길게 뻗어보았다. 팔은 더 길게 뻗어졌다. 더 길게 뻗어보았다. 왜냐하면, 내 몸이 커진 것이라면, 그리고 그 사실을 인식한다면, 내 몸을 스스로 조절할 수 있지 않을까 하는 추측 때문이었다. 정말로, 팔은 더 길어졌다. 곧 팔은 입구에 닿을 듯 길어져…… 입구에 닿았다. 나는 손잡이를 잡고 힘껏 돌렸다.

그렇게 첫번째 지옥을 빠져나왔다.

—두번째 지옥—

두번째 지옥 역시 공간이 굽어 있었다. 보통의 방은 여덟 개의 모서리가 밖을 향해 있다. 하지만 이 방은 모든 모서리가 안을 향해 있었다. 나는 여덟 개의 모서리가 맞닿은 곳에, 그 아슬아슬한 공간에 다른 모서리를 딛고 서 있었다. 발 밑으로, 머리 위로, 양옆으로 모서리와 모서리 사이의 까마득하게 깊으면서도 좁은 공간이 보였다. 나는 시험삼아 다리를 뻗어보았다. 그러자 내 다리는 모서리 뒤로 사라졌다. 나는 다른 쪽 다리도 뻗었고, 이제는 양쪽 다리가 어디에 가 있는지 짐작조차 할 수 없었다. 이 방은 모든 것이 거꾸로다. 어떻게 빠져나가야 할까? 나는 얼떨결에 팔을 짚었다가, 내 오른쪽 팔 역시 짐작도 할 수 없을 만큼 먼 곳으로 가버렸다는 것을 깨달았다. 나는 가빠지는 호흡을 참기 위해 고개를 숙였다가 내 몸을 잃어버렸다! 내 목과 머리 역시 멀리 다른 모서리로 와버린 것이다. 다시 공포가 밀려왔다. 이 방은 모든 것이 굽어 있다. 앞으로 간다고 앞으로 가는 것이 아니고, 왼쪽으로 움직인다고 왼쪽으로 움직이는 것이 아니었다. 지금 내 팔과 다리는 마치 문어의 팔다리처럼 구부러져 무한대의 거리 밖에 있을지도 모른다. 나는 식은땀을 흘렸고 몸을 비틀다가 왼팔마저 잃어버렸다. 도대체 팔과 다리를 되찾을 방법이 없었다. 두번째 지옥이다. 제발, 이곳을 벗어나야 한다. 침착해, 스캇. 나는 중얼거렸다. 첫번째 지옥도 지나왔잖아. 두번째 지옥도 같은 방법으로 벗어날 수 있을 것이다. 침착하게 나갈 수 있는 방법을 생각해봐. 나는 방이 어떤 구조로 되어 있을지를 상상했다. 이 방은 안과 밖을 나누고 그 양쪽을 비워놓은 것이 아니라, 양쪽을 모서리로 채우고 안과 밖을 합쳐놓고 있다. 아마 이 방은 여덟 개의 모서리로 가득 찬 무한대의 크기일 것이다. 나는 입구도 보지 못했고 출구도 보지 못했다. 이 방을 나갈 수 없다면 어떻게 해야 할까? 나는 이 방으로 다시 돌아와야 할까? 나는 지금 이 방 안에 갇혀 있다고 생각하지만, 오히려 이,방,의,밖,에,있,을,지,도,모,르,는,일,이,다. 나는 몸을 펴고 팔과 다리를 폈다. 그리고 눈을 감고 이곳이 방의 밖이라고 상상했다. 나는 방으로 들어가는 것이다. 그것이 밖으로 나갈 수 있는 길이라면 그렇게 해야지…… 나는 몸을 돌리고, 뒤로 걸었다. 나는 몸을 할 수 있는 한 곧게 폈고 팔다리도 힘차게 뻗었다. 곧 내 몸은 더 멀리, 더 멀리, 더 멀리 커져서…… 방의 안으로 들어갔고…… 방이 밖으로 벗어났다…….

나는 두번째 지옥을 벗어났다.

　세번째 지옥은 평범한 방이었다. 단 한 가지 특이한 점만 뺀다면, 너무 평범한 나머지 시시할 정도였다. 하지만 그 단 한 가지 특이한 점이 방에 공포의 소용돌이를 만들어놓고 있었다. 방 한가운데에 사람의 거대한 머리가 있었다. 정수리부터 목 바로 위까지만 존재하는 거대한 머리였다. 양쪽 귀가 양쪽 벽에, 정수리가 천장에 닿을 정도로 컸다. 그 머리는 눈을 감고 입을 크게 벌리고 있었다. 그건 죽어 있는 것 같지가 않았다. 내가 조금이라도 소음을 낸다면 머리는 눈을 뜨고 다가와 나를 삼킬 것 같았다. 나는 되도록 머리에 닿지 않도록 주의하면서 머리를 지나 방의 반대편에 이르렀다. 그러나, 빌어먹을. 문은 잠겨 있었다. 나는 문을 두들겨 부수려다가, 그랬다간 저 머리가 깨어날지도 모른다는 공포에 휩싸였다. 조심조심 주위를 둘러보며 열쇠를 찾았다. 갑자기, 그 공포의 머리 바로 앞에 작은 조각 같은 것이 떨어져 있던 것이 생각났다. 나는 다시 조심조심 머리로 돌아와 그 앞을 보았다. 머리의 바로 앞, 턱 밑에 작은 열쇠가 떨어져 있었다. 나는 머리로 다가갔다. 머리는 정말 살아 있었다. 턱 밑의 열쇠를 줍는 순간, 거대한 코에서 콧김이 쏟아져나와 내 목덜미에 닿았다. 나는 소름이 끼쳐 얼른 고개를 들었고, 그대로 바닥에 주저앉을 뻔했다. 머리는 어느새 눈을 뜨고 나를 노려보고 있었다. 나는 천천히 뒷걸음질쳤고, 머리의 시선은 나를 따라왔다. 나는 완전히 겁에 질려 문을 향해 뛰었다. 그리고 열쇠를 넣고 돌렸다. 하지만, 신이시여, 빌어먹을, 제기랄, 열쇠는 맞지 않았다! 나는 미친 듯이 문을 두들기다 부숴보려 했으나 문은 부서지지 않았다. 뒤에서는 스멀스멀 머리가 기어오는 소리가 들렸고, 나는 완전히 패닉 상태가 되어 손잡이를 비틀었다. 하지만 역시 문은 열리지 않았다. 나는 그대로 바닥에 주저앉았고, 마지막으로 용기를 내어 뒤를 돌아보았다. 거대한 머리는 내 바로 뒤에서, 나를 노려보며, 입을 크게 벌리고 있었다. 나는 한동안 아무것도 생각할 수 없었고, 그래서 방에서 있던 일의 일부분은 기억나지 않는다. 겨우 공포에서 벗어나 온전한 정신으로 생각하기 시작했을 때는 이미 꽤 시간이 지나 있었다. 나는 다시, 차근차근, 어떻게 이 방을 빠져나가야 할지를 생각했다. 문이 있다, 하지만 잠겨 있다, 열쇠가 있다, 하지만 열쇠는 맞지 않는다, 이건 무엇을 뜻할까? 어떤 생각을 바꿔야 이 방을 벗어난단 말인가? 나는 열쇠를 보았다. 그리고 문을 보았다. 그리고 입을 벌리고 있는 머리를 보았다. 갑자기, 이 문이 진짜 문일까 하는 생각이 들었다. 문의 모양을 하고 있다고 해서 모두 출구인 것은 아니다……진,짜,출,구,는,따,로,있,는,것,이,아,닐,까…… 나는 거대한 머리의 입에 머리를 들이밀었다. 그리고 상체를 수그리고 몸 전체를 머리에 들이밀었다. 나는 부드러운 혀를 지나, 목구멍으로 들어갔고…… 어둡고 뜨거운 식도를 지나 어디엔가 떨어졌다…….

　나는 세번째 지옥을 벗어났다.

　네번째 지옥은 완전한 어둠이었다. 한 치 앞도 보이지 않았다. 나는 걸을 수도 없었다. 앞이 보이지 않아 중심을 잡을 수 없었다. 나는 바닥에 앉았다가 조금씩 앞으로 기었다. 손으로 바닥을 더듬으며 조심조심 나아갔다. 꽤 오랜 시간을 그렇게 기었을 것이다. 무릎이 아프고 저려오다가 결국 감각이 없어지더니 곧 마비가 되어버렸다. 그때까지도 나는 일어나서 걸을 수 없었다. 보이지 않으니 균형을 잡을 수 없고 방향도 알 수 없었다. 나는 되도록 앞을 향해 걸으려 했지만, 아무리 가도 벽이나 문에 닿지 않았다. 그곳이 만약 방이라면 엄청나게 커다란 방이리라, 나는 마비된 다리를 주무르며 생각했다. 만약 방이 아니라면? 이곳 역시 공간이 굽어 있어서, 아니면 무한대로 펼쳐져 있어서 걸어서는 빠져나갈 수 없는 곳이라면? 나는 시험 삼아 소리를 질렀다. 소리는 내 입을 빠져나오지 못하고 맴돌았다. 나는 눈을 크게 뜨고 정말 빛이 없는 것인지 온 신경을 시력에 집중했다. 하지만 처음 이 지옥에 떨어졌을 때 시도했던 것과 마찬가지로 아무 빛도 보이지 않았다. 나는 내 손도, 내가 주무르고 있는 다리도 볼 수 없었다. 이곳은 어떻게 빠져나가야 할까, 나는 생각했다. 무한히 넓은 곳, 어디에도 벽이 없고 어디에도 문은 없다. 볼 수도 걸을 수도 소리를 지를 수도 없는 곳. 출구는 어디일까? 나는 다리가 움직이자 다시 기어갔고, 탈진할 때까지 기었지만 여전히 벽에 닿지 않았다. 나는 좌절했고, 바닥에 누웠다. 위쪽은 달도 별도 뜨지 않는 밤의 하늘처럼 끝도 없이 어두웠다. 문득, 저곳이 정말 위쪽일까, 하는 생각이 들었다. 나는 이곳이 바닥이라고 생각하고 누워 있지만, 그렇지 않을 수도 있는 것이다. 내가 지금까지 지나온 방들은 모든 논리를 무시하는 구조를 하고 있었다. 이 방이 위가 아래이고 아래가 위라고 한들 뭐가 이상하단 말인가…… 내,가,문,을,찾,지,못,한,이,유,는,저,곳,이,문,이,기,때,문,일,지,도,모,르,는,것,이,다…… 나는 일어났고, 위를 향해 박차 올랐다…… 그리고 나는 위를 향해 떨어졌으며…… 네번째 지옥을 벗어났다…….

―다섯번째 지옥―

(다섯번째 지옥에는 아무것도 없습니다.)

―여섯번째 지옥―

(여섯번째 지옥은 글자로 꽉 차 있습니다.)

―일곱번째 지옥―

(나는 첫번째 기억을 보았다.)

사막이었다.

추운 밤이 가고, 이글거리는 태양이 지평선을 넘어오는 때였다. 여인이 사막 한가운데를 걷고 있었다. 그녀의 인종적 특성과 복식으로 보아, 사막은 이백 년 전의 이집트 지방이었다.

여인은 품에 두 아이를 안고 있었다.

여인은 천천히 모래언덕을 오르더니 꼭대기에 다다르자 사방을 둘러보았다. 그곳은 시선이 닿는 어느 곳에도 생명의 흔적을 볼 수 없는 외진 곳이었다. 여인은 모래 위에 아이들을 조심스럽게 내려놓았다. 아이들은 곤히 잠든 채 움직이지 않았다. 그녀는 남자아이를 향해 말했다.

"너는 잭."

남자아이는 사라지고, 대신 검은색 눈동자에 검은머리의 어른이 나타났다.

여인은 여자아이에게 말했다.

"너는 에이프릴."

여자아이 역시 사라진 후 어른이 나타났다. 남자와 여자는 여전히 잠에서 깨지 않았고, 여인은 그 모습을 오랫동안 바라보았다.

마침내 사막에 아침이 왔다.

여인은 모래언덕을 내려가기 시작했다. 타오르는 태양을 향해 한 걸음 한 걸음 다가가는 동안 여인은 남자로 변했다…… 이집트 여인에서…… 마흔 살쯤으로 보이는 은발머리의 신사로…….

(나는 두번째 기억을 보았다.)

　시베리아의 벌판이었다. 겨울이었고, 한밤중이다……이건 안다. 나도 알고 있는 기억이다. 아주 오래 전…… 몇백 년 전이었는데, 시베리아의 벌판에서 길을 잃고 헤매던 적이 있었다…… 시베리아의 겨울밤이 어떤지는 설명하지 않아도 알 것이다. 나는 영하 몇십 도의 추위 속을 몇 시간째 헤매고 있었으며, 얼어죽기 직전이었다. 하지만 시선이 닿는 곳 어디에도 길이나 민가는 없었다. 천오백 년 동안 겪었던 위기 상황 중의 하나였다…… 하지만 죽지 않았다. 왜냐하면…… 그 다음 기억은…… 정신을 잃었다가 일어나니 마음씨 좋은 사냥꾼의 텐트 안에 누워 있었다. 운좋게 구출된 것이다…… 그렇게 기억하고 있었다…… 하지만 그렇지 않았다.
　타워스가 돌려준 기억은 그것과 달랐다. 나는 멀리서 뛰어오는 흰 말을 보았다…… 그냥 흰 말이었으면 그러려니 했을 텐데, 머리에 뿔이 달려 있었다. 나는 드디어 헛것이 보이기 시작하는구나 생각했지만, 유니콘이 다가와 뿔을 내미는 순간 꿈이 아님을 확신했다. 나는 뿔을 만졌고, 추위와 피로를 잊고 잠이 들었다.
　유니콘은 아름다운 여인으로 모습을 바꿨다. 여인은 나를 어린아이처럼 가볍게 들어올리더니 벌판을 걷기 시작했다. 몇 시간 후 그녀는 집에 도착했고, 나를 침대에 눕혔다. 그녀는 젖은 외투를 벗기다가 주머니에서 발견한 흰 파이프를 유심히 보았다. 여인의 눈동자에는 어린 아이 같은 호기심이 가득했다.

다음날 아침 나는 정신을 차렸다. 그리고 점심때쯤에는 여인과 사랑에 빠졌다. 그렇게 사흘을 여인의 집에서 보냈고, 사흘 내내 여인에게 유니콘으로 변하는 모습을 보여달라고 졸랐지만 그녀는 거절했다.

다음날 그녀가 물었다.

"그런데 이 파이프는 뭘로 만든 거야? 흰 걸 보면 상아 같기도 한데 질감은 그렇지 않아요. 하얀 돌이라고 하긴 가볍고."

흰 진흙으로 만든 것이었다. 재질이 돌이나 흙으로 느껴지지 않는 건 독특한 가공 방법 때문이었고…… 나는 그녀를 놀려줄 생각으로 말했다.

"물개 뼈로 만든 거야. 북극에 사는 원주민들만이 그 제조법을 알지. 그래서 아주 희귀하고 비싸. 그거 줄 테니 유니콘으로 변신해봐."

그녀는 내 품에 안기며 말했다.

"우리, 아이 가져."

"좋지."

"아이 이름은 뭘로 할까?"

나는 대답했다.

"글쎄…… 남자면 잭…… 여자면…… 에이프릴이 좋겠지."

그리고 우리는 사랑을 나눴다. 그날 새벽 나는 유니콘의 뿔을 만진 다음 깊이 잠이 들었고, 그녀는 나를 품에 안고 벌판을 걸어갔다. 몇 시간 후, 그녀는 사냥꾼의 텐트 앞에 나를 내려놓고 말했다.

"기억은 내가 가져가겠어."

그녀는 내 외투에서 파이프를 꺼내 품에 넣고는 사라졌다.

누군가 쓰러져 있는 나를 발견하고는 뺨을 때리면서 정신을 차리라고 외쳤다. 그 때문에 나는 잠깐 정신이 돌아왔고, 멀리 산에서 나를 내려다보는 유니콘을 흘끗 본 후, 다시 정신을 잃었다…….

(나는 세번째 기억을 보았다.)

……그는 동네 어딘가에서 약국을 하는 약사였다. 중년의 나이에 가정이 있고 부인이 있고 아이가 있고 흰머리가 있고 아랫배에 지방이 있는 평범한, 평범하다는 것 이외에는 다른 표현이 어울리지 않는 남자였다. 그는 여느 일요일 오후처럼 손님을 기다리는 중이었다. 졸음이 쏟아졌다. 집이나 가게나 혹은 그 밖의 일상적인 장소를 지키고 있는 사람이라면 누구에게나 일요일은 무료한 시간이다. 20년째 약국을 지키는 것 이외에 다른 일이라고는 한 적 없는 약사 아저씨에게는 더욱 그랬다.

더욱 그래야 했다.

하지만 그렇지 않았다. 왜냐하면 그는 무료함을 조금씩 잊는 중이었다. 한 단계에서 다음 단계로 가는 듯 무료함은 천천히 그에게서 빠져나갔다. 그가 무언가를 느끼고, 고개를 들어 의심스러운 눈초리로 주위를 둘러보기 시작했을 때는 이미 무료함이나 졸음 같은 건 약국에서 멀리 도망가버리고 난 후였다.

그는 본격적으로 초조해졌다.

알 수 없는 불안이었다. 멀리서 누군가 그를 죽이려고 다가오기라도 하는 것 같은 이상한 불안감이었다. 하지만 왜? 지금은 무슨 일이 일어날래야 일어날 수가 없는 지루한 일요일 오후다. 그는 고개를 흔들어 불안을 잊어버리려 했다. 바닥의 먼지를 치워야겠다는 생각이 불안감을 잊는 데 도움이 됐다. 구석구석 청소를 해야겠다고 다짐했지만 요 며칠 허리가 좋지 않아 그러질 못했다. 하지만 오늘은 날씨도 좋고 허리도 좋았다. 척추에 무리가 가지 않도록 천천히 허리를 굽혀, 카운터 밑에 둔 빗자루와 쓰레받기를 주워들었다. 그는 허리를 펴면서 카운터의 텔레비전을 켰다. 그가 알지 못하는 이상한 공룡 영화를 하고 있었다. 그는 몰랐지만 그건 〈고질라〉였다. 일본 영화를 헐리웃에서 비싼 돈을 들여 리메이크했다가 본전도 못 찾고 망한 영화였다. 일요일 오전이 그렇듯 달리 특별하게 내보낼 프로그램이 없을 때 별 생각 없이 선택할 수 있으면서도 비싼 영화 내보낸다고 생색낼 수 있는 영화였다. 연휴에 수도 없이 되풀이되는 영화들, 스피드, 타이타닉, 쉬리, 윌 스미스의 영화들과 같은 맥락으로 선택된 영화였다. 대부분의 사람들은 일요일 오후 특유의 나른함으로 졸거나 자거나 괜히 창문을 열고 밖을 내다보며 노닥대는 시간에, 커다란 이빨의 공룡이 울부짖는 것에 매료된 아이들을 빼면 아무에게도 주목받지 못한 채 〈고질라〉는 텔레비전에서 방영되고 있었다.

하지만 그건 일종의 상징이었다. 약사 아저씨가 알 수 없는 불안감에 초조해하는 동안, 고질라는 뉴욕을 향해 다가왔다. 고질라가 땅을 한 번 딛는 순간 뉴욕은 크게 흔들렸고 사람들은 비명을 지르며 뛰었다. 그 굉음과 비명은 약사 아저씨의 무의식을 깊게 파고들어 신경이란 신경은 모조리 자극했다. 그는 몰랐다. 고질라가 그를 괴롭히고 있다는 사실을 미처 깨닫지 못했다. 그래서 텔레비전을 끌 엄두는 못 내고 괜한 쓰레기통에 화를 냈다. 그는 초조함을 없애기 위해 먼지를 치

288

워야겠다는 생각을 강박관념처럼 밀어붙이면서 스스로를 다그쳤다. 이쪽 구석에서 저쪽 구석까지, 다시 저쪽 구석에서 이쪽 구석까지 먼지를 쓸어나가는 동안 그 노력은 거의 성공한 듯했다. 하지만 그가 쓰레기통을 들여다보고 그 지저분함에 얼굴이 찌푸려지는 순간 노력은 수포로 돌아갔다. 쓰레기통은 더러웠다. 손님들이 먹고 버린 박카스와 활명수 병이 바닥에 검게 눌어붙어 끈적거렸다. 그 지저분함은 구석에 돌아다니던 먼지 덩어리를 쓰레받기에 담아 쓰레기통에 넣으려던 그를 화나게 했다. 그대로 넣었다간 먼지가 그대로 달라붙어 더 흉하게 보일 터였다. 고질라의 괴성은 더욱 신경을 자극했고, 때문에 쓰레기통은 밖에 내동댕이쳐서 불을 질러도 시원치 않을 만큼 밉살스럽게 보였다. 그는 쓰레기통을 발로 툭 걷어차 구석으로 밀어붙인 다음 쓰레받기를 들고 밖으로 나가 먼지를 버렸다.

날은 더웠다. 두꺼운 구름 한 덩이가 잠깐 태양을 가리면서 약국 주변 골목이 어두워졌다. 약국 안에서는 고질라의 괴성이 뉴욕을 뒤덮고, 사람들은 고질라의 발걸음을 피해 뛰었다. 그는 바람을 따라 멀리 굴러가버리는 먼지 덩어리를 보다가, 이제 더이상 할 일도 없으니 손님이라도 오지 않는 한은 이 초조함을 떨칠 수가 없겠구나 하고 생각했다. 동시에 햇빛이 구름의 얇은 부분을 뚫고 잠시 세상에 내려앉았다. 골목의 더러운 시멘트 바닥은 희게 빛나고 그는 이마에 쏟아지는 더운 빛을 피하려 약국 안으로 돌아갔다. 등 뒤에서 문이 살짝 닫히는 소리가 들리고 빛이 다시 구름 속으로 사라지는 것을 느꼈지만 그는 곧 다른 생각에 사로잡히고 말았다.

초조함이 없었다.

어디로 갔을까.

그는 텔레비전을 보았다. 고질라는 여전히 뉴욕을 헤집고 있었다. 누군가를 밟고, 누군가의 차를 밟고, 누군가의 집을 밟았다. 여전히 약국은 지저분했고 쓰레기통은 더러웠다. 제대로 세워놓지 않은 빗자루가 그가 밖에 나갔다 온 사이에 쓰러져 있는 모습은 더없이 너저분했다. 하지만 그의 심장을 이상하게 흔들던 초조함은 없었다.

초조함은 어디로 갔을까.

그는 여자아이를 보았다.

세상은 더 어두웠다. 무척, 무척, 무척, 무척, 무척 두꺼운 구름이 태양을 둘러싸고 있기라도 한 듯 어두웠다. 바람이 조금씩 거세졌다. 흡사 비가 오기 전의 바람 같았다. 고질라는 매디슨 스퀘어 가든을 짓밟았다. 약국은 여전히 무료하고, 지리멸렬한 일요일 오후는 발 밑에 녹아 미끈거렸다.

그는 알았다. 초조함의 정체를.

초조함의 정체는 여자아이였다.

여자아이가 다가오는 것을 그의 몸이 느낀 것이다.

마치 고질라가 세상을 습격하듯, 그 여자아이가 그의 지루한 일요일 오후를 집어삼키러 온 것이다.

여자아이가 약국 앞을 지나는 짧은 시간 동안 그는 그 사실을 느꼈고 깨달았다.

살짝 열린 약국 문 사이로 여자아이의 옆모습이 보였다.

작은 구두가 보였다.

구두를 따라온 가늘고 여린 다리가 보였다.

살짝 들어올린 치마, 나풀거리는 레이스, 작은 손과 짧은 팔, 달걀처럼 하얗고 조그만 얼굴이 나타났다.

그녀는 미소지었다.

하지만 그는 사실을 쉽사리 인정하지 않았다. 느꼈고 깨달았지만 행동에 옮기기는 어려웠다. 인간 군상의 이성이란 것이 다 그렇다. 알고 깨달아도 받아들이기는 어렵다. 여자아이, 여자아이, 좋다. 여자아이와 그의 상관관계가 고질라와 뉴욕의 상관관계와 같다고 치자. 그래서? 그가 어떤 결정을 내려야 하는가? 그는 이전에 이런 일을 겪은 적이 없었고 비슷한 일을 경험한 적도 없었으며 들은 적조차 없었다. 느닷없이 일어난 거대한 일 앞에서 그가 의지할 수 있는 경험, 사상, 논리 등은 아무것도 없었다. 그는 약사였고 평범한 중년이었다. 고질라 소녀 앞에서 뭘 어쩌란 말인가?

그는 받아들이지 않고 부정했다. 그는 일요일 오후의 지리멸렬에 모든 것을 맡기기로 하고 그것에 집착했다. 그는 채널을 바꿔서 드라마 재방송을 틀었다. 시어머니는 며느리를 괴롭히고, 남자는 여자를 괴롭히고, 학생은 선생님을 괴롭히고, 자식은 부모를 괴롭히고, 사장은 사원을 괴롭히고, 재벌 2세는 그의 가난한 연인을 괴롭히고 있었다. 그는 드라마의 지리멸렬한 세상이 텔레비전 밖으로 튀어나와 약국을 점거하고 결국 그를 고질라 소녀에게서 해방시키기를 기대하며 텔레비전에 집중했다. 그는 꾸벅꾸벅 조는 것이 어떨까도 생각했다. 슬리퍼를 벗고 양말을 벗고 의자에 발을 올려놓은 채 자는 것이다. 손님? 그를 깨우든지, 아니면 그냥 가든지 그럴 것이다. 아니면 골목에 앉아 부채질을 하면 어떨까? 아니면 전표를 정리하면 어떨까? 아니면 점심 먹은 그릇을 치워가라고 음식점에 전화를 하면 어떨까? 그는 궁리하고 연구했다. 그리고 실행에 옮기려 했다.

하지만 그럴 수가 없었다.

무언가 그의 목덜미를 잡고 놓질 않았다.

그 무언가는 뜨거웠다.

그건 심장을 뛰게 만들었다.

그것 때문에 호흡이 거칠었다.

그것 때문에 이마에서 땀이 솟았다.

그건 위험했다.

그건 위험하면서도 매력적이었다.

그건 그가 자주 느끼진 못하지만 한번 느끼게 되면 걷잡을 수 없게 되는 것이었다.

그건 욕망이었다.

여자아이는 아름다웠다.

아이의 모습은 그의 눈동자에 박혀 빛났다.

인형이라고 해도 속을 만큼 아름다웠다.

많아야 열 살이나 됐을까, 어린 소녀였지만 한번 보면 도저히 잊을 수 없는 외모를 하고 있었다.

검은 눈에 검은머리 흰 피부, 백설공주의 어린 모습이었다.

치마의 푸른색 레이스가 햇빛을 받아 반짝이는 모습은 잊을 수 없었다.

세상 어느 여인의 아름다움도 소녀의 것에는 다다를 수 없었다.

그는 열린 문과 블라인드 사이로 흘끗 그녀를 본 것에 불과했지만 도대체 그 모습을 잊을 수 없었다.

그는 일어섰다.

그는 약국을 나왔다. 문을 열어놓은 채 나가면 어떻게 될지는 신경 쓰지 않았다. 드라마 주인공 중 누군가가 오열하며 소리질렀지만 그는 신경 쓰지 않았다. 그가 약국 문턱을 밟는 순간 오후의 지리멸렬은 사라져버리고, 아드레날린이 폭탄처럼 심장에 쏟아졌다. 골목 모퉁이를 도는 그녀의 머리카락이 살짝 나풀거렸다. 그의 호흡이 거칠어졌다. 그는 슬리퍼가 거슬린다는 것을 깨닫고 벗어버렸다. 양말만 신고 길을 걷는 것은 쉽지 않다. 돌과 아스팔트가 수도 없이 그를 찔러댔지만 그는 개의치 않았다. 그는 어느새 골목을 빠져나와 큰길을 걷고 있었다. 지나가는 사람들은 양말만 신고 골목을 허둥지둥 뛰는 그를 돌아보았다. 그는 뛰고 더 열심히 뛰었지만 아이를 따라잡을 수가 없었다. 처음에는 이상하다는 생각도 들었으나 나중에는 그렇지 않았다. 그는 자신이 아이를 영원히 잡을 수 없다는 사실을 알고 있었다. 그건 원래부터 당연한 일이었다. 그는 뛰고 뛰지만 목적지에는 다다를 수 없다. 항상 그랬다. 토끼는 호랑이에게서 달아나고 제리는 톰에게서 달아난다. 세상의 끝이 오더라도 변하지 않을 진리다. 흥분이 그의 주위를 빙글빙글 돌면서 춤추는 이 순간에는 그 무엇보다 확실한 진리다.

소녀는 작은 골목에서 큰길로 나온 후 다시 작은 골목으로 돌아갔다.

그리고 더 좁은 골목으로 들어갔다.

그 다음에는 더 좁은 골목으로 들어갔다. 별다른 망설임 없이 꾸준한 속도로 걷는 걸 보면 목적지가 확실한 듯했다.

어디일까. 소녀의 집? 혹은 친구의 집? 혹은…….

동네와 산 사이의 작은 공원이었다. 도시로 돌아가는 길과 산으로 들어가는 길이 만나는 곳에 벤치 몇 개와 철봉을 놓은 작은 공원이었다. 이제 소녀는 걷고 있지 않았다. 공터 한가운데에, 빈 공간의 중심에 서 있었다. 공주의 모습이었다. 아저씨는 그녀가 세상의 중심에 서 있다고 생각했다. 세상의 중심에 서 있는 도도한 공주의 모습. 세상을 지배하는 공주의 모습은 숨막히는 아름다움 그 자체였다.

소녀는 그를 보았다.

소녀는 말도 하지 않았다.

그녀가 보내는 냉소적인 표정만큼, 표정에 숨은 멸시와 혐오의 깊이는 두 사람 사이의 거리와 같았다.

약사 아저씨는 부르튼 발이 아파 다리가 후들거렸다. 숨은 턱까지 차서 머리가 어지러웠다. 하지만 그는 자리에 앉거나 혹은 어디에 기대거나 하지 않았다. 그럴 여유가 없었다. 소녀를 쫓아 이곳까지 오는 동안 단 한 가지 생각뿐이었다. 소녀를 갖고 싶다, 그는 소녀를 갖고 싶었다. 그 생각에 온몸이 부들부들 떨렸다.

그는 말했다.

꼬마야, 이름이 뭐지?

에이프릴.

뭐?

그가 되묻자 소녀는 그를 비웃었다.

뭐라고?

소녀는 고개를 돌렸다.

아니, 아무도 아니에요.

네, 헉, 아저씨, 헉, 저는 아무도 아니에요. 그는 고개를 흔들었다. 눈을 비볐다. 그가 쫓아온 여자아이는 없었다. 처음 보는 남자아이가 겁먹은 표정으로 서 있었다. 아무것도 아니에요. 소년의 목소리 역시 겁먹은 것이었다. 아저씨는 천천히 소년에게 다가갔다. 중학생이나 됐을까, 평범하기 짝이 없는 소년이었다. 그는 혼란스러웠다. 방금까지 그가 쫓아온 여자아이는 없고, 처음 보는 소년이 그 앞에서 벌벌 떨고 있었다. 그 아이는 어디 갔지, 별처럼 아름답던 그 아이는 어디로 사라졌지. 세상의 중심이던 공주는 어디에 숨었지.

하지만 그건 당연한 일이었다. 제리는 톰에게서 도망친다. 배고픈 늑대는 결코 양을 잡지 못한다. 그건 진리였다. 그는 공주를 잡을 수 없었다. 남자는 고개를 들어 하늘을 보았다. 어두웠다. 밤이었다. 어느새 밤이 됐지, 봄의 찬란한 오후는 어디로 사라졌지. 하지만 그건 당연한 일이었다. 남자는 소녀를 소유하기는커녕 옷자락을 붙잡을 수조차 없었다.

아저씨는 팔을 벌리며 소년에게 다가갔다. 그의 입에선 몇 마디의 말이 흘러나왔지만 온전히 이해할 수 있는 단어들이 아니었다. 무엇 때문인지 몰라도 그는 미쳐 있었다. 분명 그는 소년의 목을 조르려 하고 있었다. 남자는 소년의 목을 쥐었고, 소년은 버둥거렸다. 남자는 더 집요하게 소년의 목을 비틀었다. 소년은 바닥에 쓰러지고 남자는 마지막까지 힘을 쥐어짰다. 소년은 발버둥치고 남자는 고함쳤다. 교살은 계속됐다. 그대로 계속됐다면 소년은 죽었을 것이다. 하지만 소년은 남자의 손을 깨물었다. 남자는 비명과 함께 펄쩍 뒤로 넘어졌다. 소년의 입에선 피가 흘렀다. 치아 사이에서 새끼손가락이 떨어져나왔다. 남자의 눈에서 광기가 쏟아졌다. 아홉 손가락을 가진 괴물은 소년에게 덤볐고, 덤비다가, 돌에 걸려 넘어졌다. 소년 역시 뒤로 넘어져서 땅에 엉덩방아를 찧었다. 둘 다 넘어졌지만 한쪽은 운이 좋았고 한쪽은 운이 나빴다. 운좋은 소년은 그대로 앉아 부들부들 떨었다. 운 나쁜 남자는, 다시 한번 말하지만 정말 운 없게도, 그가 걸려 넘어진 돌보다 훨씬 더 날카로운 돌에 이마를 부딪혔다.

죽었다. 생물학적으로, 죽은 것 같았다. 머리뼈가 부서지고 뇌에 손상을 입어 신체를 움직일 수 없는 상태였다. 남자는 그의 새끼손가락과 마찬가지로 생명력 없는 살덩어리가 되었다. 꼬마는 바닥에 누워서 숨을 몰아쉬다가 흐느끼면서 자리에서 일어섰다.

"어때, 잘 봤어?"

느닷없는 목소리에 고개를 돌렸다. 등 뒤의 벤치였다. 어두운 그곳에서 누군가 웅크리고 있었다. 나는 눈을 가늘게 떴고, 목소리의 주인공을 보았다……

빅터……

"무서워. 지금도 무서워. 왜냐하면, 세상의 종말이 오는 소리가 들리거든. 무언가가 하늘을 덮는 소리가 들려. 세상을 삼키는 소리가 들려. 고질라처럼, 폭풍우의 비구름처럼 세상을 지배하는 무언가가 다가오는 소리가 들려."

빅터는 부들부들 떨었다. 기차가 역 안으로 들어오는 것과 비슷한 소리가 들렸다. 그의 말대로 무언가가 다가오고 있었다. 하늘을 보았다. 산 너머, 지평선을 지나 내려앉는 희뿌연 그것…… 반짝거리는 그것…… 잭과 빅터가 환상 전해질이라고 말한 그것이었다.

나는 눈을 감았다가……

다시 떴고……

그것은 넓게 흩어지며 둥근 하늘을 감쌌다. 하늘을 채운 환상 전해질은 골목으로 흘러갔다가 역류하며 공원으로 쏟아져나왔다. 골목은 환상 전해질과 전해질이 내몰고 있는 바람이 휘몰아치면서 흡사 태풍이 들이닥친 것처럼 되었다.

빅터는 천천히, 마지막 힘을 쥐어짠 것처럼 힘겹게 벤치에서 일어났다.

"저쪽을 봐."

그가 손가락으로 가리킨 곳은…… 골목…… 골목의 끝에…… 긴 거울이 달려 있었다…… 환상 전해질에 쓸려 온갖 물건이 요동치는 골목에서도 거울은 조용히 침묵했다…….

거울 속에는…….

거울 속의 저 남자는…….

'그 사람'이다…….

"저 사람이 그러더군. 방금 내가 나의 그림자를 죽였다고 말이야. 나의 분신을, 내 두번째 자아를 죽였다고 말이야. 동시에 나는 다른 세계의 자아를 알았으니 다른 세계로 가는 힘을 얻었다고도 가르쳐줬지. 그러니 자신과 함께 세상을 환상 전해질 속에 가라앉히자고 말했어. 하지만 난 거부했지."

빅터는 주머니에서 권총을 꺼냈다.

"나는 세상으로 걸어나가 모두를 죽이고 '이 세상에서 가장 끔찍한 소설'을 완성해야 했지. 하지만 나는 거부했어."

그는 권총을 관자놀이에 대었다.

"복수하고 싶었거든. 저 사람에게 말이야. 그래서 그렇게 했지."

그는 방아쇠를 당겼다. 머리의 일부분이 날아가고, 그는 줄이 끊어진 마리에타 인형처럼 바닥에 풀썩 쓰러졌다.

그는 죽었다,

나는 공포에 질렸다,

나는 바닥에 힘없이 주저앉은 소년을 보았다,

나는 빅터의 시체를 보다가,

다시 소년을 보았다,

소년은 없었다. 그곳엔 빅터가 있었다.

나는 다시 죽은 빅터를 보았고,

뒤로 넘어져 죽은 남자를 보았다. 하지만,

남자의 시체 대신에 죽은 빅터가 있었다…….

"오래 전부터 꿈꿔오던 일이었어. 해방의 순간을 말이야. 창조주를 죽이고 유령의 도시를 없애고, 살아 있는 자들의 세계까지 파멸에 이르게 하는 순간을. 그래서 자유로워지는 순간을."

빅터는 죽은 빅터에게 다가가 권총을 집었다.

첫번째 시체는 눈을 떴다.

첫번째 시체는 말했다.

"오래 전부터 꿈꿔오던 일이었어. 해방의 순간을 말이야. 창조주를 죽이고 유령의 도시를 없애고, 살아 있는 자들의 세계까지 파멸에 이르게 하는 순간을. 그래서 자유로워지는 순간을."

두번째 시체는 눈을 떴다.

두번째 시체는 말했다.

"오래 전부터 꿈꿔오던 일이었어. 해방의 순간을 말이야. 창조주를 죽이고 유령의 도시를 없애고, 살아 있는 자들의 세계까지 파멸에 이르게 하는 순간을. 그래서 자유로워지는 순간을."

나는 살아 있는 빅터를 보았다…….

빅터는 없었다…….

그가 있던 자리에는 유니콘이 있었다…….

나는 천천히 다가가 유니콘의 갈기를 쓰다듬었고…….

골목 끝의 거울이 쨍, 깨지는 소리를 냈다…….

세상을 뒤덮은 환상 전해질은 이제 공원만을 남겨놓고 있었다…….

유니콘은 달려가고…….

유니콘은 사라지고…….

두 개의 빅터의 시체는 눈을 감고…….

빅터의 시체들은 사라졌다…….

공원도 사라졌다…….

공원으로 들어온 골목도…….

환상 전해질도…….

나 자신도…….

(일곱번째 지옥은 기억으로 꽉 차 있었다.)

—여덟번째 지옥—

아무것도 없다.

백지처럼 텅 빈 허공엔 위와 아래만이 있다.

정말 백지 위일지도…… 아무것도 씌어 있지 않은 백지 위에 있는 것일 수도.

네 사람이 있다.

빅터와 잭과 에이프릴과 내가 있다.

빅터는 의자에 앉아 있다.

에이프릴은 그의 품에 안겨 눈을 감았다.

바닥에 앉은 잭은 그의 무릎에 기대 잠들었다…….

빅터와 나는 서로의 눈을 보았다.

"빅터뿐 아니라 모두에게 할 말이 있어. 그래서 왔어."

아무도, 빅터조차도, 대답하지 않았다.

"일곱 개의 지옥을 지나왔어. 그리고 전해질을 벗어나서 『에비터젠의 유령』의 가장 처음으로 거슬러 올라갔어. 전쟁의 시작을 본 거지. 그리고 모두 깨달았어…… 빅터, 너에게 용서를 빌겠어."

빅터는 허공을 보았다가 다시 나를 보았다.

"너는 세상을 파괴한 것이 아니었어. 로비는 누구를 통해서든 세상을 환상 전해질 속으로 가라앉혔을 거야. 너는 그걸 막으려 했어. 너는 세상을 파멸시키는 대신 로비를 파멸시켰고, 그래서 세상을 구할 수 있었어. 우리의 기억을 가져간 이유도 그 때문이었고 로비를 죽인 것도 그 때문이었어. 내가 잘못 알았어. 이제 그걸 깨달았으니 나를 용서해줘."

그는 고개를 돌렸고, 눈을 감았다……

허공이 잠시 요동치고…….

동시에 에이프릴과 잭이 눈을 떴다…….

"잭, 에이프릴, 너희들에게도 용서를 빌겠어."

나는 그들에게 다가갔고, 그들의 머리에 손을 얹었다.

"이건 빅터가 나에게 보여준 기억이야."

(나는 첫번째 기억을 보여주었다.)

"빅터가 갖고 갔던 기억이야. 내가 잊어버린 그 기억이지."

나는 말했다.

"빅터는 너희들의 부모야. 하지만 기억해내지 못했어. 이렇게 슬프고 비참한 전쟁이 일어난 것도 다 그것 때문이었어. 잭, 에이프릴, 나를 용서해."

잭과 에이프릴은 대답하지 않았다.

"이건 두번째 기억이야."

(나는 두번째 기억을 보여주었다.)

"나 역시 너희들의 부모야. 이것 역시 기억해내지 못했지…… 왜 그랬을까? 후회스러워. 용서를 빌고 싶어. 그러니 용서해줘.”

그들은 고개를 돌렸고…….

눈을 감았다…….

빅터는 눈을 떴다…….

“용서하겠어.”

그는 말했다.

“하지만 로비가 나를 용서할지 모르겠어. 잭과 에이프릴이 로비를 용서할지 모르겠어. 하지만 그건 다른 문제야. 다른 방법으로 이야기 되어야 할 문제지. 이제 전쟁은 끝났어. 환상 전해질은 사라졌어. 이제 살아 있는 자들의 세상은, 살아 있는 자들에게 돌려주겠어.”

그는 일어나 나에게 다가왔다.

잭과 에이프릴이 눈을 떴다.

허공은 요동쳤다.

발 밑이 갈라지며 환상 전해질로 덮여 있는 세계가 드러났다.

환상 전해질은 용제를 토해내고 미친 듯이 증발했다.

나는 세계가 나의 주변에서 새롭게 재편되는 광경을 지켜보았다.

빅터는 다가와 손으로 내 눈을 가렸다.

“이것이 너의 마지막 기억이야.”

그는 말했다…….

내 기억이라고? 이건 빅터의 기억이다…….

티벳의 어느 고원, 산 정상의 호수다. 이제 아침이 오고, 어렴풋한 안개 사이로 해가 뜬다. 하지만 서쪽 하늘엔 아직 달과 별이 남아 있다. 밤과 낮이, 해와 달이 동시에 존재하는 신비로운 시간의 호숫가에 알몸의 남자와 여자가 등을 맞댄 채 누워 있다……

저 남자는…… 스캇, 스캇 리치.

저 여자는…… 존재를 몰랐던 나의 누이…… 여자는 나보다 먼저 정신을 차리고 주위를 둘러본다. 최초로 보는 풍경 앞에서 그녀가 최초로 짓는 표정은 미소다.

여자는 남자를 한동안 내려다본다. 나는 잠에서 깨질 않는다…… 게으른 녀석, 결정적인 순간엔 늘 늦게 일어난다…… 여자는 나에게서 눈을 떼고 태양을 바라본다. 태양빛 아래 환히 빛나던 여인은…… 유니콘으로 모습을 바꾸었다.

유니콘은 태양을 향해 달려간다……

5장 용서와 관용

"긴 게 좋아, 짧은 게 좋아?"

빅터의 물음에 나는 되물었다.

"뭐가?"

"결말."

"결말?"

"소설, 영화, 만화, 음악, 그런 것들의 결말. 독자를 잘 배려해서 차근차근 설명하면서 길게 끝내는 게 좋아, 아니면 그냥 짧게 툭 끊어서 여운을 길게 남기는 것이 좋아?"

나는 커피잔을 만지작거리며 생각했다. 결정할 수 없다. 생각해본 적 없는 문제고, 어느 쪽이라고 해도 개의치 않았다.

"그런 것까지 생각해본 적은 없는데. 어느 쪽이든 상관없어."

"나는 짧은 게 좋아. 말은 짧게, 여운은 길게."

"그렇군."

그곳은 교보문고 근처의 카페였다. 우리는 노천의 좌석에 앉아 행인들을 구경하며 커피를 마시던 중이었다. 우리는 누군가를 기다리고 있었다. 빅터는 초조했는지 계속 커피잔을 만지작거렸다.

"에이프릴과 잭이 늦는군."

"오지 않을 수도 있어."

나는 대꾸했다.

"'그 사람'이 용서하지 않으면, 만나기 싫어하면 오지 않을 수도 있어. 그것도 생각해야 돼. 너무 기대가 컸다가 실망하면 좋지 않으니까."

빅터는 고개를 흔들었다.

"올 거야. 로비는 꼭 올 거야. 에이프릴과 잭이 데리러 갔으니까 꼭 올 거야."

그는 잠시 말을 끊었다가, 말했다.

"에이프릴과 잭이 갔으니까, 그는 분명 올 거야. 우리가 관용을 베풀 생각이 없었다면 서로를 용서하지 않았으리라는 걸 그도 잘 알고 있으니까. 전쟁도 끝났어. 죽은 사람은 부활하고, 울던 사람들은 눈물을 그쳤어. '이 세상에서 가장 끔찍한 소설'은 해피엔딩으로 끝났고 에비터젠의 유령들은 서로를 용서했어. 그러니까 그는 올 거야. 그를 보면 꼭 용서를 빌고 싶어, 희망을 갖고 싶어…… 아, 저기 오네. 저기, 바로 저기 오고 있어……."

더이상 습작을 쓰지 말아야겠다고 생각하고 처음 쓴 소설이 바로 『에비터젠의 유령』의 1부인 '에비터젠의 유령'이었습니다. 그때가 2001년 봄이었을 겁니다. 하이텔 시리얼에서 6개월간의 연재 끝에 '에비터젠의 유령'을 완결한 후, 결말을 보완한 새로운 버전을 2002년 1월에 다시 연재했습니다. 그 후 몇 편의 중, 장편 소설을 완결한 다음 2003년 여름 『에비터젠의 유령』의 2부인 '이 세상에서 가장 끔찍한 소설'을 시작해 가을에 완결했습니다. 이 두 소설을 묶어 『에비터젠의 유령』이라는 제목으로 한국 판타지 문학상에 응모한 것도 이 무렵이었습니다. 출간이 결정된 후 책 두 권 분량이던 『에비터젠의 유령』은 리메이크를 거쳐 한 권 분량으로 줄어들었고, 이것이 여러분이 들고 계신 책 『에비터젠의 유령』입니다. 『에비터젠의 유령』은 여러 가지 버전으로 존재합니다. 다른 버전을 인터넷에서 먼저 접하셨을 수 있고, 이 책을 읽고 난 후 다른 버전에 호기심이 생기셨을 수도 있겠지만, 저는 이 책이 제가 가장 최선을 다한 버전이라고 생각합니다.

『에비터젠의 유령』의 1장 '에비터젠의 유령'과 2장 '이 세상에서 가장 끔찍한 소설'은 마치 영화의 장면들이 엇갈리듯 각 장을 구성하는 10개의 장면들이 맞물린 구조로 배열되어 있습니다. 2장의 첫 장면이 1장보다 앞에 나오는 것은 시간적 순서 때문입니다. 독자들께서는 소설이라기보다는 한 편의 영화를 감상하시는 느낌으로 읽어나가는 편이 이해하시기 편할 것입니다. 또 4장 '여덟 개의 지옥' 첫머리에 나오는 네 장의 그림은 순서대로 Henry Fuseli, ⟨Macbeth and the Witches⟩(1784), Diego Velasquez, ⟨Las Meninas⟩(1656), Eugene Delacroix, ⟨The Death of Sardanapal⟩(1827), Caspar David Friedrich, ⟨Wanderer above the Sea of Fog⟩(1818년경)입니다. 각각 잭, 에이프릴, 빅터, 스캇을 상징합니다.

SF, 판타지, 컴퓨터 게임, 낭만주의 시대 그림, 애니메이션, 영화, 로맨스, 신화, 유머, 독설, 패러디, 퀴어, 호러 등 많은 요소가 『에비터젠의 유령』에 산재해 있습니다. 하지만 이 모든 요소가 명료한 의미를 지닌 것은 아니고, 계산된 장소에 정확히 위치해 있는 것도 아닙니다. 저는 『에비터젠의 유령』이 모호한 아름다움을 지녔으면 좋겠다고 생각했고, 그것을 목표로 소설을 썼습니다. 『에비터젠의 유령』은 흔히 '설정'이라고 하는 것조차 전혀 잡지 않은 채 완성되었습니다. 그러므로 소설 속의 사소한 정보들(런던의 지리 같은)은 실제와 많이 다를 수 있습니다. 저는 다만 여러분이 이 소설을 읽는 동안, 서태지의 노래 '로보트'를 들을 때처럼 완벽하게 통제된 요소들이 정확히 나열된 것을 보면서 얻는 쾌감이 아닌, 재즈 뮤지션들의 즉흥적인 합주를 들을 때처럼 요소들이 우연히 부딪히는 것을 보며 얻는 모호한 즐거움을 느끼셨길 희망합니다. 그렇다면 저는 더이상 바랄 것이 없습니다.

부모님과 남동생, 친구 정민, 제홍, 성권, 하이텔 serialf와 웹시리얼, 드림워커, 딤비넷, 무한슬픔님, 승현, 영길, 번사모, 사천사님과 장끼모 회원분들께, 그리고 『에비터젠의 유령』이 빛을 볼 수 있도록 도와주신 모든 분들께 감사드립니다. 가장 감사드릴 분들은, 인터넷에서 연재되는 동안 관심을 가져주셨던 분들입니다. 고통을 수반하지 않는 창작이 어디 있겠습니까만, 『에비터젠의 유령』을 쓰는 것은 특히 고통스러운 일이었습니다. 이분들이 없었다면 저는 이 소설을 완성하지 못했을 것입니다. 그분들의 성함이나 닉네임, 아이디를 모두 기억하지 못하는 것이 못내 죄송스러울 뿐입니다.

에비터젠의 유령 © 김이환

초판인쇄 | 2004년 8월 2일
초판발행 | 2004년 8월 9일

지 은 이 | 김이환
펴 낸 이 | 김정순
책임편집 | 이주엽 고은주
펴 낸 곳 | (주)북하우스
출판등록 | 1997년 9월 23일 제406-2003-055호

주　　　소 | 413-756 경기도 파주시 교하읍 문발리 파주출판도시 513-8
전자메일 | editor@bookhouse.co.kr
홈페이지 | www.bookhouse.co.kr
전화번호 | 031-955-2555
팩　　스 | 031-955-3555

ISBN 89-5605-098-8 03810

이 도서의 국립중앙도서관 출판도서목록(CIP)은 e-CIP 홈페이지(http://www.nl.go.kr/cip.php)에서
이용하실 수 있습니다.(CIP제어번호:CIP2004001400)